いまさら翼といわれても

米澤穂信
YONEZAWA HONOBU

角川書店

目次

いまさら翼といわれても

Cover Photo=清水 厚
Book Design=岩郷重力+K.T

箱の中の欠落

1

過ぎてしまったことをよく憶えている方ではない。小学校や中学校での出来事を挙げて「あんなことがあったね」と言われても、そうだったかなと首を傾げることの方が多い。それでもいくつか、同じ場所に何人もいたはずがどうやら俺だけが鮮明な記憶を保っているらしいという出来事もあって、いつしか忘れてしまうことと、いつまでも憶えていることの差がどこにあるのかわからない。

記憶を辿れば、どこで何をしたんだったか定かではない薄灰色がどこまでも続く中に、ときどき鮮明な瞬間がある。そのほとんどは体育祭であるとか遠足であるとか林間学校であるとか、その時々にはたいして興味も持てなかった行事で、下らないと思っていたが風化すればこうして記憶の中に特別な位置を占めるんだなと変に感心する一方、なんら特別なことがなく、その当時としてはごく当たり前の何もないに等しい一日の、ほんのひとかけらをはっきりと憶えていることもあると気づく。イベントに対する雑誌記事のような記憶とは異なり、至極断片的で前後の脈絡が欠けていて、でも忘れがたい、捨てるに捨てられない古い写真のような記憶——たとえば、用水路の水がぶつかってできる渦をずっと飽きずに見つめていた夏とか、図書館の手の届かない本棚に並ぶおどろおどろしい書名に想像をたくましくした冬とか、学友と立ち寄った本屋で一冊しか入荷しなかった文庫本を取り合い、その直後に譲り合った秋であるとか――こうした記憶と、忘れてしまった無数の経験とはどこが違うのだろう？

ただときどき、これはもしかしたらなかなか忘れないかもしれないなという直感に襲われることがある。六月、生ぬるい風に吹かれながら夜の街を歩いたことも、俺はずっと憶えているのではなかろうか――この予想が当たっているか確かめられるのは、十年、二十年先のことになるのだけれど。

事のはじまりは、一本の電話だった。

2

その日の夕食には、焼きそばを作った。

昼間はよく晴れていたが、夕方から雲が出たせいで熱が空に逃げなかったのか、日が暮れてもさほど気温は下がらずやや蒸した晩だった。家族それぞれの事情が重なったため家にいるのは俺一人で、飯を炊くのも面倒なので残りもので何か適当に作れないかと冷蔵庫を覗き込んだところ、焼きそば用の蒸し麺があったのだ。

しなびたキャベツとかわいたエノキとひからびたベーコンも見つけたので、ざっくりと切っておく。よく熱したフライパンに油を引き、まずは麺を入れてしばらく放っておく。ゆらゆらと白煙が立ち始めるのでこれは空焚《からだ》きなのではと少し不安になるが、そこをぐっと耐え、ときどき麺をほぐしながら数分待つ。ちょっと焦げてほどよくぱりぱりになった麺をいったん皿に取り、今度は具材を炒める。火が通ったら菜箸を操って具をフライパンの片隅に追いやり、空いたスペースにウスターソースを加えて沸かせば、香りがわっと立ちこめて台所の空気を焼きそば色に染め上げる。ソースに麺を加えて軽くからめれば、一丁上がりだ。

キッチンからリビングに皿を運び、箸と麦茶を用意して仕度が整う。テーブルには姉貴宛の「三年I組同窓会のお知らせ」が放り出されたままで、これにソースが跳ねたら何を言われるかわかったものじゃないと状差しに移し、さて心置きなくいただきます、と合掌して箸を手にしたところで電話が鳴った。

壁掛け時計を見れば時刻はちょうど七時半、こんなにも夕食にうってつけの時間に電話をかけてくるとは無礼な話だ。そもそもいまは俺一人しかいないので、電話を取っても目当ての人物は不在の可能性が大きい。呼び出し音を放置して蒸気がゆらめき立つ焼きそばに手を付けようとするが、まったく電話とはいまいましいもので、無視していると変な罪悪感が湧いてくるのだ。やらなければいけないことなら手短に、俺は短い溜め息をついて箸を置き、立ち上がって受話器を取った。

「はい」

『もしもし。折木《おれき》くんの……』

親父か姉貴への電話だろうと思っていたが、受話器から聞こえてきた声は馴染みのものだった。

声と気配で察したのか、電話の向こうの声もよそ行きから普段着へと変わる。

『ホータロー?』

「ああ」

『いやあ、よかった。ホータローが出るとは思わなかったよ。あのお姉さんが電話に出たら、どう話そうかと思った』

福部里志《ふくべさとし》にはよい結果でも、俺はよくない。

「悪いが、お前と話す一秒ごとに焼きそばが冷めるんだ」

『なんだって、焼きそばが! 悲劇じゃないか!』

そう、悲劇である。

「わかってくれたか。用件を頼む」

含み笑いが聞こえてきた。

『ホータローが携帯電話を持っていたら、こんな苦労はないんだけどね。いや、ごめん、そんなことを言いたいんじゃない。……ちょっと散歩に誘いたいんだ、これから何か予定は入ってる?』

夜遊びはしないタチだ、夕食後に家を出ることはほとんどない。とはいえ、皆無というわけでもない。思い返せば、そう、前にもいちど里志と夜の散歩をした。もう一度、ちらりと時計を見て見当をつけるに、焼きそばを片づけるのに十五分、着替えその他でプラスアルファといったところか。

「いや。八時には出られる」

『そうか、よかった。迎えに行こうか』

俺と里志の家の位置関係を思い描く。向こうの誘いだからここまで来いと言えば来るだろうが、まあそんな意地悪をする理由もない。お互いの家からだいたい等距離の、わかりやすい場所を思い浮かべる。

「……赤橋《あかはし》にしよう」

『いいね。これ以上焼きそばを冷ますのも悪い、後は会ってから。じゃあ』

何の未練もなくろくな挨拶もなく、通話はぷつりと切れた。長話は迷惑と察してくれたのだろうが、引き際のよさが里志らしい。

テーブルに戻ると、焼きそばの表面はやはり冷めていた。しかし伊達にじっくり火を通していない、一、二度上下にかき混ぜると、再びふうわりと熱が立ち上ってきた。


薄い雲を貫いて月明かりが差し、湿った風が家々の合間を吹き抜けていく。俺はいちどウールのシャツで外に出て、夜風に当たるにしてももうこれでは暑いと感じ、引き返して綿のシャツに着替えた。

チノパンのポケットに二つ折りの財布は入らず、といって鞄を持っていくのも億劫《おっくう》、しかし一文無しで出かけては不慮の事態に里志におごらせることになりかねないと考えた結果、財布から千円札を二枚抜き出して胸ポケットに入れている。チノパンのポケットの方には親指を引っかけて約束の八時に家を出たが、神山《かみやま》市の夜は早く、住宅街の細い道はしんと静まりかえっている。

さほど急ぎ足でなくても、約束の赤橋には十分たらずで行ける。赤橋というのは通称で本当の名前は別にあるが、赤く塗られているからという明白な理由でつけられたあだ名が便利すぎて忘れてしまった。近くに銀行と信用金庫と郵便局があるためか昼間はわりと混む場所だが、夜になるとこれほどひとけがなくなるとは知らなかった。街路灯に照らされた赤い橋に、人の姿は見つからない。おかしいな、里志の方が先に来ていると思ったがと周囲を見まわしたとき、不意に後ろから肩に手を置かれた。

「……おばんです」

驚かなかったと言えば嘘になるが、ものすごくびっくりしたというほどの動揺はしなかった。橋のまわりに見つからなかったとき、無意識に里志の不意打ちを予感していたのかもしれない。俺は振り返りもせず、

「おう」

とだけ言った。

「つまらないなあ、だいたい愛想ってものがないよ」

俺の前にまわり込んできた里志は笑っていたが、その笑みはどこか苦い感じがした。目を合わせることもなく視線を橋の方に逸らして訊いてくる。

「さて、どこに行こうか」

「まかせる」

なにしろ夜の散歩はあまり経験がなく、定番のコースというやつがわからない。里志は首をひ

ねった。

「もう少し街の真ん中あたりに行けば賑やかだけど……飲み屋街に入り込むわけにもいかないな。補導が怖い」

「だろうな、総務委員会副委員長殿」

「バイパス沿いまで出ればファミリーレストランがあるね。二十四時間営業だ」

だが遠い。車か、最低でも自転車がないと行けない。里志も本気で言ったわけではないようで、歩き出しながら言った。

「ま、ぶらぶらしようか」

それでいっこうに構わなかった。

里志は赤橋を渡ると、川沿いの小径《こみち》を上流に向けて歩き始めた。梅雨時の雨が流れ込んでいるのだろう、川の水量は多く、どうどうという水音が聞こえてくる。このあたりは街灯がなく、家々の窓から漏れる明かりや、ときどき隠れてしまう月の明かりに頼ってものを見ることになる。とはいえ俺の目もずいぶん暗さになれてきた。古びた板塀に開いた節穴や、いまどき珍しい造り酒屋が軒からぶら下げている杉玉や、潰れてしまった銭湯の店先に貼られた閉店のお知らせを横目に、ゆっくり夜の街を散歩していく。

川の両岸には護岸工事が施され、のり面は石垣のようにも見える。そのきわにずらりと街路樹が植えられていて、そのうちの何本かは太陽の光を求めるあまりか、まるで身を投げ出すように川面の上へとよじれている。俺はふと足を止め、街路樹の一本に手を置いた。樹皮はごわごわと凹凸に富み、葉は紫蘇にも似て大きい。これは桜の木だ。このあたりは桜の名所で、殊に歩きやすいこの小径は、花の季節にはずいぶん賑わっていたに違いない。しかしいま道を歩くのは俺と里志の二人だけで、花を落とした木は、よく気をつけなければ桜だと気づくこともない。やるせないようだが仕方がない、時が経ってしまったのだ。

幹から手を離し、俺は訊いた。

「それで、なんの用だ」

もちろん里志は、俺と夜の散歩を楽しみたいと思っているのではない。

俺たちの付き合いは、そこそこ長いが深くはない。休日に約束をして会うということもほとんどないし、登下校を共にするのもたまたまタイミングが合った日ぐらいのものだ。そんな里志が急に散歩に誘ってきたのは何かよからぬ話があるからに違いなく、しかもそれは明日を待てないほど急を要するか、誰が聞いているかわからない学校では話せないほどの秘密かのどちらかなのだろう。

ふだんの里志は持ってまわった言い方をすることが多いが、今夜は、そうではなかった。

「困ったことがあるんだ」

再び歩き出しながら、言う。

「厄介事はごめんだな」

「さあ、どうかな……。少なくとも、僕がかなり厄介な立場にあるのは事実だ。だけどなにより厄介なのは、いま僕が抱えている問題がホータローにはぜんぜん関係ないってことさ」

里志のレトリックが理解できず、俺は眉根を寄せる。里志は肩をすくめ、

「つまり、利害関係がないホータローに助けを求めなくちゃいけないのが、厄介なんだよ」

「なるほどな。お前の相談に乗ることは、俺にとって……」

「『やらなくてもいいことなら、やらない』のモットーに抵触するってわけだ」

原理的には里志の懸念は当を得ていると言えるが、俺は既に焼きそばの後片づけもそこそこに夜の街に出て来ている。自分とは関係なさそうだからと話も聞かずに却下するぐらいなら、家でソースが焦げついたフライパンを洗っていたはずだ。

「まあ、言ってみろよ」

里志は頷いた。

「お言葉に甘えるよ。今日、生徒会長選挙があっただろ」

「……ああ」

ほんの数時間前のことだが、言われるまで忘れていた。全授業とホームルームが終わった後、前会長陸山宗芳《くがやまむねよし》の任期満了に伴う生徒会長選挙の投票が行われた。

神山高校では、会長選挙の運動期間は一週間と定められている。その間に立候補者は校内にポスターを貼り、全校集会で主張を述べ、昼休みに放送部が流す討論会に出席してあれこれ喋る。それらの選挙活動は昨日までで終了し、今日やったのは投票だけだ。

「候補者、憶えてるかな」

里志の質問に俺は記憶を探る。

「二人……いや、三人だったかな」

苦笑いが返ってきた。

「名前を聞いたんだけど、まさか人数を答えられるとは思わなかった。二人だよ。いや、でも、そのぐらいの認識だよね。うちの学校は異様に部活動が盛んだけど、生徒会の方は別に目立ってないし」

「そうだな。候補はどっちも二年生だったか」

「それは憶えてるんだね。当然二年生だよ、四月に入ったばかりの一年生やこれから受験の三年生は、まあ出てこない」

なるほど、理由を聞けばもっともだ。

「D組の小幡春人《おばたはると》と、E組の常光清一郎《じょうこうせいいちろう》の一騎打ちだった。ホータローは投票して終わりだったと思うけど、僕は開票に関わっていたんだ」

神山高校生徒会選挙の運営に興味があるわけではないが、おやと思った。多芸多趣味の福部里志は冗談の一環として複数の団体に身を置いている。具体的には古典部と手芸部、そして一年の頃から続けていた総務委員会では、いま柄にもなく副委員長なんて役をやっている。そしていくら俺が組織に疎くても、神高に選挙管理委員会があることぐらいは憶えているのだ。

「選管はどうしたんだ」

よく聞いてくれたとばかりに、里志が笑う。

「もちろん投票箱の管理や開票は選挙管理委員の仕事だよ。僕がやったのは立会人だ。校則で定められた選挙規則に、開票には生徒が二人以上立ち会うこと、と書かれている。立会人の資格は選管でも立候補者でもない神高生というだけだから、昔は志願者が立ち会ったこともあったらしいけど、僕が入学したときには正副の総務委員長がやる慣例になっていた。ま、いちいち探すのも面倒だろうしね」

すらすらと説明するが、その淀みなさがかえってあやしい。なにしろ里志の言うことだ……と疑っていたら、内心が電波に乗って伝わったのか、

「本当だよ！　サトシ、ショウジキモノ、ウソツカナイ！」

と念を押された。

「わかった。そして？」

「開票に問題があった」

ふむ。

「現在、神山高校の生徒総数、すなわち有権者数は千四十九人だ」

俺が入学したとき一年生の生徒総数は八クラス三百五十人だったから、三学年合わせればそんなものだろう。

里志はわざとらしく溜め息をつく。

「で、集計したらだね……。票は、千と、八十六票あったんだよ」

「……なんで」

思わず訊いてしまった。票が減るなら話はわかる。誰か棄権したのだろう。しかし増えたとい

うのは？　里志は深刻そうに頷いてみせる。

「それがわからない。欠席者や早退者、棄権者なんかを考えれば少ない分にはいくら少なくても構わないけど、有権者数よりも投票数の方が多いとなると、これはミスとか事故とかじゃ片づけられない」

少し言葉を切って、付け加える。

「誰かの悪意があったんだ」

俺は何も言わなかった。

里志が言うとおり、いままで話を聞いただけでも、ミスで起きたとは考えにくい。悪意という言い方は大袈裟で、ほんの出来心からの悪戯とかだったのかもしれないが、誰かが何らかの手段で票を水増ししたことは事実だろう。

「実際は選挙結果には百票近い差がついていて、不正に増えた票が白票だったらもちろんのこと、どちらの候補に入ったものであっても当選者は変わらない。でも選挙に不正があったことが事実である以上、選挙管理委員会は再選挙するしかないと考えている。……不正票を入れた誰か、まあ犯人と呼んでしまっていいと思うけど、犯人が誰なのかということには、僕はあまり興味がない。関係者の把握も出来てないのに、どうせ犯人なんてわからない。知る必要があるのは、犯人はどうやって不正票を入れたのか、だ」

「……」

「困ったことに投票用紙の管理はルーズで、誰でも正規の投票用紙を作れたんだ……切った紙にスタンプを押すだけだし、スタンプは会議室に出しっぱなしだったから。でも、それをどうやって集計に紛れ込ませたのかがわからない。神山高校の生徒会長選挙のシステムには、どこかに穴がある。それを塞《ふさ》がない限り同じ事が繰り返されるおそれがあるし、仮に表面上は問題なく再選挙が終わっても何票かは不正があったのかもしれないっていう疑問は拭えない」

「だろうな」

「僕もずいぶん考えたけど、どの方向も行き詰まってどうにもわからない。そこで、夜に悪いとは思ったけど、ホータローに電話したんだよ」

里志は言葉を切る。

話がそこまでだというのなら、おおよそのことはわかった。俺は頭を掻き、雲間から月がのぞく空を見上げ、それから視線を足元に落として言う。

「帰った方がよさそうだな」


小径は川沿いに真っ直ぐ続き、橋はふたつ通り越した。上流に向かっているが、どこまで遡っていけるのだろう。この川の最初の一滴《ひとしずく》を探す冒険に出るには、もう時刻が遅すぎるが。

里志は、さほど意外でもなさそうに、

「帰る、か」

と言った。

「やっぱりちょっと甘え過ぎだったかな?」

甘えているとは思わないが、スジが違う。そんなことは里志だって百も承知だろうに、言葉で言えというのだろうか。

「まあ、人に話してるだけで自分の考えがまとまるってこともあるから、俺に話すのは構わんよ。ただ、それだったら明日にしてくれ。洗い物が残っていて、放っておくと家中がソースのにおいになるんだよ」

「手遅れじゃないかな」

そうかもしれない。帰ったらあちこち窓を開けてまわろう。

前の方から、明かりが近づいてくる。こちらに向かってくる自転車のライトだ。その自転車とすれ違うまで、俺たちはどちらも口を開かなかった。

やがて、里志が言う。

「明日じゃまずいんだ。明日の朝までに、何かアイディアがいる」

「遅くとも放課後までには選挙結果を出さなきゃならんだろうから、その理屈はわかる。ただ、それは選管の仕事だろう」

俺は小さく溜め息をついた。

「お前が、俺とはセンスが違う冗談で手芸部や総務委員会に入ってるのは知ってたが、副委員長になったって聞いたときは少し驚いたよ。委員会活動は遊び半分でやってると思っていたから、まさか役職を引き受けるとは思わなかった。なにか気が変わるようなことがあったのか」

「うーん、まあね」

「そうか。よかったと言うべきなのか？　とにかく、お前が委員会活動で責任ある立場になったからって、その不具合を俺に相談されても困るんだ。それとも、神高生の一員として俺にも選挙制度維持の責任があると言うつもりか」

　苦笑いが返ってきた。

「そんな全体主義っぽいことは言えないね、まだしも官僚制の方が僕の性には合ってるよ」

「だろう？　福部里志の話なら夜の散歩ぐらい付き合うのも面白いが、副委員長の相談だったら委員会に持ち帰ってくれ」

　里志はさほど気を悪くしたふうもなく、かといって冗談めかすわけでもなくどこか寂しげに、

「いやあ、手厳しいね」

と言った。

　確かに俺の言い方は少し配慮がなかったかもしれないが、それも里志が悪いのだ。自分の建前しか話さないから、俺だってこっちには義理がないという建前で返さざるを得なくなる。

　建前論の応酬が一段落したところで、俺はちらりと隣を見て言った。

「で、何を隠してるんだ」

「隠すだって、何の話かな」

　里志の話には、不審な票が増えていたという問題を別にしても、おかしな点が二つあった。一つはいま俺が指摘した、この問題をなぜ俺に相談したのかという点だが、もう一つの疑問の方がより根本的だ。

「しらばっくれるなよ。選挙の話は選管の問題だろう。……ってことは、そもそも、お前にだって無関係じゃないか、福部副委員長殿」

里志の話によれば、正副の総務委員長は単に立会人としてその場にいたに過ぎない。不正選挙は確かに問題だろうが、なぜ里志がその問題を解決しようとしているのか、そこをこいつは黙っている。

官僚制の方が性に合うと言った里志が、純粋に選挙の正義実現のため職分を越えて問題解決を志しているというのは頷けない。選挙管理委員会の権力に掣肘《せいちゅう》を加えるため総務委員会として問題に介入しようとしている……という仮説も成り立たなくはないが、そういう妄想は丸めて燃えるゴミの日に出してしまって構わない。二年生になって里志の心境に変化があったのはさっき本人が認めたが、心根の奥底まで変わったとは思えないわけで、ふだんおちゃらけてはいても弱音は吐かない福部里志が夜に電話で相談を持ちかけてきたからには、この話にはまだ裏がある。

「お前自身の、解きたい理由ってやつを隠してるだろう、って言っているんだ」

里志は小さく苦笑した。

「ホータローには、かなわないなあ」

俺も笑う。

「そりゃあ、さすがにわかるさ。あからさまにおかしい話じゃないか」

「まあ、ねえ。ごまかせるかと思ったけど、さすがに無理だったね」

何かのステップのように拍子をつけて、里志は数歩とんとんと先に行き、こちらに向き直ると後ずさりで歩き始めた。

「相談するのに全部話さなかったのは悪かったよ、ホータローが怒るのも無理はない。別に隠すようなことじゃないんだけど……少しアレなんだ」

アレではわからないと言いたいがなにしろ長い付き合いだ、いまいましいことに、わかってしまうような気がした。

「選管の委員長ってのが、遠まわしに言って、あんまり好感の持てるタイプじゃなくってね」

と、里志は頭の後ろで手を組んで話し始めた。

「いばるんだよ、とにかく。たかだか高校の委員会ぐらいでさ。なんていうのかなあ、ふつうに作業してる人に『もたもたするな』って言わないと気が済まないタイプ。口癖は『勝手なことをするな』と『自分で判断しろよ』で、今日の開票だけで五回は聞いたよ」

そういう性格の人間を見たことがないわけではないが、同年代にいると知ったのは初めてだ。里志の分析が正確なら、こいつがもっとも苦手にしそうな相手だと言える。だが続けて言った言葉は、

「そうであっても、僕には関係ないことなんだ、ホータローの言うとおり」

だった。

「となると……もう一人、登場人物がいそうだな」

「さすがに鋭いねえ」

　里志は親指を立てる。

「一年E組の選挙管理委員だ。名前は知らない。聞いたような気もするけど、忘れたな。きびきびした子でね、返事が『はい』なんだよ。僕とは気が合わないだろうけど、自分の役目はしっかり果たす、少なくとも果たそうと努力している子だっていうのは見ていてわかった。言い忘れたけど男子だよ。背は低かったな、中学生みたいだった」

「話が見えてきたな」

「そうかい？　まあ、最後まで聞いてくれよ。この一年生の手際がよほどよかったのか、それとも彼のクラスがとても協力的だったのかはわからないけど、開票所である会議室には彼が一番乗りした。それでねえ、僕に言わせれば委員長の周知不足だと思うんだけど、一年E組くんは手順を間違えた」

　自分の体の前で、里志は見えない箱を抱えるような手つきをしてみせた。

「ホータローも投票してるだろうからわかると思うけど、神高の選挙では専用の投票箱に票を入れる。で、その箱を会議室に持っていき……ここが重要なんだけど……立会人の前で開ける。ところがE組くんは僕たち立会人が来る前に箱を開け、中身をテーブルに広げてしまったんだ」

　俺は少し考え、言う。

「そんなに大きな問題じゃないと思うが」

「僕もそう思う。立会人の仕事はもっぱら、各クラスに投票箱を持っていく前と、各クラスから戻ってきた投票箱を開けた後に箱の中身が空だと確かめることだ。僕はE組くんの箱が空になってることは確かめたから、実は手順通りだとも言える。なのに選管委員長は、立会人がいない時に箱の中身を出してしまった以上その票が水増しされていなかったとは言えない、と主張してい るんだ」

ふむ。

「手順のミスはさておき、E組の彼が犯人だっていうのはすこぶる疑わしいな」

「誰だってそう思うよね。僕だってそうさ。だけど委員長はそう考えなかった。他の全てが手順通りに進んでいて不正票を紛れ込ませるタイミングはなかった、だから選挙失敗の理由はE組の彼以外にはないと決めつけて、何も言い返せない下級生相手に、そりゃあもう口を極めて罵倒したんだよ」

里志は言葉を切って、短く付け加えた。

「一年生は泣いてたよ」

……なるほど。

つまり里志は、その選挙管理委員長に罵られ、自らのミスに対して過剰な責任を負わされようとしている一年E組の彼、名も知らない下級生のため、誰に頼まれたわけではなく職分でもないのに、どこか別のタイミングでも不正票が紛れ込む可能性はあったと証明したいと考えているわけだ。

あきれかえって、こんな言葉しか出てこない。

「お前は……相変わらずだな。影で正義の味方をやりたがる」

苦い笑みが返ってきた。

「やめてくれよ、そんな大袈裟なものじゃない、ちょっぴり腹が立っただけさ。それに少し言い訳をさせてもらうと、この件でホータローの知恵を借りなきゃいけないとは思っていなかったんだよ。自分の手に負える範囲の問題だと思ったんだけどね、駄目だった。意外と隙がないんだよ、うちの選挙」

「前にお前と夜の散歩をした時も、似たような話じゃなかったか」

「ああ……あれは、中学三年だっけ。懐かしいね」

俺は福部里志を見た。線が細くてどことなく頼りなく、それでいて表情だけはふてぶてしい、いつもの里志を。

こいつは優しい男ではないし親切でもなく、律儀でもない。だが、顔には出さないが、不正義とか理不尽とかへの嫌悪感は人一倍強いように思う。俺だったら「まあそんなもんだよ」と流してしまうようなことにも眉をひそめ、そして自分に出来る範囲でそれらを正そうとするのだ。物事がもっぱら道理に沿って進んでいるからこそ、自分がふざけていられるのだと言わんばかりに。

しかしまあ、事情はわかった。里志は、委員会活動の円滑化と神高選挙の正常化のために検討すべき課題があるからお前も考えろと言っているわけではなく、泣かされた一年生のため選挙管理委員長に一泡吹かせる手伝いをしろと言っているのだ。

どうしてそういうことを先に言わないのかと、俺もなんだか腹が立ってきた。夜風が一陣、吹き抜けていく。

3

川沿いの小径は民家の板塀に突き当たって直角に曲がり、道なりに歩く俺たちはやがて丁字路に出た。左右に延びる道はこれまでの遊歩道のようではなく、センターラインが入った片側一車線道路で、道路灯にあかあかと照らされている。このあたりにはふだんあまり来ないが、土地鑑に従えば右の道は住宅街を経て俺たちの出身校である鏑矢《かぶらや》中学校に向かい、左に行けばいずれ繁華街に出ることになるだろう。

足を止め、里志が目顔でどちらに行くか問うてきた。繁華街まで行くと夜間徘徊を咎《とが》められるおそれが大きくなるが、中学校に近づくのはなんとなくためらわれる。ここは左に曲がって、繁華街の手前で道を変えればいい。歩き出すと、里志も黙って横に並んできた。

「それで」

と、話を再開させる。

「お前が考える限り、不正票を紛れ込ませるタイミングはなかったって言うんだな」

里志はふっと微笑し、聞こえるか聞こえないかの小声で「ほんとに悪いね」と呟くと、いつものあっけらかんとした声を夜の街に響かせた。

「そうなんだよ！　いろいろ考えたんだけどね、長年続いてるだけあって、選挙システムに特に穴は見つからないんだ。強いて言うなら……っていう可能性も思いついていなくはないんだけど、ちょっと無理筋な気がしてね」

その無理筋を聞いてみたいところだが、生徒会長選挙が具体的にどう行われているのか知らない俺が聞いても話がわかるかどうか。ここはやはり里志が何をどう考えたのか、一から聞いていくのがいいだろう。

「最初から頼む」

「OK、さあ、どこから話そうかな」

里志は腕を組み、わざとらしく首を傾げた。

「そうだな、まずはここかな。前提として、投票箱には鍵が掛かる。そしてさっきも言ったけど、投票の前と、票を箱から出した後に、箱が空であることは第三者によって確認される」

「鍵を掛けた状態でも、票を箱に入れることは出来るよな」

「もちろん。実際、ホータローが投票したときも鍵は掛かっていたはずだよ」

そうだろうとは思ったが、いちおう物は確認だ。

「選挙管理委員会は昨日の放課後、一階の倉庫から投票箱を出して、会議室に運んでいる。特別棟一階の倉庫だからホータローも知ってるだろう、他にはモップとかワックスとかが入ってるあそこだよ。投票用紙の方は既に昨日の段階で、各クラスごとに輪ゴムで束ねて用意してある。放課後になると全選挙管理委員と立会人が会議室に集まり、箱渡し係の選管委員が各クラスの選管に投票箱と投票用紙を渡していく。知ってると思うけど選挙管理委員はクラスごとに男女二名だから、会議室には八クラス掛ける三学年掛ける二人ずつの四十八人、あと立会人二人の五十人が押し込まれることになる」

「窮屈そうだな」

「まあね。箱を受け取った委員は、その箱の中身を立会人に見せて空っぽであることを確かめさせてから、鍵係の選管委員に鍵を掛けさせて会議室内で待機する。全クラス分の箱が行き渡ったら、委員長の号令でそれぞれの教室に戻っていくんだ」

当然ながら、投票箱と投票用紙は俺も見ている。箱は古びて飴色がかった木製、見た感じ相当がっしりとした作りで、側面には力強く「投票箱」と墨書されていた。投票用紙は単にコピー用紙を切って作ったものらしく、俺が受け取った用紙は一辺が微妙に斜めに切れていた。確か選挙管理委員会の印が押してあったが、通し番号などはなかったと思う。

「教室で選挙管理委員がどうするかは、知ってるよね」

「ああ」

教室で選挙管理委員は、投票箱を教卓に置き、黒板にチョークで候補者名を書き、投票用紙を配った。投票する候補の名前を書き終えるか、白票を投じると決めた者からめいめい箱に票を入れ、誰かが票を入れるたびに選管委員は手元の用紙に「正」の字で投票総数をカウントしていた。

あまり話の腰を折りたくはないが、念のために訊く。

「出席者数を把握するのも選挙管理委員の仕事なんだよな?」

里志は首を横に振った。

「それは数えないって聞いた。大事なのは生徒総数と投票総数らしいね」

ふむ。確かに言われてみれば、別に何人欠席していようが、選挙管理委員の仕事には関係ないのか。

「いちおう規定では、三十分の投票時間を待ってから最後に自分の票を入れて投票箱を会議室まで持っていくことになっているけど、実際にはそれよりも早く戻ってくる委員が多い。クラスの全員が投票したことを確認できたら、なにも待つことはないからね。この辺はちょっとルーズなんだけど、慣例としてそうなってるって言われたら何も言えない」

まあ、全クラスの投票箱がいっぺんに戻ってきたら渋滞もするだろう。

「というわけで委員たちは三々五々会議室に戻ってきて、まず何年何組の箱が戻ってきたというリストにチェックを入れる。鍵係が投票箱の鍵を開けると、選管委員は箱の中身をテーブルにぶちまける。このテーブルは複数のテーブルをくっつけてクロスを掛けたもので、作業台として使われるんだ。箱の中身が空であることを立会人が確認し、箱は会議室の片隅にまとめて置いておく。その箱を倉庫に戻すのは翌日以降だ、急がないからね。テーブルの上にある程度票が溜まったら、クラスごとの投票傾向がわかったりしないようにいちどかき混ぜてから、十人ほどの開票係に票が割り振られる。開票係は、今回の場合『小幡春人』『常光清一郎』『無効票』の三つの書類トレーに票を分類していく。まあ、数が知れてるからね、すぐ終わるよ。それぞれ二十票を一束にしてクリップで留めて、同じようなタイミングで束ができた開票係とそれを交換して、お互いに数えて確かに二十票一束だと確認し合ったら、それを立会人にも見せるんだ」

「さすがに厳密だな」

「だろ？」

なぜそこでお前が胸を張るのか、さっきさんざん総務委員会には関係ないという話をしたばかりじゃないか。

「その後、集計係がホワイトボードに数を書き込んでいく。開票が終わるまで時間にして四十分ぐらいかかったかなあ。当選者が決まったと思ったところで、誰からともなく投票総数がおかしくないかっていう話が出て、後はもう大混乱だった」

突然低いエンジン音が聞こえてきたかと思うと、たいした交通量もない道路をスポーツカーが一台、猛烈な速さで走り抜けていく。タイヤを鳴らしてカーブを曲がっていくのを冷ややかな眼差しで見送り、里志は溜め息をついた。

「いま話した手順を、僕はこの目で見ていたんだけどね、テーブルに広げられた票は常に複数人に見られていて、とても手を出せたとは思えないんだ。つまり、不正票が加えられたのは開票作業中ではありえない。……となると、もともと投票箱に加えられていたんだとしか考えられないじゃないか」

「そうだろうな。だが……」

「うん。だが、なんだ。ご存じの通り、神山高校の一クラスあたりの生徒は、だいたい四十三、四人だ。増えた不正票も約四十票。もしどこかのクラスの投票箱に集中して不正票が入っていたとしたら、他の箱の二倍近くの票が出てくることになる。箱から票を出す瞬間にはそれほど注目してなかったけどね、さすがに倍だったら誰か気づいたと思うんだ」

では、倍ではなかったら？

放課後から考え続けていたというだけあって、里志はその場合も考えに入れていた。

「不正票がある一クラスの箱にまとまって入っていた、というのは無理がある。じゃあ二クラスに分けて入れられていたら？　う一ん、これも気づきそうだ。不正票を三クラスに分けたらどうだろう。いっそ十クラスに分けたら、一クラスあたりわずか四票程度の水増しだから、これは見抜けないかもしれない」

「そうかもしれないが、じゃあその十クラスの投票箱には誰がどのタイミングで不正票を入れたのかっていう問題が残るな」

「うん」

里志は頷き、そしてけろりとした顔で、

「まあ正直に言って、犯人は選挙管理委員会の誰かだろうとは思ってるよ」

と言ってのけた。

「おい、一年E組の彼を助けたいんじゃなかったのか」

「あの一年じゃないだろうけどね。だってそうとしか思えないじゃないか、投票箱に関われるのは選管だけなんだし」

確かに選管なら、箱を持ち運ぶ間にこっそり票を足すことは容易だろうが……。

「お前の説だと、複数人の選挙管理委員が結託してそれぞれの箱に少しずつ不正票を足したってことになるぞ。理屈の上じゃ可能かもしれないが、そんなこと本当にあり得るのか」

「だからさっき言っただろ、無理筋だって。一人や二人ならともかく、九人も十人も集まってこんなことを企んだと考えるのは非現実的だよ」

そこまで言って、里志はぱんと手を叩いた。

「というわけで、お手上げなんだ。不正票を箱に入れる方法は考えついたけど、それが事実だと仮定すると、選管内に闇の組織の存在を認めないといけなくなる。闇の組織なんてないと仮定すると、どこでどうやって票を足したのか見当もつかない。タイムリミットは明日の朝だけど、根まわしを考えると今夜中にハウダニットの目鼻をつけたい。にっちもさっちも行かなくなって、思わずホータローに電話したってわけさ」

4

夜の街を歩く俺たちの前に、赤い光がともっている。俺と里志は同時に足を止め、いままでの話を暫時《ざんじ》忘れてその暖色の明かりに目を奪われた。気のせいか、風の中にも異質なものが混じっているような。里志はまっすぐに光を見つめたまま首をわずかに巡らすことさえせず、口だけを動かして言った。

「おなかすかない？」

赤提灯に黒々と書かれた「ラーメン」の文字をじっと見ながら、俺は無言だった。

まだ繁華街には遠いのに、まさかこんなところにトラップがあるとは思いも寄らなかった。夜の神山市は危険がいっぱい、よい子は頭から布団をかぶってさっさと素敵な夢を見るべきであったのだ。

「悪いことはよそう」

「……そうだね。悪いことはよくない」

三分後、俺たちは狭いカウンターで肩を寄せ合うように二人並んで座っていた。メニュー表はシンプルで、ラーメン、チャーシューメン、ワンタンメンと、あとは餃子とライスとビールだけ。俺はラーメンを、「実は夕飯食べ損ねたんだよね」と言い訳をした里志はワンタンメンとライスを頼む。店の主人は厚い胸板に渋紙色の顔、白いタオルを頭に巻いていて、注文すると腹の底から響くような声で「はいよ！」と言った。

店内はどことなく油染みて白かったのだろう壁紙も黄色みがかっているが、古いだけで汚くはない。客は他にもいたが入れ違いに出て行って、いまは俺たち二人だけだった。コップに注がれた冷水を一口飲んで、ふっと短い息をはく。湿度の高い季節に湿度の高い場所を歩いてきたはずだが、思ったよりも喉が渇いていた。

「ホータローはこの店に来たことがあるのかい」

手持ち無沙汰そうに胡椒の小瓶を構っていた里志が、そう訊いてきた。

「いや。お前はあるんだろう？」

「え、ないよ。初めて。ここに店があることも知らなかった。ホータローが堂々と入っていくから、てっきり常連だと思ったんだけど」

「お前が入ろうと言い出したから、てっきり行きつけなのかと思っていた」

話が聞こえていたのか、店主が、

「なあに、後悔はしないよ」

と太い声を張り上げた。

カウンターに肘を乗せ、大きな換気扇の作動音を意識しながらぼんやりしていると、里志が愚痴のように呟いた。

「犯人特定には興味がないけど……なんでこんなことしたんだろうね」

「さあ、なあ」

「生徒会長なんて、どうせ何もしない。イベントの時に前に出て生徒代表としてスピーチするぐらいだ。校則改正運動でもやってるなら会長選びで揉めるのもわかるけど、この選挙を邪魔してなんになるんだろう」

それこそ、本人に聞かないとわからないだろう。ただ、

「思いつきでよければ、いくらでも」

「聞きたいね」

「犯人は選挙が大好きで、もう一回やりたかった」

「ほうほう」

「選挙が大嫌いで、嫌がらせをしたかった」

「なるほど」

「生徒自治なんて茶番だと思っていて、生徒会長選びがいかに無意味なものか全校生徒に問いたかった」

「テロルだねえ」

「候補者擁立の準備が整わず、再選挙に持ちこみ時間を稼ぎたかった」

「候補者受付は締め切られてるから、それはないね」

「選管委員長が気に入らないから、選挙を台無しにして青い顔を見たかった」

里志はくすりと笑った。

「否定しきれないのが怖い。……まあ、動機はわかんないな。テロル説は魅力的だけど」

「恋のおまじないかもしれんしな」

店の狭さの割に巨大な冷蔵庫から、紐で縛ったチャーシューが出てくる。店主はそれに包丁を入れながら、「学生さんにはサービスだ」と言った。チャーシューを増やしてくれるのかもしれない、楽しみにしておこう。

ふと、気になっていることを確かめる。

「選挙管理委員は四十八人だって言ったな」

胡椒の小瓶をラックに戻し、頬杖をついて里志が答える。

「うん。三学年それぞれが八クラスで、二人ずつだからね」

「なのに、開票は十人ほどでやるとも言っていた」

里志は丸椅子を回転させ、体を少しこちらに向き直らせた。

「十人でも一人あたり百票ほどの割り当てだから充分間に合うし、そもそも開票はスペースを食うからね。全員でやったら体育館が必要になるよ」

「係の分担はどうなってる」

「ええとね……」

腕組みをして唸っている。

「四十八人のうち、半分は箱係だ。投票箱を持って教室に行き、投票が終わったら戻ってくる。箱の中から票を出すまでが仕事で、それが終わったらだいたい会議室から出て行った」

「最後まで見届けたりはしなかったのか」

「そういう委員もいたよ。一年E組の彼もその中の一人だ。だけど、強制されて残っていたわけじゃなかったみたいだね」

「他には、箱渡し係と鍵係を聞いたな」

「箱渡し係は二人だ。さっきも言ったけど、投票用紙渡し係も兼ねてる」

「箱は、何年何組のものと決まってるのか」

「いいや、適当に並んだ委員に手近な箱から渡してた。ただ、投票用紙は違ったね。学年とクラスを申告させて、そのクラス用の用紙を配ってた」

さっき里志も言っていたが、神山高校の一クラスの生徒数はおおよそ四十三から四十四人で、もちろん多少のばらつきはある。足りなければ大問題だから、あらかじめ数は数えているのだろう。もちろん欠席者や早退者の分は投票用紙が余ることになるが、その余り自体は、今回の不正問題とは関係ない。

「投票用紙を作るのも、その箱渡し係かな」

里志は首を傾げた。

「僕は当日の立会しかしてないからね……。ただ、たった一人で千人以上の用紙を作ったなんてわけはないよ。もちろん何人かで手分けして作ったんだろうさ。紙を切って、選挙管理委員会の判を押したわけだ」

「その判が問題だな。不正票にも判は押してあったんだろう?」

「そうだよ。最初に言ったとおり、票の偽造は簡単だったんだ」

全ての票に選管の判が押してあったからこそ今回の件は不正投票となったわけで、もしも水増しされた票に判がなかったなら、単に異物混入で済んでいた。不正票を足した人物は事前に投票用紙を偽造する必要があったのだから、もしも犯人を特定したいと考えるなら、このあたりが突破口になるかもしれない。

が、里志が知りたいと願っている、一年E組の名無しの権兵衛の名誉を回復するための情報は犯人の名前ではなく、あくまで不正票が入り込んだルートだ。もちろん真犯人がわかればそれに越したことはないのだろうが、何しろ俺たちには名簿もなければ人員もなく、権限もない。出来ないことはやらないというのが合理的な姿勢だろう。

「鍵係は?」

質問を変えると、すぐに答えが返ってきた。

「鍵が一つしかないからね、一人だったよ。投票の前に二十四クラス分の鍵を掛けて、投票が終わったら二十四クラス分の鍵を開ける」

「ものすごく暇そうに聞こえるが……」

「暇そうにしていたよ。ホータローに向いた仕事かもね」

どうかな。仕事がほとんどないくせに待機時間だけやたらと長く、おまけに責任は重いわけだから、変な疲れ方をしそうだ。俺なら御免こうむりたい。

「四十八人中、二十四人が箱係、二人が箱渡し係、一人が鍵係、十人が開票係か」

「ほかには委員長が一人、副委員長が二人、ホワイトボードにいろいろ書き込む集計係が二人いたね」

「役目なしが六人いるな」

「雑用と会議室の片づけをするのも何人かいた。それじゃないかな」

里志が身を乗り出してくる。

「これでおおよそ、四十八人の当日の仕事がわかった。有望な切り口になるかな」

「さあ……それはわからんが、いまの会話は大いに有意義だった」

「へえ、どうしてだい？」

俺の前に、醬油の香りもかぐわしいラーメンが置かれる。麺は細めの縮れ麺、スープは醬油色に澄んでいてチャーシューは二枚、メンマも二枚で、丼の中央には緑も鮮やかな茹でホウレン草がこんもりと据えてある。

「あいよ、ラーメン！」

割箸を手に取って、ぱきんと割る。見事に根本まで一直線に割れた箸を目の高さに掲げ、俺は言った。

「待ち時間を短く感じた」

「……のびるから先に食べなよ」

「そうする」

いただきます。


後悔しないと言った店主の言葉は正しかった。スタンダードな醤油ラーメンには変な癖がなく、やや塩気が多いようだが、そこがむしろラーメンを食べたという満足感に繋がっている。ラーメンにホウレン草を入れたことはなかったが、いざ食べてみると、どうしてこれまで入れてなかったのかと思うほどに馴染んでいる。そして、これは良いのか悪いのか判断に困る点だが、どういう仕掛けなのかスープがやたらに熱かった。里志のワンタンメンもすぐに来て、俺たちは、

「あつっ」

「あっついな、ほんとに！」

と小さな悲鳴を漏らしながらラーメンをたぐっていく。無心で半分ほど平らげ、少し落ち着いたところを見計らったのか、箸を持ったままの里志がちらりとこちらを見た。

「ところで、ぜんぜん関係ないんだけどさ」

麺がおいしい。……これまで、ラーメンの麺がおいしいと思ったことはなかった。いや、味ではなく食感の問題だろうか。

「聞いてる？」

「聞いてる」

「ワンタンおいしいよ」

「よこせ」

「やだ。千反田《ちたんだ》さんに立候補の話があったらしいって、知ってた？」

俺の箸が一瞬止まって、また動き出す。

「……初耳だな」

里志はワンタンをふうふうと吹き、つるりと飲み込む。

「もともと印地《いんじ》中学じゃ有名人だったっていうし、陣出《じんで》のあたりじゃ本当にお嬢さまだ。成績も抜群で人当たりがいい。教頭先生が出てみないかって打診したっていう噂もある。文化祭の一連の騒動で下地があった知名度は、生き雛まつりの報道で跳ね上がった。足りないのは執行部活動の実績だけってね」

古典部部長では、確かに全校的な実績にはならないだろう。

「それほどあいつのことを知ってるわけじゃないが……」

熱いスープが絡んだ麺を持ち上げ、そのまま自然に冷めるのを待つ。

「実務能力に長けたタイプじゃないと思うがな」

「文集作りの舵取りも、だいたい摩耶花《まやか》がやってたしねえ。ただ、それと同じだよ。会長には人望があれば充分で、実務は脇が固めればいいっていう考え方もある」

お飾りのお神輿《みこし》、というわけか。高校の生徒会長ごときに象徴的な意味を見出すというのはほとんどジョークに聞こえるが、いばり散らす選挙管理委員長というのもいるそうだから、まあどんなことでも起こらないということはないのだろう。

「ま、実際には千反田は立候補しなかった」

「だね。ホータローが言うとおり、性に合わないって思っていたらしい。……ただ、生徒会長の経験が将来の役に立つかどうかは、気にしていたみたいだ」

「役に立つ……推薦のことか？」

生徒会長の経験があると大学への推薦を得られやすいというのは、聞いたことがある。千反田が受験を見越して会長立候補を検討したというのは、ぴんと来ないが。

里志は苦笑してかぶりを振った。

「まさか」

「だろうな」

「いずれ千反田家を継いだときに、神高を代表した経験が役に立つかもしれない……そういう意味だったらしい」

麺がなくなってしまった。丼を持ち上げて口を付けたいが、なにしろスープがまだ熱い。俺はぼんやりと、洗い物をする店主や、湯が沸いている大釜を眺めていた。

跡継ぎ、か。住む世界と常識が違いすぎて、千反田を取り巻く状況の端々を実際に目にするようになったいまでも、実感が持てない。このご時世にそんな話が本当にあるものか、と思ってしまう。だが千反田にとっては、まさに跡継ぎという言葉こそが現実だ。

「いやあ……」

ワンタンをつるりと啜り、里志はぼんやりと気のない声で呟いた。

「僕はどうなろうかねえ」

もう一度丼に手を添えて、その重さと熱さに持つことを再度諦めたとき、胡椒の小瓶の横に客用のレンゲがあるのを見つけた。さっそく手にして、一口、スープをすくう。

「弁護士なんかどうだ」

「弁護士？」

珍獣の名前でも聞かされたように、里志は頓狂な声を上げる。

「はは、どこから出てきたんだい、その発想！」

この店のラーメンは気に入った。今度はワンタンメンも試してみよう、里志のそれが旨そうだった。あまりいっぱいにスープをすくうとレンゲから溢れて跳ねそうなので、俺はちびりちびりと手を動かす。

「正義の味方だからさ」

「いや、それはホータローが言ってるだけじゃないか」

「まず思いついたのが弁護士だっただけで、他にはそうだな、仕事人はどうだ。闇夜に紛れて悪党をばらりずん」

「はは……」

乾いた笑い声を上げて、里志はまたワンタンメンに戻っていく。食べる速さは同じぐらいだったが、里志はライスもあるので、まだ少しかかりそうだ。

客は俺たちだけだったラーメン屋に、スーツを着た赤ら顔の二人組が入ってくる。店主が「へいらっしゃい！」と声を掛ける。二人組は酔っているようで、

「ラーメンね、二つ！」

「中ジョッキもね。大将、なんかつまむもんないの？」

などと殊更に大きな声を張り上げる。一気に賑やかになった店の中で、俺は里志が呟くのを聞いた気がする。

「考えもしなかったな……悪くない」

もしや俺は、一人の仕事人を生み出してしまったのだろうか。

5

ラーメン屋を出ると、六月の生ぬるい夜風が吹きつけて、赤提灯を揺らした。里志は、相談料だと言ってラーメン代を払おうとしたが、俺はその提案をはねつけた。相談料とは！ まったく失礼な話だ、里志はこういうところがよくない。こんなこともあろうかと千円札を忍ばせておい

てよかった。

身動きするたび、胸ポケットの中で釣銭の硬貨がちゃりちゃりと音を立てる。里志は四方を見まわし、それから腕時計を見た。

「意外と遅くなったね。さすがに、そろそろ帰った方がよさそうかな。こんな時間に呼び出して悪かったね」

「別に構わん、どうせ洗い物と風呂の掃除ぐらいしか用事はなかった」

「……ひょっとして、やっぱり怒ってるのかい？」

「いや、ぜんぜん。帰るなら送っていってくれ、一人じゃ怖い」

最後の冗談は思いのほか受けた。

今年の四月、意外な成り行きで里志は俺の家を訪問している。二度三度と来たわけじゃないから細かな道順は忘れているだろうが、おおよその方角はわかるだろう。

「OK、じゃあ行こう」

と、先に立って歩き始める。

ラーメン屋から俺の家までは、歩道のある広い道から行くとわかりやすそうだ。道路灯の明かりはぼんやりとして、冬の冴えた光を思い出すにつけ、季節が夏に向かっていることを思わせる。交通の途絶えた道路をミニパトカーが走ってきて、少なくとも俺はぎくりとしたが、パトカーが停まって夜間の徘徊を咎められることはなかった。

「少し考えたんだが」

俺はそう切り出した。

「どのタイミングで投票用紙を箱に入れたのか、と考えると行き詰まるな。投票前に箱を検《あらた》める以上、事前に用紙を仕込んでおいたとは考えられない。そもそもある箱に四十票も追加したら目立つし、十箱に四票ずつ分割して仕込むには協力者がおおぜい必要になる」

さっき里志が言ったことの繰り返しだったが、真摯な頷きが返ってきた。

「そうだね。僕もそこで詰まった」

「じゃあ、考え方を変えるしかない」

有権者数を上まわった分の数の票は、どこから混入したのか。

どこに混入されていたのか？

いきなり、里志が「そうだ」と声を上げた。

「いま思いついたんだけど、票はテーブルの上に最初から載っていた、ってのはどうかな」

「ありそうなことなのか？」

たったそれだけの反論で、里志の勢いは無惨にしぼんでしまう。

「いや。とてもありそうにないね。衆人環視のテーブルの上に、見えない票があったんじゃない限り」

「見えない票はなかっただろう。だけどもしかしたら、見えない委員はいたかもしれない」

里志が眉根を寄せる。

「……どういうことか、訊いてもいいかな」

「もちろん」

歩道は、潰れてしまったガソリンスタンドの前を横切る。コンクリート造りの広々とした空間がぽっかりと空いているさまには、妙に不安を誘われる。

俺は言った。

「選挙の手順を聞く限り、大きな穴が二つある。そこを突けば、俺だって不正票の水増しは出来ただろうと思う」

何か言うかと思ったが、里志は無言だった。話を邪魔しないようにと思っているのかもしれない。ならばと先を続ける。

「一つは、教室から投票箱を持って戻ってきた選挙管理委員の身元チェックだ。他の項目は箱が空だということとの確認しかり、票の数が間違いなく二十票一束だという確認しかり複数人によるチェックが行われているのに、『何年何組の箱が戻ってきた』という情報の確認はそうじゃない。お前の話が正確なら、そこは自己申告制だった」

里志は『委員たちは三々五々会議室に戻ってきて、まず何年何組の箱が戻ってきたというリストにチェックを入れる』と言っていた。

「たぶん、単にクラス名が並んだリストにマルだのバツだのを書き入れるだけなんだろう。同じ選挙管理委員とはいえ、全員が全員の顔を憶えているとは思えない。たとえばの話、俺が二年A組の箱を持って会議室に行ってリストにチェックを入れても、あまり疑われないだろう」

低い唸り声が、里志の喉から発せられた。

「……そこはホータローの言うとおりかもしれない。箱を持って会議室を出て行った生徒と戻ってきた生徒が同一人物であるというチェックは、確かに、していなかった」

「肝心なのは票だからな。極端な話、誰が箱を運ぼうが選挙そのものには関係ない。クラスのリストがあるのも、あくまで全クラスの箱が戻ってきたか後で確認するためだろう」

「そうだ」

と、里志は思案げに頷き、続ける。

「肝心なのは票だ。ホータローが指摘した穴は小さなものではないけど、票はどのタイミングで増えたのかという疑問の答えにはならない」

「そこでもうひとつの穴が重要になる」

今日の放課後、選挙に先だって選挙管理委員が投票箱を受け取るさまを想像する。古びた飴色の、がっしりとした箱だ。

「どの箱がどのクラスのものかということは、決められていないと言ったな」

「ああ、確かに」

さっき『適当に並んだ委員に手近な箱から渡してた』と言っていた。

「それが問題なのかい？」

「箱がランダムであること自体は問題じゃない。どのクラスの箱が戻ってきたかのチェックが自己申告制だったことにも問題は思い当たらない。でもこの二つを組み合わせると、どうなるか」

腕を組み、曇り空を見上げ、里志は無言で歩く。電柱にぶつかりそうになったので袖を引いてやる。

「……ホータローが示唆してるのは、箱を持って会議室に戻ってきた生徒は選管委員じゃなかったかもしれない、ってことだよね。でも、それと箱がランダムに渡されたこととの関係っていうと……」

「ちょっとずれたな、そういうことを言いたかったわけじゃない」

俺はなにも里志にクイズを出しているわけじゃないので、答えを引っ張る意味はない。問いを繰り返す形になるのは、自分の考えがこんがらがってしまわないよう、順番に話そうとしているからだ。

「俺が言いたいのは、どのクラスのものでもない箱が、選管じゃない人物によって運び込まれても、システム上はチェックできなかっただろうっていうことだ」

一瞬の戸惑いの後、里志の目が大きく見開かれた。

「なんてこった、ホータロー、そりゃ容易なことじゃないよ」

神山高校生徒会長選挙のシステムは里志の話を聞く限り、票の数え間違いや見落としに対しては万全の対策が払われている。しかし、偽の選挙管理委員が偽の投票箱を持ってきた場合を想定すると、対策らしい対策は存在しない。

「いや、ちょっと待って」

手の平を突きつけられた。

「それはおかしくないか。確かに選管は腕章一つ付けてないし、なりすますことは簡単だけど、箱はどうするのさ。あの投票箱はどれぐらい前から使われてるのかわからないけど、時代物だってことは確かだ。一朝一夕に用意できるものじゃないよ。白木の箱を持ってきた生徒がいたら、いくらなんでも気づいたはずだ」

少し間を置き、里志は「それに」と付け加える。

「会議室で票を出した投票箱をこっそり持ち出して、偽造した票を入れてから何食わぬ顔でまた戻ってくる、っていうのも駄目だ。中身を出した投票箱は回収され、会議室に積み上げられるんだから。箱がない限り、その方法で不正はできない」

「そうだな。……つまり今回選挙で使われた二十四箱のほかに、筆で投票箱と書かれた、飴色がかって錠前がついた箱があればいいってことになる」

「そんな箱がどこにある？」

どこって、そりゃあ……。

「特別棟一階の倉庫だろう」

投票箱はふだんそこに置いてあるらしいから。

歯がゆそうな顔をして、里志は地団駄を踏まんばかりだった。

「そこには今回の選挙で使う箱があったんだ。ホータローのいう、不正に使われた箱があった場所じゃない」

俺も歯がゆかった。その倉庫にあった投票箱が二十四箱きっかりだったわけはない。どうして伝わらないのか……と思った途端、その理由が閃いた。そうか、里志が悪いわけではない。これは家庭の問題だ。

「姉貴に葉書が来たんだよ」

「えっ」

いきなり話を変えられて、里志がぽかんとする。

「えっ、ああ、うん。お姉さんは元気かい？」

「おかげさまで。大学に戻って、いまは留守だ。なのに姉貴宛の葉書が来るんだから厄介なんだよ、帰ってくるまでわかるところに置いておかないといけない」

「……なんで転送しないの？」

ショックが全身を走り抜けた。そうか、その手があったか、転送してしまえばいいんだ。なぜ気づかなかったのだろう。

「ホータロー？」

「いや、すまん、ちょっとびっくりした。本題なんだが、その葉書、同窓会のお知らせだったんだよ」

それのどこが本題だと言いたげに、里志は不満げな声を上げる。

「あのさ」

「三年I組の」

ごついRV車が、ごきげんなヒップホップを騒音としてまき散らしながら走っていく。里志は両手の指を伸ばし、一本ずつ折っていく。A、B、C、D……。

「そうか。九クラスだ」

俺は頷いた。

「神山高校が各学年八クラス編成なのは、いまだけだ。かつては九クラス、ひょっとしたら十クラスの時代もあったのかもしれない。来年からは七クラスになって、いずれは六クラスになることもあり得る」

「そうだ、当たり前だ。生徒の……子供の数は変わる。でも学校はあり続ける」

俺たちは、自分がいる現在の状態を神山高校だと認識する。それはそれで間違っていない、ただし、神高は俺が在学しているかどうかにかかわらず存在する。かつて一学年九クラスだった時期にも生徒会長選挙はあったし、投票箱の古さから見れば、その時期から同じ箱を使っていたと考えていいだろう。

クラスが減ったときに箱を捨てたとは思えない。いつかまた、一学年九クラスの時代になるかもしれないのだから。

「特別棟一階の倉庫には、むかし生徒がいまよりも多かった頃の投票箱が眠ってる。犯人はそれを知って箱を持ち出し、不正票を入れて、選管になりすまして会議室に運んだ」

「戻ってきたクラスをチェックするリストには、なにも書かなかった。箱が施錠されているとしても、鍵係が持っている鍵で開くはずだ」

「鍵は一つしかないからね、投票箱に取りつけられた錠前はぜんぶその鍵で開くとみていい。明日の朝一番で会議室に乗り込んで投票箱の数を数えて、二十五箱あればそれが証拠だ。戻す時間はなかった。充分に早く行けば、もしかしたら証拠隠滅を図る犯人と鉢合わせするかもしれんな」

過去にも学校はあり、そこで使われた投票箱が余っているだろうことに気づけば、不正選挙のからくりを見抜くのはさほど難しくはない。俺には神山高校出身の姉貴がいたから、学校もまた時間の中にあることに気づけたが、里志には妹しかいないから気づくのが遅れた。それだけのことなのだが、しかしなんだか嫌な気分だ。時間は進むということぐらいとうにわかっていたはずなのに、「いや、そのことの意味を、お前は本当にはわかっていないんじゃないのか」と言われたような。

「箱の中ばかりを見過ぎた。……なにか、欠けていたな」

里志がそんなことを呟く。変に示唆的なその言葉に肩をすくめると、胸ポケットの小銭がすれ合って、ちゃりんと音を立てた。

6

後日里志から聞いたところによると、俺たちが組み上げた仮説はその晩のうちに総務委員長に伝えられ、総務委員長から選挙管理委員長に伝えられた。選管委員長は最後まで一年E組の彼があやしいと言い張ったらしいが、会議室に残された投票箱が確かに二十五箱だったことをもって、主張を取り下げたという。

システムの穴を塞いだ上で生徒会長選挙は再投票が行われ、その結果、常光清一郎が新生徒会長の座に就いた。昼休みに全校放送で流れた就任演説で、新会長は選挙のトラブルには一言も触れなかった。

不正票を入れた犯人は、早朝に二十五箱目を回収に来たところを押さえられた。その名前は聞いていないし、動機も知らない。里志曰く「ここから先は選管の仕事だ、僕の仕事じゃない」そうだ。

その意見には、俺も全面的に賛成している。

鏡には映らない

1

きっかけは日曜日だった。

わたしはその日、買い物に出かけていた。先が潰れかけたGペンを騙し騙し使っていたけれど、そろそろ限界に来てしまったのだ。スクリーントーンも補充したいし、どこかでなくした雲形定規も買い直そうと思っていた。それでいつもの雑貨屋さんであれこれ見つくろい、ついでに電器屋さんにも立ち寄った。ゆくゆくはパソコンで絵を描きたいから、値段の下調べのつもりだった。いちおうお父さんのお下がりがあるけれど、メモリが少なすぎて絵を描くには向かないのだ。

パソコンは安くなったというけれど、まだちょっとおこづかいでは手が出ない。ペンタブレットまで揃えることを考えると、どう考えても高嶺の花だ。ふくちゃんなら安く買う方法を知っているかもしれないけれど、たとえ半額になってもまだ無理。デジタル移行は将来の夢ということにして店を出るところで、知っている顔に出会った。

「伊原《いばら》じゃん！　久しぶりー」

向こうは一目でわたしを見分けたけれど、わたしは少し時間がかかった。中学校のときに同じクラスだった池平《いけひら》だ。髪を染め化粧をしているから、すぐにはわからなかった。

中学校での池平は、クラスの輪に溶け込もうといつも頑張っていて、特に派手なことを好む子ではなかった。ちょっと雰囲気変わったな、と思ったのは、髪の色や化粧だけが理由ではなかったと思う。

「あ、久しぶり」

そう手を振る。彼女とは特に仲が良かったわけではない。悪かったわけでもない。中学三年の一年間で馴染んだ普通のクラスメートであり、久しぶりに会えばやっぱり懐かしい感じがした。

「なにしてんの？」

「パソコン買えないかなって思って」

「へー。どんなの買うの？」

「ん。高いから、また今度かな」

「だよねー高いよね」

池平は大袈裟に相槌を打つと、わたしの買い物袋を見る。

「なんか買ったの？」

「う、うん」

不意を衝かれて、言葉が喉に引っかかった。わたしが漫画を描いていることは、中学校の同級生には秘密だ。知っているのはふくちゃんと折木と、あと何人か数えるほどだけ。悪いことをしてるわけじゃないけど、知られたら良くても「見せて」と言われて恥ずかしいし、悪ければ変人扱いだろうから。

「文房具」

嘘じゃない。

漠然とした答えだったのに、池平は妙に神妙な顔をして頷いた。

「あー、そうか。伊原、頭よかったもんね」

中学生の頃だったら、その言葉にはどうしても陰にこもった仄めかしが含まれてしまっただろう。勉強が出来ることへのコンプレックスと出来ないことへのコンプレックスが交錯して、言い表しにくい屈託が生じたに違いない。

けれどいま、池平は素直にそれを口にし、わたしも変な遠慮なくそれを受け止めることができた。自分の頭がいいとは思わないけど、池平の進学先より入りにくい高校に入ったことは事実だし、それを謙遜しても嫌みでしかない。中学卒業から丸一年と少し。この会話が自然と交わせるようになっただけでも、お互い、僅かでも成長したのかもしれない。

もっとも、買い物袋の中身は勉強道具ではなく、特殊な文房具なのだけれど。騙したようで、ちょっとだけ気が引ける。

「池平も買い物?」

「うん。安いビデオカメラ探してるんだけど、予算より千円高かった」

「カメラ?」

「うん！」

声が弾む。

「あたし、いまバンドやってるんだ。でもあたしだけ下手だから、ビデオに撮って練習しようかなって思って。あたし、頑張り屋さんだよね！」

漫画の話だけれど、「やりたい」と言うだけで練習をしない子はたくさん見てきた。それに比べると池平は、確かに頑張り屋さんに違いない。

「うん。すごい。パートはなにやってるの？」

「ベース。でもさ、いまボーカルが抜けちゃって……」

そこまで言って、池平の表情がぱっと明るくなった。

「そうだ！　伊原、あんた歌うまかったよね。いま部活とか入ってるの？」

どういう成り行き！

わたしの歌がうまいなんて、いったいどこから出てきた勘違いだろう。思い当たるのは合唱コンクールでパートリーダーをやったことぐらいだけど、あれは他に誰もやらなかったからだし。

大慌てで釈明する。

「うん、入ってるんだ。放課後も結構いろいろあってさ。家でもやることあるし。それにわたし、別に歌はうまくないよ」

「ふうん。そっか。スポーツ系？」

「ううん。文化系。池平が知ってるやつもいるよ」

「へえ。誰？」

「福部とか……折木とか」

何の気なしに名前を出した。

途端、池平の眉がみるみる吊り上がる。しまったと後悔するがもう遅い。池平は、

「折木！　あいつが？」

と吐き捨てた。

そして何を勘違いしたのか、気遣わしげに言う。

「そっか……。折木がいるんだ。サイアクじゃん」

「あ、うん」

池平はいっそう声をひそめ、囁いた。

「何の部活か知らないけどさ……。あんまりアレだったら、追い出しちゃいなよ。あたしは何も出来ないけど、協力してくれる人もいると思うよ」

喉元まで上がってきた言葉を呑み込み、わたしは、黙って頷くしかなかった。


それから二言三言話して別れたけれど、帰り道のあいだ、わたしは折木のことを考えずにいられなかった。

池平の反応は、過剰なものではない。あの年、鏑矢中学三年五組にいた人間は、折木奉太郎《ほうたろう》を軽蔑する理由があるのだ。いや、それを言うなら、あの年の卒業生全員にその理由があると言っていい。

忘れていたわけじゃない。だけど……。

川沿いの涼しい風を感じながら、ゆっくりと歩く。あの件が持ち上がったのは卒業間近だけれど、一月や二月ではなかったと思う。いまはっきりとは思い出せないけれど、たぶん、十一月も下旬のことではなかっただろうか。

2

鏑矢中学では毎年、卒業生が全員で卒業制作を作るのが習わしになっていた。

その年ごとに違うものを作るので、当然、数十年のうちには趣向も尽きてくる。わたしたちの一年先輩は「植樹」だった。何かの苗を二百人ほどの卒業生が手渡ししていって、最後の一人が土に植えた。それを「全員での卒業制作」と呼んだのだから、さすがにあれは茶番だったというしかない。

何を作るか決める過程を、わたしは知らない。お金がかかることだから、たぶん職員会議で決めるんだろうなと想像している。とにかく前年の反省があったのか、わたしたちの学年ではもう少し制作物らしいものを作ることになった。

「大きな鏡はどうか、ということになりました」

学級委員の細島《ほそじま》くんがそう言ったとき、クラスは狐につままれたような雰囲気に包まれた。鏡を自分たちで作るという発想がなかったし、方法も見当がつかなかったからだと思う。

細島くんは学級委員を引き受けるぐらいだから恥ずかしがり屋ではなかったけれど、顔が赤くなりやすい体質だった。その時も、たぶん顔を染めて言い直したと思う。

「ええと、大きな鏡の、フレームを作ります」

説明をまとめると、こういうことだった。

縦が二メートル近い大きな鏡に、木製の飾り枠をつける。クラスごとに分担して、その木枠に彫刻を施す。完成すれば、レリーフに縁取られた鏡が末永く鏑矢中学の生徒を映し続けることになる。

鏡という選択の良し悪しは、なんともいえない。あればあったで便利だろうけれど、何だか数年のうちに怪談のたねになりそうな気もする。

実際の作業手順は、まず全体のデザインを作るところから始まる。

「デザインは二組の鷹栖《たかす》さんがやります」

と言われて、わたしはなるほどと思った。鷹栖亜美《あみ》さんは市の絵画コンクールで銀賞を取っていて、体育祭のときにはマスコットも描いていた。わたしたちの学年で、絵が上手いといえばまず出てくる数人のうちの一人だ。

鷹栖さんのデザインを何十かのパーツに分割して、五クラスに均等に割り当てる。各クラス内でそれぞれ再度割り振って彫り、最後にそれを組み合わせて完成させる。

それほど手がかかる作業ではなさそうだった。なにしろわたしたちは高校受験を控えている。十二月にもなれば、そろそろ気が立ってくる時期だ。あまり難しいことをやれと言われても困るというのが、みんなの率直な気持ちだったと思う。どこからも異論は出ないまま、卒業制作はスタートした。

鷹栖さんのデザインは、オーソドックスなものだった。ぶどうのツルが長く伸びて、鏡を取り巻いていた。ところどころに葉が茂り、房がたわわに実っていた。天道虫や蝶が描かれたパーツもあったし、小鳥も幾羽か飛んでいた。とはいえ実のところ、全体のデザインを知ったのは完成した後のことだ。最初わたしたちに配られたのは、十センチ四方の板と、割り当てられたパーツのデザイン画だけだった。

わたしの班には、鏡の左側を飾るレリーフが割り振られた。細島くんによると、鏡の上下に当たる部分はデザインが細かく、左右はそうでもないらしい。なので話し合いの結果、上下部を受け持つ班は一枚、左右部を受け持つ班は二枚のレリーフを彫ることに決まった。

渡された二枚のデザイン画の一方は、ゆるやかにカーブしたツルと元気よく上を向いた葉で構成されていた。こちらは比較的楽だ。ところがもう一方には、ツルに生ったぶどうを小鳥がついばんでいるところが描かれていた。

班の男子からは、不満が噴出した。

「なんで俺たちだけ、鳥なんか彫らなきゃなんねえんだよ」

「あいつらなんかツルだけだろ？　やってられるか」

言葉は乱暴だけれど、彼らの言い分にも一理あった。わたしたちの班に配られたデザイン画は、他の班のものに比べて明らかに手間がかかるものだったからだ。作業量分担が不公平だという彼らの主張は、まったく正しい。

ただし、

「別に最初から公平に配分するなんて話は出てなかったでしょ？」

という反論も成り立つ。というか、わたしがそう言った。

「どうせあんたたちは彫らないいんだから黙ってなさいよ」

この言質《げんち》を与えたことで、男子はおとなしくなった。彼らは内心、彫らなくてもいいのかと小躍りしていただろう。それに腹が立たないわけではなかったが、厄介なデザイン、短い制作期間、迫る受験などの条件を考えると、彫刻が苦手な男子に仕事を任せるのは危険だったのだ。

前にふくちゃんはわたしについて、わたしが重んじる価値は「完璧」ではないだろうと言っていた。自分語りが嫌いなのでそのときは聞き流したけれど、こうして思い返すと、やっぱりふくちゃんはわたしのことをわかってくれていると思う。卒業制作の作業分担が完璧に公平でないことを、わたしは不自然とも思わずに受け入れた。

幸いわたしはそこそこ木彫りが得意だし、班にはもう一人、三島《みしま》という美術部の女子がいた。彼女の得意分野はエッチングだったけれど、彫刻刀を握らせてもわたしより上手く、十センチ四方の板二枚ぐらい二人でかかれば朝飯前だった。作業期間中、わたしたちの受験勉強が滞ったことは否めないけれど。

三島とはそれまで、そんなに仲良く話したことはなかった。わたしも人のことは言えないかもしれないけれど、三島は人付き合いに壁を作るタイプだったからだ。けれど卒業制作で協力した十日ほどの間で、わたしたちは結構、お互いの秘密を打ち明け合ったと思う。少なくともわたしの側は、いつか漫画家になりたいという夢を話した。三島はその夢を笑わなかった。簡単に肯定もしなかった。あの子は微笑んで、「きっと大変だろうね」と言った。

小鳥は、ほとんど三島が彫った。それにしても、あの鳥は何だったのだろう。わたしたちはそれを、

「スズメじゃない？」

「スズメかな」

「じゃ、スズメで」

という安直な会話の末、スズメと呼んでいた。いま考えると、あれはハチドリだったのではないかと思う。

少なくともわたしにとって、あの卒業制作はいい思い出だ。

取るに足らない問題もあった。彫り上がる直前、それまでわたしたちに近づきもしなかった男子の一人が文句を付け始めたのだ。

「こういうのはさ、得意なやつがやればいいってもんじゃないだろ。思い出づくりなんだし、下手でも参加することに意義があるんじゃねえか」

だそうだ。

だったら最初から言えばいいじゃないとか、完成の喜びだけ分かち合おうったってそうはいかないとか、言いたいことはいろいろあった。ただ、その頃のわたしはいま以上に言葉をオブラー

トに包むのが下手だったから、

「ばかじゃないの？」

の一言で済ませたんだったと思う。

そうして、わたしたちは無事に二つのパーツを彫り上げた。わたしが彫った部分と三島が彫った部分で出来映えの差はあるけれど、まずデザイン画通り。満足のいく出来映えだった。

他の班も、それぞれなんとかレリーフを完成させていった。曲がりくねって輪を作ったツルや、板の半分以上を占める大きなぶどうが揃い始めた。

やがて、提出日になった。

問題が発覚したのはその日だった。……最後まで提出を遅らせていた班が、とんでもないものを出してきたのだ。

その班の担当は、鏡の下部を飾るパーツだった。鷹栖さんのデザイン画では、横に伸びたツルが一度大きく垂れ下がり、弧を描いて上っていくように描かれていた。その垂れ下がりの先端は、なぜか鋭角に尖っている。ツルの垂れ下がりと跳ね上がりを自然な感じで彫るのは簡単ではないだろうけれど、わたしたちの「スズメ」に比べれば話にならないほど楽だったはずだ。

しかし彼らが提出した板には、ただ横一線のツルがあるだけだった。いや、それはツルにすら見えなかった。板の中央に、一本の棒が何の工夫もなく彫られているだけだった。

デザイン画を完全に無視した、手抜きそのもののレリーフ。それを受け取って、細島くんの顔色が真っ赤になったのを憶えている。当然ながら彼は声を荒らげた。

「どういうつもりなんだよ。上手い下手以前に、デザインを無視するなんて！」

一方それを提出した男子は、この世にこれほど下らないことはないとでも言いたげな顔で、

「だって曲がってると面倒だろ」

と言った。

それが、折木の卒業制作だった。


彫り直している時間はなかった。飾り枠は鏡の納入までに組み立てなければならなかったのだ。折木のパーツも、そのまま使うしかなかった。

レリーフの組み立てには、わたしも参加した。場所は体育館。作業はまず、床に新聞紙を敷くところから始まる。充分な広さに新聞紙を敷いたら、そこに各クラスから集めたパーツを並べていく。パーツには通し番号がついているから、ただ並べていくだけでいい。

仮の完成像が出来上がったら、それぞれを接着剤でくっつけていく。強力な接着剤だから危険だという理由で、その工程は先生が受け持った。手袋をつけて刷毛を持った先生が、腰をかがめてパーツを接着していく。わたしをはじめ組み立て作業に参加した生徒は、それを立ったまま見守っていた。日が短い冬のことで、外はもう真っ暗になっていた記憶がある。確か、雪もちらついていた。

やがて接着剤を塗り終えた先生が、ゆっくりと腰を伸ばしながら言った。

「さあ、出来たぞ」

接着剤が乾くまで迂闊に動かすことは出来ない。わたしたちは相変わらず、立ったまま新聞紙の上の飾り枠を見下ろしていた。薄々勘づいてはいたけれど、組み立て作業にそんなに人手はいらなかったのではと思った。

ただ、その場にいた生徒たちの間には、何とも言えない達成感が共有されていたと思う。隣のクラスの男子同士が、

「悪くねえな」

「そうだな」

と囁きあうのが聞こえた。実際、中学生が作ったものとしては、なかなか見事だった。完成したフレームの中で、わたしと三島が担当した部分は特に自賛できるほど上出来で、わたしは結構満足していた。周囲に比べて、逆に浮いているようにさえ見えたぐらいだ。会心の出来映えと言ってよかった。

一方、数十のパーツの中には、下手な部分も、雑な部分もあった。ツルを浮き彫りにするはずが彫りが浅く、そこだけ出っ張っているように見えるパーツ。ぶどうの房を、単に網目状の彫り跡で表現していたパーツ。ツルと葉が繋がっていなくて、この葉はどうやって浮かんでいるのだろうと首を傾げたくなるパーツもあった。しかし折木の「棒」が抜きんでていい加減だということは、否定できない。

けれどわたしは、少しだけ安心してもいた。アール・ヌーヴォーを思わせる曲線群の中で、確かに折木のツルだけが真っ直ぐで飾り気もないとはいえ、それは大きな瑕疵には見えなかったか

らだ。折木のパーツは鏡の下部にあたり、幸い目立たない位置に当たっている。それに少なくともそのツルは、左右と繋がってはいた。これなら、「五組だけが手を抜いた」とは言われないだろうと思った。

接着剤の乾燥には二、三日かかるということで、その日はもう何もすることはなかった。余った新聞紙を片づけ、解散する寸前になって、体育館に鷹栖さんが入ってきた。

鷹栖さんの名前はもちろん知っていたけれど、三年間で一度もクラスがいっしょにならなかったこともあって、このときまで顔と名前が一致していなかった。何となく芸術家肌の線が細いひとを想像してたけれど、鷹栖亜美さんは、目鼻立ちが派手な子だった。組み立てメンバーの一人が「あ、鷹栖さん」と呟いたので、わたしは初めて彼女が鷹栖さんなのだと知った。

彼女は一人ではなかった。友達らしい女子を三人連れて現われた。組み立て作業のメンバーに向かい呼びかけた、

「どう？　できた？」

という声は何とも言えず軽薄で、わたしは違和感を覚えずにいられなかった。ぶどうのツルをメインにした堅実なデザインと彼女の笑い声が、頭の中でうまく結びつかなかったのだ。

鷹栖さんと三人組の女子は、笑いながらフレームに近づいた。

わたしは、鷹栖さんもこの出来にはきっと満足するだろうと思っていた。不出来な部分はあるけれど、集団作業なのだから、行き届かないところが出てくるのは当然だ。鷹栖さんのデザインを百パーセント実現させたわけではないけれど、妥協できる範囲だろうと思っていた。他の組み

立て作業参加者も、和やかに彼女を迎えた。

だけど、レリーフを見下ろした鷹栖さんは、たちまち笑顔を凍りつかせた。

「え……」

その表情の急変に、ぞっとしたことを憶えている。その青い顔を見て、「血の気が引く」とはこういうことなのかと理解した。彼女はふらりとよろめきさえした。

鷹栖さんは腕を持ち上げ、フレームの一点を指さした。

「なに、これ」

その指の先には、折木が彫ったおざなりのパーツがあった。鷹栖さんは、冬の体育館いっぱいに響くような悲鳴を上げた。

「なんで！　なんでこんなふうになるの！　ひどい、ふざけんなよ、ひどい！」

取り乱す彼女を、三人組の女子がおろおろしながら慰める。「どうしたの」とか「落ち着いてよ」とか、いろいろな言葉をかける。

けれど鷹栖さんは、とうとう泣き始めてしまった。顔を覆い、言葉にならない声を張り上げて泣く。手の施しようがなくなった三人組は、わたしたち組み立てチームに食ってかかってきた。

「なんだよ、誰がこんなふうにしろって言ったんだよ！」

「中学校最後の思い出だろ、何してくれてんだよ！」

「謝れよ。亜美に謝れ！」

そう言われても、その場にいた人間が彫ったわけではない。誰も収拾をつけることができず、鷹栖さんは泣き叫ぶばかり。先生が声をかけるが、その効果もない。

とうとう、先生は組み立てメンバーを見まわし、こう言った。

「このパーツを彫ったのはどこのクラスだ？」

鷹栖さんたちを除く生徒がお互いの顔を見合わせる中、わたしは少しだけ、勇気を出す時間を必要とした。

それでも、十秒と待たせはしなかったと思う。

「五組です」

そう名乗り出ると、三人組の矛先はもちろんわたしに向かった。

先生が「伊原が彫ったわけじゃないだろう」とフォローしてくれるまで、わたしは三人組に、「ぶっ殺す」とか「死んで謝れ」などと罵られ続けた。


三年五組が卒業制作の手を抜いて、デザインした鷹栖亜美を泣かせた。

このニュースは、翌日には学年中に広まっていた。五組は汚名をかぶった。そして「犯人」が折木だということは、誰もが知っていた。

クラスの何人かは、折木に詰め寄った。

「責任取れよ」

「謝りに行けよ」

「五組みんなに恥かかせやがって」

あいつは、その全てを聞き流した。

折木を弁護しようというクラスメートはいなかった。休み時間、折木は教室から消えることが多くなった。わたしは図書委員だったから、あいつが図書室に来ていることを知っていた。図書室の本を借りるわけでもなく、自前の本を読んでいる姿を何度か見た。

わたしは、折木だけが悪いわけではないと思っていた。あのパーツは折木だけに分担されたわけではなく、班に分担されたのだ。三年五組では、六人で一つの班を作っていた。折木以外の五人にも、卒業制作に関する責任は均《ひと》しくあったはずなのだ。それなのに折木ひとりを責めるのは筋違いだ。実際、折木の班のひとまであいつを責め立てるのを見たときは、何だか胃の辺りに不快な感じが込み上げた。

とはいえ、だから折木は悪くないと思っていたわけではない。図書室でひとり本を読むあいつに、わたしは目も合わせようとしなかった。

……折木がもしクラスメートの追及に耐えていたのだとしたら、その時間は長くなかったはずだ。事件後、鏑矢中学は数日で冬休みに入った。休みが明け三学期になると、卒業制作を気にしている余裕は誰にもなかった。

高校受験が近づいていたからだ。

池平に会った晩。わたしは自分の部屋の机に向かい、じっと考える。

高校に入って、古典部を通じて折木と話すようになった頃、わたしの胸のうちには卒業制作の事件がひっかかっていた。折木だけが悪者ではなかったはずという考えはずっと持ち続けていたけれど、その一方、折木は面倒だと思ったら任された仕事を簡単に放り投げる無責任な男だとも思っていた。

その後、いろんなことがあった。

わたしはふくちゃんと話をしたいのであって、折木なんて最初からどうでもよかった。でも、あいつが取り組んだいくつかのケースを目の当たりにして、わたしはあんまりあいつのことを知らなかったんだなとは思うようになった。まあ、知りたいと思ったこともなかったけれど。

あいつは、子供の頃のちーちゃんが何を悲しんだのか、いっしょに考えてあげていた。縁もゆかりもない上級生のクラスで制作が頓挫《とんざ》していたビデオ映画を、曲がりなりにも完成へと導いた。

他にもいくつか思い当たることがある。折木がそれらの問題に関わって、いくつかは解決してしまったことには確かに驚いた。折木のくせに生意気だとも思った。けれど、いま思い返してみて、一番意外だったことは別にあると気づく。

「……このへんにあったと思うけど……」

ひとりごとを呟きながら、本棚を探す。整理は普段から気をつけている方だと思う。目当てのものは、程なく見つかる。

文集『氷菓』。何を書けばいいのか決まっていない、変な文集。去年は、実質わたしひとりで編集をした。印刷部数の発注で信じられないミスをしてしまったせいで、何だか見るのも苦しくて棚に入れたままだった。

開く必要はない。中身は大体憶えている。

わたしが意外だったのは、この文集のための原稿を、折木がしっかりと書いてきたことだ。特別な事が起きたとき特別に張り切るのは、実は簡単なことだ。体育祭で頑張ったり、親戚の結婚式で張り切ったりすることは難しくない。「密室で人が死んでいるぞ！」と言われて、「なんだって、どういうことだ！」とワクワクしながら駆けつけるのは、心の動きとしてむしろ自然ですらある。

一方、文集用の原稿をこつこつと書くのは、そうしたお祭り的な心理とは遠いところにある。それは野次馬根性では出来ないことだ。

たとえばふくちゃんは、『氷菓』用の原稿を書くのにずいぶんと苦労していた。わたしはふくちゃんが好きだから、部室に正座させて叱ったものだ。

「だからふくちゃん、最初に言ったじゃない。ちゃんと聞いてた？　わたしちゃんと、『何か面白いこと書いてやろう』だけじゃ完成しないよって言ったでしょ？　計画性の話じゃないの。もちろんそれもあるけど、それだけじゃないの。こういうのはね、面白くも何ともないところも歯を食いしばって書かないと完成しないっていう話なのよ。それを人の言うことをちゃんと聞かないから、こんなにぎりぎりになるんでしょ。反省しなさい。反省した？　反省したよね。じゃあわたしもいっしょに考えるから、隣に座って！」

と。

ふくちゃんが特別だめな子っていうわけじゃない。むしろ普通だと思う。漫画研究会の文集なんか、もっと……。いや、この話を思い出すのはやめよう。

とにかく折木は『氷菓』の原稿を、やっぱりこの世にこれほど下らないことはないとでも言いたげな顔で、「ほらよ」と持って来た。まだ印刷所とやり取りをしていた時期で、締切日さえ決まる前という時期に。わたしも涼しい顔でそれを受け取ったけれど、実は結構驚いていた。あいつがときどき口にする知ったふうな言葉、「やるべきことなら手短に」だったっけ、あれは怠け者の繰り言だと馬鹿にしていた。けれどわたしはあのとき、折木にはいちおう自分の言葉を守る気があるんだな、と思ったのだ。あいつは、やるべきことをやらなかったことはない。たぶん。

古典部で、まあ何となく折木のやることも目に入ってきた一年間を思い出し、改めて考える。

折木は、三年生全員がかかわる卒業制作であれほど手を抜く、芯から腐った怠け者だろうか？

ベッドに寝転がって、呟く。

「なーんか、あやしいな」

何か隠している気配がする。あのとき、あいつは何か企んでいたんじゃないか。というか絶対そうだ。いまならわかる。あの素っ気ないレリーフには、折木なりのろくでもない理由があったはずだ。

あいつのことはどうでもいい。でも、鷹栖さんの涙と三年五組の不名誉について何か隠されたことがあるなら……。

それはいまからでも、知っておきたい。

3

わたしのささやかな調べ物は、しかし初日から腹立たしい暗礁に乗り上げた。月曜日、放課後を待って地学講義室に行った。折木の問題なのだから、あいつに訊けばそれで全部がわかるつもりでいた。

部室には折木ひとりしかいなかった。普段ならハズレだと思うところだけれど、今日に限ってはかえって好都合だ。折木は普段通り後ろから三列目の机に陣取って、片手に文庫本を持ったまま眠そうにしている。わたしが教室に入っても、ちょっと目を上げただけで、すぐに本に戻っていく。これもまた、だいたいいつも通り。

だからわたしが鞄も置かずに近づいても、折木はぽかんとしているだけだった。それにしても何を読んでいるのだろう。わたしが首を傾けるように首を傾けると、歯車で連動でもしているように、折木の本も傾いて題名を隠す。わたしが首を戻すと、折木の本も元に戻る。やましい本を学校に持って来ているわけじゃないだろうに、何で隠すのか。そう思ったら、つい言葉がきつくなった。

「ちょっと訊きたいことがあるんだけど」

これじゃまるで取調官の言い種だ。さすがに折木には何の心当たりもないらしく、「俺に?」とでも言いたげに、きょとんと自分の顔を指さしている。いくら折木が相手でも、これはわたしが悪かった。

「あ、ごめん。文句とかじゃなくて。昔の話を聞きたいだけなの」

「昔か」

言いながら、折木は本を置く。ご丁寧にも表紙を下にして。

「歴史の話なら里志が詳しいぞ」

こいつの軽口に付き合うつもりはない。手近な椅子を引っ張ってきて、正面に座る。

「中学の頃の話よ」

「それも里志の方が詳しいな」

「卒業制作の話」

折木は一瞬、わたしの目をまともに見る。そしてゆっくり、

「それだったらなおさら、里志が詳しくないか？」

と言った。

確かにふくちゃんは、卒業制作の進行管理にかかわっていた。だから折木がふくちゃんの名前を出すこと自体は、不自然ではない。でも、何かを誤魔化そうとしているように感じたのは思いすごしだろうか？　わたしは折木に、指を突きつける。

「あんたの話よ。それもふくちゃんの方が詳しいなんて言わないわよね」

「どうかな。自分のことってのはわからない」

「いいから聞きなさい」

突きつけた指を握りこぶしにして、机に置く。

「憶えてるでしょ。大きな鏡。縁取りのレリーフ。……あんた、手を抜いたわよね」

折木は少し、目を逸らした。溜め息をつくように言う。

「その話か。いきなりどうした」

「昨日、池平に会ったの。そこであんたの名前が出て」

こいつなら本気でクラスメートの名前を忘れてるかもしれないと思い、付け加える。

「三年五組の女子よ」

「ああ。わかってるよ」

「どうだか」

折木は視線を宙にさ迷わせる。

「本当さ。中ぐらいの背で、太っても痩せてもいなくて……。目と髪が黒かった」

「ふざけてるの？」

すると折木はちょっとだけ眉を寄せ、伏せた文庫本に手を置いた。

「ちょうどいま、いいところだったんだよ」

「えっ。あ、ごめん！　じゃ、後にするね」

「いいよ」

文庫本を机の端に滑らせて両手を机の上に出し、そして折木はこう言った。

「あの件じゃ、クラスの連中に迷惑をかけた。もう時効だと思っていたけど、そう上手くはいかないもんだな。改めて、悪かった」

頭を下げる。

殊勝な態度に、わたしはかえって鼻白む。こんな小手先でわたしを誤魔化せると思われたことが心外だ。不本意ながら長い付き合いで折木の手の内はわかっている。こいつが頭を下げて手早く話を終わらせようとしていることぐらい、お見通しなのだ。

「謝ってほしいなんて思ってないのよね。じゃあ、訊くわよ。どうしてあんなことしたの」

「どうしてって……」

折木は言葉を詰まらせる。

「みんながみんな、お前みたいに手先が器用じゃないんだよ」

「あんたが不器用なのは知ってる。だから、あんな彫り方になったって言うの?」

そうだと言ったら、嘘だと返すつもりだった。折木のレリーフが異常だったのは、それが下手だったことではない。デザインを大きく無視するほど、手抜きだったことなのだから。

けれど折木は、軽く頭を掻いてこう言った。

「それもあったと思うけど、細かい事情は忘れたな」

「忘れた?」

「受験のことで頭がいっぱいだったんだろう。卒業制作なんて、真面目に作っても卒業したらどうせ誰も見ないんだ。だったら適当でいいだろう……。よくは憶えてないが、そう思っていたんじゃないか」

「へえ」

わたしは少しだけ前に乗り出し、折木をじっと睨む。

「受験で忙しいから手抜きしたって言うのね。他に理由はない、って」

残念なことにわたしは、目を見るだけで嘘と本当を見分けるような眼力は持ち合わせていない。ただ、表情の変化に気づくことぐらいは出来る。仏頂面の折木でも、ちょっとぐらいは動揺するかもしれない。

「……」

そして、確かに折木の表情は変化した。

誰だって、真っ向から見つめられたら気まずくなる。なんだか恥ずかしいと思うこともあるだろう。

それを差し引いても、折木はこのとき、ちょっと頬を赤くした。

「折木」

「なんだよ」

取りあえず名前を呼んでみたけれど、何を言っていいのかわからない。赤くなる？　なんで赤くなるの？　怒ったの？

それからもう少し、かまをかけたり揺さぶったりしてみた。けれど折木は、「忘れた」「よく憶えてない」を繰り返すだけで、とても口を割らせることは出来そうもなかった。


外堀から埋めよう。

当時のことを調べて突きつければ、逃げ場がなくなって折木も口を割るかもしれない。そのためにはどうしたらいいだろう。夜、自分の部屋で勉強机に向かって、いろいろ考えた。そして、折木と同じ班だった子に話を聞くのが一番だと思い当たる。

いまではさすがに、誰が折木の班にいたかは忘れてしまっている。となれば卒業アルバムの出番だ。アルバムには各クラスの集合写真の他に、数人で撮られた写真も載っている。他のクラスはどうしたか知らないけれど、わたしたち五組は、班ごとに分かれて撮ってもらっていた。いまになって役に立つとは思わなかったけれど。

本棚から卒業アルバムを取り出し、机に広げる。五組のページを開く。カメラマンさんに笑ってと言われたのか、いつもの仏頂面をむりやり引きつらせた折木といっしょに、五人の元クラスメートが写っている。この中に神山高校に進んだ子がいれば大当たり。

「ん……。よし」

いた。人差し指で、その子の写真をトントンと叩く。

芝野《しばの》めぐみ。ちょっと軽はずみなところがあるけど、困ってる子には優しかったという印象がある。「絶対ダイエットする」が口癖で、確かに少しぽっちゃりとはしていたけれど、本人が気にするほど危険水域ではなかったと思う。

もちろん神山高校でもよく見かけるし、去年は体育の合同授業でいっしょだった。よかった、芝野だったら話しやすい。いまのクラスは知らないけれど、それはすぐにわかるだろう。後は明日の話だ。折木のことはいったん忘れる。

せっかく卒業アルバムを出してきたのだ。ふくちゃんを見ない手はない。ページをめくる。探し当てた中学三年の「福部里志」を見て、わたしはにんまりと笑ってしまった。

「わあ……。子供だ！」

ふくちゃんはいまでも女顔だから、あんまり高校二年生という感じがしない。でも、こうして昔の写真を見るとわかる。やっぱり、変わっていくんだ。きっとわたしも。

よし、目の保養、終わり。後は宿題の時間だ。

翌日、いま芝野がいるクラスを探すのは、予想通り簡単だった。友達の伝手《つて》を辿って、二人目で芝野はE組にいると判明する。わかったのは三時間目の後だったけれど、話を聞くのは昼休みまで待つ。

昼休みになったら、何はなくともお弁当。といっても、わたしはあんまりお昼におなかが空かない。ふくちゃん曰く「そりゃ、朝に食べ過ぎだよ」ということらしいので、なるほどと思いながら足を踏んでやったことがあった。そういうわけで、昼ごはんはあっという間に済んでしまう。E組を覗いたら芝野はすぐ見つかったけれど、まだ食事中だった。廊下をぶらぶらして時間を潰し、頃合いを見計らってE組教室に入っていく。学校生活もいい加減長いのに、他のクラスに入るのはなぜだかどうしても緊張する。

芝野は友達と、楽しげにお喋りしていた。ダイエットの効果はまだ上がっていないらしい。近づくわたしに気がつくと、すぐに微笑んでくれた。

「あれ、伊原。珍しい。どうしたの、誰かに用？」

「うん。ちょっと」

「誰？　呼ぼうか」

「えっと、芝野に訊きたいことがあって。いまちょっといいかな」

芝野は何も不思議に思わなかったようで、屈託なく言った。

「いいよ。じゃ、あっちで」

Ｅ組教室の窓際で、わたしと芝野は立って話す。誰かが窓を開けていて、風が涼しく吹き込んでくる。なんだか、中学校のときにもこうやって話したことがあったような、変に記憶をくすぐられる感じがした。

「それで？」

「日曜日に、池平に会ったの」

「へえ、池平。懐かしいね。音楽やってるって聞いたけど」

ちょっと驚いた。

「よく知ってるね。ボーカルがいないって困ってたよ」

「ふうん」

芝野は顔を曇らせる。

「それで、伊原が歌うの？　あ、それともボーカル探してあげてるの？」

力になってあげたいけど、歌はちょっと、とでも思っているらしい。わたしは慌てて手を振る。

「違う違う。そうじゃなくて、その時に卒業制作の話をしてさ。ほら、鏡のレリーフ」

「……ああ。なるほどね」

何事か納得して、芝野はついと目を逸らす。

「いまでも言われるかあ。まあ、そうだよね」

話を聞き出す方法は、幾通りか考えていた。けれど結局、素直に全部話すしかないと肚を決めている。下手に誤魔化して後で「あれ何だったの？」と訊かれるのも嫌だし、何より後ろめたい手は使いたくない。わたしは言った。

「わたしいま、古典部って部活に入ってるんだけど、そこに折木がいるんだよね。それを話したら、池平がすごく嫌な顔したの。ま、無理ないけどさ」

「あー、折木ね。うん、まあ、根に持ってるやつもいるかなあ」

「でも、いま考えると変だって気がするんだよね」

知らず知らず、わたしは声を励ましている。

「折木って、ぼーっとしてる上に面倒くさがりでしょ」

「あんまり話したことないけど、そういうイメージはあるよね」

「でも、だからってさぼるタイプじゃない気がする。……体育祭で、長田《おさだ》とかが腹痛って言い出して、リレーさぼったの憶えてない？」

芝野は嫌そうに頷く。

「そりゃ憶えてるよ。代わりに走ったの、あたしだもん」

「そうだっけ。長田たちはやりたい放題だったよね。合唱コンクールのときも」

おっと、思い出話に流れそうになる。昼休みは短い。言葉を切って、むりやり引き戻す。

「それはともかくさ」

ちょっと息をついて、訊く。

「わかんないのは、どうして折木が一人で彫ったのか、ってこと。あれって確か、班単位で作るものだったでしょ。でもわたしの記憶だと、折木一人で提出して、あいつが悪いってことになってた気がするんだけど……。どうしてだったの？」

折木が不器用なのは、本人に言われるまでもなくわかっている。わからないのは、どうしてその折木が、レリーフを彫ることになったのか。わたしの班では、わたしと三島の二人で彫った。もし折木がわたしたちの班にいたら、彫刻刀に触れる必要さえなかっただろう。

予想していたことではあるけれど、この質問は芝野の痛いところを衝いたらしい。言葉を詰まらせ、表情が冷めていく。芝野たち他の班員を責めるつもりはない。けれど、責めているように聞こえても、これはもう仕方がないだろう。

それでも芝野は、教えてくれた。

「あれね。折木が自分で言い出したんだよね」

「……へえ」

「手伝ってくれる人がいるから、簡単にできるって言って、デザインも板も持って行っちゃった。それを信じて……って言うと嘘になっちゃうか。そう言うならどうぞどうぞって感じで、みんな押しつけちゃった感じ」

それはきっと、わたしの班で起こったことと同じだ。男子は彫らなくていいと一言ほのめかしたら、彼らは蜘蛛の子を散らすようにいなくなった。

「だからさ」

溜め息が届く。

的外れかもしれないけれど、もしわたしたちが中学生だったら、芝野もこんな疲れたような溜め息のつき方はしなかっただろう、と思った。

「本当は、折木に謝らなきゃいけなかったのかもね」

「……うん」

頷いたけれど、芝野が謝るべきと思って言ったわけではない。それが伝わっただろうか。表情からだけでは、やっぱり何もわからない。

一昨年の冬、折木は卒業制作を一人で預かった。一人では彫れもしないレリーフを。わたしの勘は当たっている。やっぱりあいつは何かを企んでいた。

問題になるのは、ただ一点。

「折木が言った『手伝ってくれる人』って、誰だったのかな」

そう訊きはしたけれど、答えは期待していなかった。芝野と折木がそれほど親しく話していたとは思えない。たぶん、知らないだろう。

謎の第三者に、心あたりは一人だけいた。というか、折木の友達といっていい男子は一人しか知らない。ふくちゃん。……でも、ふくちゃんの手伝いを当てにして作業を全部引き取って来るというのは、ありえないかなあ。

などとわたしが考えている間、芝野はどうやら迷っていたらしい。「知らない」という答えをもらったつもりでいたわたしに、芝野はいきなり言った。

「鳥羽麻美《とばあさみ》」

「え?」

「鳥羽麻美って子だよ。折木が頼もうとしてたの」

知らない名前だ。中学校三年間、どうやらわたしとは接点がなかった子らしい。それともどこかで聞いたっけ?

「彼女だったみたい」

うーん。やっぱり聞き覚えがない。鏑矢中学の生徒数は神山高校よりは少なかったとはいえ、学年あたり二百人は超えていたはずだから、知らない子がいても不思議じゃないんだけど。

……と、ここまで考えて、ようやく耳に届いた言葉の意味を理解する。

「え、なんて?」

「彼女」

わたしは自分語りが好きじゃない。でもこのときだけは、自分の性格について深く考えてしまった。

ほとんどあり得べからざる話を聞いたとき、まさか自分がクラス中に響き渡るような大声で「ええーっ!」と叫ぶだなんて、まるで思っていなかったのだ。

昼休みのE組に残っていた生徒たち全員の注目を浴び、わたしは口に手を当てる。しまった、うるさかったよね。いや、でも、そんな。折木だよ？

混乱から立ち直れないわたしに、芝野は声をひそめる。

「一回だけね。卒業制作はいつごろ出来そうかって訊いたことがあるの。そしたらあいつ、『アサミ次第だな』って言ったの。だから何気なく『アサミって、鳥羽麻美？』って言ったら、ものすごくびっくりしたみたいで、口をぱくぱくさせてた。あたしが麻美と知り合いだって思ってなかったんだろうね。ばれないと思ってたんじゃないかな」

「えっ、でも、あの。……よく憶えてたね」

そんなことを言いたいんじゃないのに。

「麻美の名前が出るなんてびっくりしたし、折木に彼女がいるってのも驚きだったからね。もっとも……」

芝野は苦笑いした。

「いまのあんたほどじゃなかったけど」

そして芝野は、わたしから少し身を引いた。話を終わりにしようという仕草だろう。壁の時計を見ると、昼休みはもう五分と残っていなかった。

「麻美に会いたかったら、写真部に行くといいよ。あたしも高校入ってから話してないけど、カンヤ祭で写真を見たんだ」

言ってから、芝野は悪戯っぽく付け加えた。

「ああ、でも、麻美の居場所なら折木が知ってるよね」

卒業制作の欠陥について知ろうとするなら、鳥羽麻美の名前と居場所は何よりも重要な情報だ。そう直感したにもかかわらず、放課後わたしが駆け込むように向かったのは、写真部の部室ではなく地学講義室だった。自分でもわかるほど足音も高らかに階段を上っていく。折木め。とっちめてやる。頭のどこかで「部室に行っても折木がいるかはわからないよ」「そもそもとっちめるって、何を?」と囁く冷静な声を無視して特別棟の四階まで上がると、地学講義室の横開きのドアをがらりと開けた。

折木は、いた。昨日と同じ椅子に座っていた。

もしあいつ一人だったら、首根っこを摑んで揺さぶってやっただろう。でも、そうではなかった。折木の斜め向かいには、ちーちゃんがいた。笑っている。わたしに気づくと、小さく手を上げてくれた。

「あ、摩耶花さん、ちょうどいいところに。いま面白いお話を聞いていたんです」

ちーちゃん、それより聞いて、あのね、そいつはね……!

と口走るほどには、わたしの錯乱は深くなかった。大きく息をする。落ち着け、伊原摩耶花。まだ裏は取ってない。

「へえ、どんな話?」

それには折木が答えた。

「姉貴の土産話だよ。武勇伝というか、何というか……。馬鹿話だな」

いっつも仏頂面のくせに、ずいぶん和やかな顔をしてるじゃない。

ちーちゃんは、いかにも名案を思いついたというように胸の前で手を合わせた。

「折木さん、摩耶花さんにも聞かせてあげて下さい。最初から」

「最初から？」

いかにも大儀そうに言う。ちーちゃんは弾むような声で繰り返した。

「はい、最初から。だって、出だしが面白かったじゃないですか！　それに……」

「それに、なんだ」

「実はわたし、お話の途中でちょっと気になったところがあったんです」

折木はがっくりうなだれる。

「最初か。どうだったかな」

「二回目だからって、省略はなしでお願いしますね」

明らかに途中を省くつもりだったらしく、折木は恨めしそうな目をちーちゃんに向ける。

ちーちゃんに笑顔が戻って来たのはいいことだ。二年生になってから、ちょっといろいろあったから、なおさらそう思う。

……さすがにちーちゃんの前で、折木の「彼女」の話は出せない。

それに、まあ十中八九、芝野の勘違いに決まっているんだから。折木は目の前に立って、自分を指さして「私は」、折木を指さして「あなたが」、心を込めて「好きです」と言ったとしても、それはどういう意味だろうと考え込んでしまうようなとぼけた人間だ。みんなの目を盗んで恋をしていたなんて、どうして信じられるだろう？

4

その晩、わたしはふくちゃんに電話をかけた。

折木の話は小癪《こしゃく》にも面白く、あれやこれやで意外と長居してしまったけれど、ふくちゃんは地学講義室に来なかった。最後に会ったのが土曜日だから、丸三日間顔も見ていないことになる。なんてこと。

携帯電話の発信履歴の一番上を選ぶ。コール音が鳴るか鳴らないかの間に、ふくちゃんの声が聞こえてきた。

『やあ』

「あ。……電話に出るの、早いね」

忍び笑いが聞こえてくる。

『摩耶花に電話しようとして、操作してたところだったんだ。ボタンを押せば発信ってところで、かかってきた』

「そうだったんだ」

わたしはベッドに飛び乗って、うつぶせに寝転がる。

「あのさ。今日、変なこと知っちゃった」

『へえ、なんだろう』

くちびるを舐める。

「鳥羽麻美って子、知ってる?」

間が空く。電話の向こうで、ふくちゃんが戸惑う顔が見えるようだ。

『うん、知ってる。写真部だよね。何かこだわりがあるのか学生コンクールには出展しないから困ってるって、部長がぼやいてたよ』

「ふくちゃん、写真部の部長とも知り合いなの?」

『委員会のおかげでね』

「ふうん……」

わたしの知らない人とふくちゃんが知り合いだと、ちょっと胸が重くなる。やだなあ、こんなわたし。ふっと息を吐いて重さを吹き飛ばし、訊く。

「でさ。その鳥羽さん、鏑矢中学出身なんだって」

『らしいね』

「その子のこと、何か知らない?」

折木の彼女だって言ってる子がいるんだけど。もし万が一それが本当だったら、ふくちゃん、きっと動揺するでしょ?

ふくちゃんを相手にかまをかけるのは、正直に言って、ちょっと楽しい。痛くない程度に腹を探り合う、手順通りのお遊戯のようなものだ。

けれど返ってきた答えは、いつもの手順からは外れていた。ふくちゃんの声は、わたしでなければ気づかないほど少しだけ、沈んでいたのだ。

『いちおう知ってる。摩耶花、鳥羽さんに会う用事があるのかい？』

「ん。まあね。よくわかったね」

『そりゃあね。……だったら、ちょっと気をつけた方がいいかもね』

ふくちゃんの声が真剣味を帯びていくので、わたしはベッドの上で体を起こし、正座する。

『鳥羽さんは鏑矢中学の同級生を良く思ってない。円満に話したかったら、中学のことは言わない方がいいかもしれない』

どうして、と訊きたかった。

けれどふくちゃんは、まるでそう言われることを恐れるように、一転して調子を明るくする。

『ま、そんなことより、聞いてよ。日曜日のことなんだけどさ、参っちゃったよ……』

話し始めるふくちゃんに、わたしは言葉を挟むことが出来ない。ちょっと引っかかったけれど、すぐにまあいいかと諦めた。

電話で長くは話せない。わたしだって、ふくちゃんとは楽しい話をしたいから。

もう一年以上神山高校に通っているのに、わたしはこの学校に暗室があることを知らなかった。それは化学準備室に併設されているという。写真部は、その化学準備室を部室にしているそうだ。

　昨夜、ふくちゃんとの電話の後で、卒業アルバムで鳥羽麻美の顔を確かめた。眼鏡をかけていること以外にはこれといった特徴もなく、強いて言えば痩せ気味かなというぐらいの印象しか持つことが出来なかった。ただ、それは鳥羽麻美だけを見ているからそう思ったのだ。卒業アルバム用の集合写真を全部見ていくと、彼女はちょっとだけ変わっていることがわかる。……ほとんど笑っていない。

　とにかく、顔を知っているのは強みだ。放課後、化学準備室を訪れたわたしは、そこにいた女子が鳥羽麻美でないことを見て取った。部屋にはもう一人、天然パーマの男子がいた。襟元の徽《き》章《しょう》で三年生とわかる。わたしは彼に、鳥羽麻美に会いたいと伝えた。

「鳥羽さんか」

　と、彼は顎を撫でながら訊いてくる。

「急ぐのかな？」

　急ぐ理由は、特にはなかった。折木の卒業制作にどんな理由があったのであれ、それは一昨年の冬に終わっている。その理由をいずれは知りたいし、どうせなら早いうちの方がいい。でも、今日明日でなければということはない。

「いえ。お邪魔だったら、出直してきます」

　わたしは鳥羽さんが暗室にいると思ったのだ。ところが三年の男子は「ま、いっか」と呟くと、事もなげに言った。

「あの子なら、屋上にいるよ」

「屋上？」

鸚鵡《おうむ》返しに訊き返してしまった。

暗室の存在を知らなかったわたしだが、この学校に屋上に続く階段がないことは知っている。なにしろ古典部の部室は最上階なのだから。屋上へは、壁に取りつけられた鉄梯子を上っていくしかない。梯子の先にはいかにも重々しい鉄扉があって、試したことはないけれど、当然鍵がかかっていると思っていた。

「そう、屋上。内緒だよ。屋上への鍵のスペアがあるんだ」

それが写真部で代々引き継がれているものなのか、それとも鳥羽麻美個人の持ち物なのか疑問は湧くけれど、まあどちらでもいいことだ。わたしはお礼を言って化学準備室を後にし、通い慣れた特別棟の階段を上り始める。鳥羽さんに会うのはそれほど急がない。でも、屋上に上がれる機会なんてそうはない。馬鹿と煙と伊原摩耶花は高いところが好き、というわけじゃないけれど、上ってみたかった。

四階。地学講義室へのドアが閉まっているのが見える。誰かいるのだろうか。二日続けて折木が来ていたから、今日あたりはいないかもしれない。ふくちゃんの方はそろそろ来ていてもいいころだ。後で覗いてみよう。

階段の上りたて、白い壁面に梯子が取りつけられている。存在は知っていたけれど、上ろうと考えたこともなかった。上を見て、すぐ気づく。梯子の先にある鉄扉が、僅かに開いている。確かに誰かが屋上にいる。

「……よし」

軽く握りこぶしを作って気合いを入れ、梯子に手をかける。

別に立ち入り禁止とはどこにも書いてないけれど、普通に判断して生徒が屋上に上がることを歓迎しているとは思えない。それに、特に気をつけて見ていた訳じゃないけれど、確か神山高校の屋上にはフェンスの類はなかった気がする。先生に見つかったら物凄く怒られて、写真部の鍵も没収されるんだろうなと思うと、上るにもなんだか気が急くようだ。

垂直の梯子を上るには意外と腕力が必要で、細い踏み桟《さん》が手のひらに食い込む感じがする。先に上がった誰かの温かみは梯子に残っておらず、桟を一つ上るたびにひんやりと体温を奪われるのが嫌だった。

言葉にはしないけれど、よいしょ、よいしょと心の中で掛け声して、梯子を上っていく。とはいえ、桟の数は十に満たない。大変ではあったけれど、時間はほとんどかからなかったと思う。屋上への鉄扉に手をかけると、それはあっさりと開いていく。風の抵抗を予想していただけに、拍子抜けした。

屋上へと自分の体を持ち上げる。

誰も掃除する者がないだけに、まだらに黒く汚れた校舎屋上。そこに、三脚を据えた女子がいる。ファインダーを覗き込むでもなく、カメラの向きを変えるでもなく、彼女はただ立っていた。

「……鳥羽さん？」

鉄扉の開く音は静かだったので、彼女が気づかなかったのも無理はない。ゆっくりと振り返ると、黒々とした瞳がわたしにまっすぐ据えられる。

「誰」

その一言にこれほど強い拒絶のニュアンスが込められるのを、わたしは初めて知った。

鳥羽麻美さんに間違いない。顔かたちは卒業アルバムで見たのと同じだ。

けれどわたしは、「このひとは本当に鳥羽さんだろうか」と自問せずにはいられなかった。アルバムの中の彼女は、一言で言って没個性だった。写真の中に埋もれている彼女を見て、これは廊下ですれ違っても憶えていないかもしれないと思ったものだ。

いま屋上にいる彼女は違った。どこがどうというわけではないけれど、彼女は全身で、闖入者《ちんにゅうしゃ》であるわたしを拒んでいる。没個性どころか、夢にさえ出てきそう。眼鏡をかけていないということには、後から気づいた。

見物程度の気持ちで彼女の空間に入ってしまったことを後悔した。でも、もう遅い。肚にぐっと力を込めて、気を強く持つ。

わたしは言った。

「二年C組の伊原摩耶花。あなたが、鳥羽麻美さんね」

名前を呼ばれ、彼女は不快そうに視線を逸らした。

「部長が教えたのね」

「部長かどうかは知らないけど、天然パーマの男子がここだって教えてくれた」

「あいつ」

　吐き捨てるように言う。

「……で、わたしを知ってるってことは、何か用なの？」

「うん」

　空の下で話すには、鳥羽さんは遠すぎる。わたしは数歩、彼女に近づいた。

「ちょっと訊きたいことがあって。いま、いい？」

　彼女の口許に皮肉な笑みが浮かんだ。

「こんなとこまで来ておいて、『いま、いい』でもないでしょ」

　それはまあ、もっともだ。

「いいわよ。なに？」

　ふくちゃんの忠告を思い出す。中学のことは言わない方がいいかもしれないと言っていた。でも、仕方がない。

「卒業制作のことを訊きたいの」

「……何のこと」

「鏑矢中学の卒業制作。大きな鏡のフレームのことよ」

　彼女の体が硬くなるのがわかる。「卒業制作」という言葉に、鳥羽さんは明らかに反応した。表情を見ただけで内心がわかるなんて思い上がってはいないつもりだけど、いま鳥羽さんがみるみる頑なになっていくのははっきりとわかった。彼女が完全にわたしを拒絶する前に、手持ちの札を全部ぶつけるしかない。声が大きくなる。

「鳥羽さんが知ってるかどうかわからないけど、あの卒業制作で、男子がひとり恨みを買ってる。五組にいた、折木奉太郎のことよ。あいつは手抜きのレリーフを提出して、そのせいでデザインを担当した鷹栖さんはひどく泣いた。

でもわたしは、いまになって不思議に思ってる。折木は怠け者だけど、卒業生全員で作る思い出の品を台無しにするほどには自己中心的じゃない。あの手抜きには何か理由があったんじゃないかって気づいたのよ。そして調べたら、鳥羽さん、あなたの名前が出てきた。折木と鳥羽さんと卒業制作、これってどう関わってるの？　それとも、やっぱり何も関わってないの？」

わたしの問いかけに、鳥羽さんは笑った。親しみも温かみもない、何も知らないわたしがおかしくって仕方がないというような冷たい笑み。校舎の屋上で風はなく、空気は暖かで、空はほどよい青みに晴れている。けれどわたしは、寒さを感じずにはいられなかった。

鳥羽さんは言った。

「知ってどうするの？」

昔の話じゃない。終わったことでしょ。鳥羽さんはそう言っている。けれど違うのだ。終わっていない。

「謝るのよ」

眉をひそめ、鳥羽さんはわたしの言葉を繰り返す。

「謝る？」

「そうよ。謝るの」

「誰に」

「決まってるでしょ。……折木に」

クラスの誰もが、折木の不実な仕事を責めた。面倒だという理由で中学校最後の思い出を汚した折木をなじった。そして卒業まで、折木は教室からいなくなることが多くなった。

あいつは図書室に来ていたのだ。そこで本を読んでいた。……そしてわたしは図書室でも、あいつと目を合わせようとさえしなかった。

卒業して、進学して、あいつが神山高校の図書室に現われたときも、心のどこかに引っかかりがあった。折木は信用できない、いい加減なやつ。ふくちゃんの友達にはふさわしくない。はっきり意識していた訳じゃないけれど、それぐらいのことは思っていたのではないか。

それら全ての原因は、あのレリーフのまっすぐなツル。あれがただの手抜きであれば、あの年に卒業した同級生全員に、折木を軽蔑する立派な理由があることになる。

でも、もしそうじゃなかったとしたら？

鳥羽さんは、重ねて、わたしを嘲笑う。

「どうかな。許してもらえるかな？　ちょっとわからないと思うよ」

ではやはり、彼女は折木のことを知っているのだ。はっと打たれたように顔を上げたわたしに、鳥羽さんは言った。

「なにを今更。でも、そっか。折木くんが恨まれたままっていうのも問題ね」

折木の名を出す鳥羽さんの声には、どことなく嬉しそうな、懐かしむような響きがある。ほとんど信じていなかった「彼女」という言葉を思い出す。

「鳥羽さん。あなたにとって折木は……」

「ヒーローかな。その片割れ」

ヒーロー。折木が？

いまや鳥羽さんは、微笑むようですらある。

言葉の解釈は後でいい。彼女から拒絶の雰囲気が消えている間に、もっと言葉を引き出したい。重ねて訊く。

「じゃあ、卒業制作は？」

「そうね。解けた呪い、ってところかな」

「折木は卒業制作に何をしたの」

鳥羽さんは、にやにやとして言った。

「さあ？　全部教えてあげる理由はないし。一昨年の冬に同じことを訊かれていたら、喜んで答えていたと思うけどね。……ただ言えるのは、折木くんを恨むなんて言ってるあなたは最低だってこと」

遅すぎて話す気にもならない、ということか。

風が出てきた。僅かな風でも、手すりもない屋上にいると恐怖を呼ぶ。わたしの顔はたぶん、強張っていたのだろう。鳥羽さんは興味を無くしたように肩をすくめて、言った。

「知りたければ鏡を見てきたら？　逆立ちでもしないと、あなたにはわからないと思うけど。さ、部活中なの。もう邪魔だから降りてくれる？」

そして背中を向けようとする。

わたしは、ちーちゃんの笑顔を思い出した。昨日、折木の話に聞き入っていた横顔を。

「待って。もうひとつ」

「……しつこいわね」

眉をひそめる鳥羽さんに、もう二度と同じことは訊かないつもりで、わたしは訊いた。

「それで、この高校に入ってから、折木には会ったの？」

幸い、鳥羽さんはわたしの質問の意味を深くは考えなかった。

「わたし、折木くんはヒーローにしていたいの」

「……」

「会って話したら、嫌いになるでしょ？」

そして今度こそ踵を返し、カメラのファインダーへと身をかがめる。もう何も答えないことは、明らかにわかった。

5

結局のところ、やはりあの鏡が問題なのだ。

屋上から降りたわたしは、地学講義室には行かなかった。なにを今更という鳥羽さんの言葉は、悔しいけれどたぶん正しい。鳥羽麻美の名前を出して無理に詰め寄れば、折木は口を割るかもしれない。でも、謝る理由を首根っこ摑んで引っ張り出すというのは、少し違う気がした。

ふくちゃんがいるなら、会いたい気持ちはある。でも卒業制作に関して言えば、ふくちゃんは折木とも鳥羽さんともクラスが違う。折木が何故か隠していることについて、わたしが打ち明けて相談するのは卑怯な気がする。いまは我慢、我慢。

一般棟に向かい、教室に置きっぱなしだった通学鞄を回収する。壁の時計を見ると、まだそれほど遅くない。

鏑矢中学の下校時刻には、まだ間があるはずだ。

高校生が立ち入ってはいけない場所はいろいろある。法律で禁止されている場所、条例で禁止されている場所、校則で禁止されている場所。あっちもこっちも立ち入り禁止だ。

そして、誰も禁じてはいないのに入る気にもならない場所として、出身中学校が挙げられる。少なくとも、わたしはそうだ。

鏑矢中学の校門に立ち、昇降口前の花壇にマリーゴールドやカトレアが咲いているのを見ながら、わたしは自分の頰が上気しているのを感じていた。グラウンドでは陸上部と野球部が練習している。ブラスバンド部の音出しが耳に届く。個々の要素は神山高校もそれほど変わらないはずなのに、どうしてこれほど入りにくいのか。

理由は明らかだ。わたしはここを、笑顔と涙で卒業した。卒業した場所には、もう戻れない。戻ってはいけないのだ。

自分の恰好を見下ろす。この街のひとなら誰でもわかる、神山高校の制服姿。いったん帰って、鏑矢中学の制服に着替えてこようか。幸い、というか残念なことに、わたしはほとんど背が伸びていない。まだまだこれからだけど、現時点の数字は認めざるを得ない。たぶん中学校の制服を着ても、違和感はないだろう。

そこまで考えて、首を左右にぶんぶんと振る。何を考えているんだ、わたしは。それじゃまるでコスプレだ。下らない策を練るより正面突破。だいたいいくら気まずくたって、中学校に入ることぐらい、勇気が必要なほどには怖くない。

よし、行こう。

校門をくぐってから、気づく。いまわたし、手と足をいっしょに出していた。

昇降口は、生徒用と来賓用、職員用がある。わたしは来賓ではないから、まだしも生徒用の昇降口から忍び込む方がいいかなと思っていた。けれど考えてみれば、生徒用昇降口には外部のひと用のスリッパはないから、それでは校内を歩けない。賓客ではない申し訳なさを抱えながら、来賓用昇降口にまわるしかない。

受付でもあれば、まだ気が楽だったのだろう。「卒業生の伊原ですが、ちょっと入っていいですか」と訊いて「いいですよ」と言ってもらえば、それがお墨つきになる。でも鏑矢中学の来賓用昇降口は開けっぴろげで、誰もいない。後ろめたくない者だけがこの門をくぐれ、とでも言われているようだ。敷地内に入っている以上、いつまでも怖じ気づいていても仕方がない。ずんずんと中に入り、靴を脱ぐ。金色で「鏑矢中学校」と書かれた茶色のスリッパを、スリッパ入れから勝手に持って来る。

例の鏡は、「おもいでの鏡」と名付けられた。捻りは皆無だけれど、変に捻るよりはいい。それが壁面に据えられたのは、まだわたしたちが在学している間のことだ。だから、場所はわかる。二つある階段のうち一方の、下りきった正面の壁。見咎められないうちにと思った訳じゃないけれど、迷わず進む。

下校時刻まで、あと三十分。校内にひとの気配は残っているけれど、廊下では誰にもすれ違わない。ほっとするけれど、なんだか寂しくもある。もしセーラー服の女子を見かけたら、わたしも去年の三月まではああだったのだと、温かい気持ちになれた気がする。でも誰もいないので、鳥羽さんの言葉だけが胸を行き来する。……解けた呪い。

どういう意味だろう。呪いの鏡といえば、白雪姫？　あれは魔法の鏡か。深夜の合わせ鏡も呪いの鏡かもしれない。でも「おもいでの鏡」は一枚だ。だいたい、呪いだとして「解けた」って何だろう。

あれこれ考えているうちに、誰にも会うことなくわたしは「おもいでの鏡」の前に立っていた。

「……こんなに小さかったっけ」

わたしはまず、そう思った。

小学校を見ると、何もかもが小さくて驚くことがある。それはたぶんこちらの体が大きくなったからに過ぎない。一方「おもいでの鏡」を最後に見てから、わたしの体はほとんど変わっていない。それなのに、壁面にあるそれは、拍子抜けするほど小さかった。

いや、全身を映して余りあるのだから、高さは二メートル以上あるだろう。普通に考えれば充分大きい。ということは、一年あまりの間に、わたしのイメージの中で鏡が大きくなっていただけか。

「やっぱり、懐かしいな」

指を伸ばす。

卒業生全員で、少なくとも建前上は全員で彫ったフレーム。その全体像には、さして思い入れがない。フレームを組み立てる現場に立ち会ってはいたけれど、実際の接着作業は先生が手がけたこともあって、自分たちで作ったという実感はあまり湧いてこない。でも、鏡の左側を飾る「果実をついばむ小鳥」は、間違いなくわたしと三島で彫ったものだ。スズメと呼んだそれは、いま見るとやっぱり、ハチドリだった。中学生のときにそうとわかっていれば、もうちょっとハチドリらしい工夫をしたのだけど。

鏡の横には、プラスチックのネームプレートが貼られている。「おもいでの鏡（デザイン・鷹栖亜美）」という文字の下に、わたしたちの卒業年度が書かれている。

「鷹栖さんの名前、残したんだ」

卒業前、これには気づいていなかった。永遠に学校に名前が刻まれるなんて羨ましいような気がする一方、わたしの名前でなくて良かったという気もする。

大きさの他にもう一つイメージと違っていたのは、鏡を取り囲むツルの細さだ。わたしは何となく、十センチ四方のパーツを堂々と横切る太いものだったと憶えていた。実際のツルは、太いところでもせいぜい二センチで、その分、ぐねぐねと曲がりくねってボリュームを出している。

何となく呟く。

「六十点、かなあ」

中学生のときは、無難で堅実なデザインだと思った。

でもいま見ると、正直に言って、ツルが曲がりすぎてうるさいという印象を拭えない。特に鏡の下部を飾る部分は若干やり過ぎだ。ツルはところどころに葉や実をつけつつ、行きつ戻りつ、垂れ下がったり持ち上がったり輪を作ったりと忙しい。木の枝や虫などの装飾も加わって、ややごちゃごちゃしている。

とはいえ、下の方ほどデザインが入り組んでいるというのは、それほど悪くはない気もする。上の方がうるさいよりは、ずっといいだろう。

さて。

一歩後ずさり、鏡の全体を視界に入れる。

フレームばかり見ていて放置されていたわたしの鏡像が、難しい顔で腕を組む。

「……呪いの鏡、か」

鏡そのものは、先生か誰かが発注した普通の鏡だ。ふくちゃんなら、どうして鏡には像が映るのか説明してくれるだろう。そこに呪いがあるとは思えない。

呪われているとしたら、やっぱりわたしたちで彫ったフレームの方だろう。

「でも、解けているのよね」

そしておそらく、それが折木のやったことだ。

とすると？　わたしの視線は、鏡を囲む曲線の中でただ一ヶ所の直線に吸い寄せられる。横一線のツル。折木が彫ったパーツ。

呪い。

「うーん」

鳥羽さんは、他に何を言っていただろう。折木がヒーロー。会えば嫌いになるから、ヒーローには会っていない。それから。

わからない。わからないだろうと、彼女も言っていた。わたしには逆立ちしてもわからない、と。

「あれ、違うか」

違う。あのときも、ちょっとおかしいなとは思った。

鳥羽さんは、「逆立ちしても」とは言わなかった。「逆立ちでもしないと」と言ったのだ。

逆立ち。

「……スカートだしねえ……」

ふくちゃんでも連れて来ていたら、逆立ちしてるあいだスカートを押さえてもらうのだけど。

逆立ち。逆さ。

「あ。もしかして?」

ポケットから携帯電話を出す。

カメラ機能を起動させ、レンズを鏡に向ける。鏡の中のわたしも、こちらに携帯を構えている。

シャッター音は、シンプルな「ピン」という音に設定している。

そうして撮った写真を表示して、携帯電話を上下逆さまに持ち替える。

「……これ、か」

夕暮れが迫る中学校で、わたしは一人、そう呟いた。

6

地学講義室。

今日はちーちゃんがいない。折木とふくちゃん。そしてわたし。

ふくちゃんになら聞かせてもいい。定位置に席を占めている折木の前に、わたしは無言で、プリントアウトした写真を並べた。

折木はかなりびっくりしていた。それはそうだろう。わたしだって、いきなり目の前に写真を並べられたら何事かと思う。でも、全部を並べるまであいつは黙っていた。ふくちゃんも。

撮った写真は、「おもいでの鏡」のフレーム下部のものだ。折木が「手抜きした」パーツも含め、全部で十五枚ある。十五枚もプリントアウトしたせいで、プリンタのインクがなくなってしまった。今度の日曜日、ふくちゃんを連れて買いに行こう。

わたしの手が止まったのを見て、折木が言う。

「なんだ、これ」

この期に及んで、しらばっくれている。

「卒業制作よ」

「ああ、そうか」

「白々しいわね。棒読みになってる」

折木は頰を掻いた。

「昨日、鳥羽麻美さんに会った。折木、鳥羽さんがうちの高校に来てたって知ってた？」

いちおう訊いてはみるけれど、訊くまでもないことだと思っていた。丸一年以上同じ校舎にいて、姿も見てないなんて考えにくい。

ところが折木は、その考えにくい男だった。

「いや。初耳だ」

「えっ」

「元気にしてたか？」

あれを、元気だと言っていいのだろうか。誰も近づけまいとする拒絶の雰囲気を。でもまあ、芯がある感じがしたのは事実だ。

「元気だと思うよ」

「そうか。よかった」

「鏡の前で逆立ちしろって言ってた」

わたしは、十五枚の写真を上下逆さまにし始める。折木の隣では、ふくちゃんが何も口を挟まずにいてくれる。その無言は、かえって雄弁な表明になっていた。折木、鳥羽麻美、卒業制作。この三角形を、福部里志は知っていたのだ。

ただ見ているだけでは、うるさいほどに曲がりくねったツルだとしか思えない。でも逆さまにすると、そこには別の姿が現われてくる。

輪を作っているツルは、逆さにすると「I」になった。

垂れ下がったり持ち上がったりするツルは、逆さにすると「W」に見えなくもない。

こちらは「H」。これは「A」。見たことはあっても習ってはいない筆記体で書かれていて、読むのには手間取った。

十五枚の写真は、一つの文章を作り出す。

“WE HATE A AMI T”

「亜美が嫌い。ひどいよね。卒業制作に、こんな文章を隠すなんて」

折木はもう、下手に誤魔化したりはしなかった。小さく頷き、

「そうだな。そう思う」

と言う。

「でも、文法が間違ってるよね」

「ああ」

「固有名詞の前に不定冠詞はいらない」

「そうだな」

「ところで、あんたが彫ったのは、このパーツだったわね」

わたしが指さすのは、「A」と「A」の間のパーツだ。折木は無言で頷く。

そこから先は、折木に確かめるまでもない。わたしが気づいているということを、折木は充分に悟ったはずだ。

曲がったツルを隠れ蓑に書かれた言葉は、元々は“WE HATE ASAMI T”だったのだろう。でも折木が一文字落としたことで、文章が変わってしまった。

鳥羽麻美に向けられたはずの呪いが解けた。

そこでわたしは、ふくちゃんを見る。

「ねえふくちゃん。わたし昨日、鏑矢中学校に行ったの」

「へえ。みんな元気だったかい？」

「知らない。誰にも会わなかった。でも、鏡の横のプレートは見たよ。デザインしたのは鷹栖亜美さんって書いてあった」

「そっか」

「あれ作らせたの、ふくちゃんでしょ」

ふくちゃんと折木は、顔を見合わせた。

なんでわたしに言ってくれなかったのか。言ってくれたら、わたしにだって何か出来たと思うのに。水くさい男たち。いや、面倒くさい男たち、かな？

鷹栖亜美と彼女の取り巻きは、鳥羽麻美をいじめていた。派手ないじめだったら他のクラスでも噂になったかもしれないけれど、わたしは聞いた憶えがない。ということはおそらく、いじめは水面下の陰湿なものか、塾などの学校外を舞台にしていたのだろう。

卒業制作のデザインを任された鷹栖亜美は、そこに最後のお楽しみを仕込んだ。卒業生全員から鳥羽麻美に贈るメッセージ、鏑矢中学校がある限り残り続けるだろうメッセージを。「わたしたちは鳥羽麻美が嫌い」と。

でも、あいにく折木が気づいてしまった。折木が担当したパーツには、「S」の逆さ文字が隠されていたはずだ。それだけだったら、いくら折木でも全文を把握することは出来ない。各班に配られたのは、自分たちが担当するパーツのデザインだけだったから。不審に思った折木は、ふくちゃんに相談したのだろう。ふくちゃんは卒業制作の進行を管理する係だった。全体デザインも持っていたはずだ。

それを見た折木とふくちゃんは、メッセージの全文に気づく。いまさら全部を止めることは出来ない。でも、文章を変えてしまうことなら可能だった。

フレームを組み立てる日、寒い体育館で鷹栖亜美さんが泣いたのは当然だ。「ASAMI T」を貶めるはずだったメッセージが、なぜか「AMI T」を貶めるものになっていたのだから。

わたしは折木に言う。

「鳥羽さん、あんたのことをヒーローって言ってたよ」

じっと観察する。

やっぱり。折木の頬が赤くなっていく。隠された文章に気づいたとき、わたしは折木が事情を隠した理由もわかった気がした。こいつの行為は、鳥羽さんを救った。折木はそのことが恥ずかしいのだ。普段は省エネなんてうそぶいている自分が、気まぐれと手抜きという手段によってであれ女の子を助けたことは、人に知られたくないと思っている。

ばかだ。

「まさか、いまになって露見するとはね。まだまだ摩耶花を見くびってたかな?」

ふくちゃんがそう軽口を叩く。

溜め息をつき、折木はふくちゃんに向けて言った。

「あのとき、まっすぐなツルにするか、『T』の形に変えるか悩んだんだよな」

「そうだった。僕はいいアイディアだと思ったんだけど」

折木のパーツが、もし「T」だったら……。"WE HATE ATAMI T"

「でも、ま、熱海《あたみ》に恨みはなかった」

こんな小手先でわたしを誤魔化せると思われたことが心外だ。長い付き合いで、この男たちの手の内はわかっている。軽口と冗談に紛らわせ、折木とふくちゃんはこの件を「終わったこと」にしようとしている。そんなのお見通しだ。

それを許さず、わたしははっきりと言う。

「折木、ごめん。あんたがこんなこと考えてるなんて思いもしないで、軽蔑してた。本当に、ごめん」

折木はきょろきょろと左右を見て、机の端に伏せた文庫本を見つけると、ほっとしたようにそれを引き寄せる。それが魔除けのお札だとでもいうように文庫本に手をおき、折木はそっぽを向いてこう言った。

「わかったから写真を片づけてくれ。……ちょうどいま、いいところだったんだよ」

鏡があったらよかったのに。その顔は、本人に見せてやりたかった。

連峰は晴れているか

放課後にヘリが飛んで来た。

ぱらぱらという回転音がこちらに向かってきて、驚くほど近くなって、なかなか去らなかった。あんまり長く頭上にいるので、もしかして校庭に降りるのかとさえ思い始めた頃、ようやくのことで遠ざかっていった。

古典部部室、地学講義室には四人いた。俺は本を読んでいて、里志はなんと宿題をやっていて、千反田と伊原は俺たちから少し離れて、さっきから何かの話で笑いあっていた。

それが、ヘリの音の大きさに何だか水を差されたようになる。音が消えると、申し合わせたような沈黙がすっと下りた。ちょっと奇妙な感じだ。その静けさを打破しようと思ったわけではないが、俺はふと呟いた。

「ヘリか」

これまで何度もヘリの音は聞いていたのに、この日に限って一つ、思い出したことがあった。

「小木《おぎ》が、ヘリ好きだったな」

それは里志に言ったのであり、伊原に言ったのだが、反応したのは千反田だった。

「小木さん？　二年D組の小木高広《たかひろ》さんですか」

「誰だよ」

「ですから、二年D組の」

古典部の他には課外活動に関わっていない俺が、どうして他のクラスのやつの名前を知っているものか。俺は手の中の本を閉じた。

「お前の知らない小木だよ。中学の英語教師だ。里志、知ってるだろ」

そう呼びかけると、里志もシャープペンを机に置き、こちらを向く。が、いまいちピンと来ないようで、首をひねっている。

「もちろん小木先生は知ってるよ。三年の時、担任だった。だけどヘリが好きだなんて、知らなかったな」

これには俺の方が釈然としない。あらゆる事情について、俺よりはたいてい里志の方が詳しいのに。

「有名だと思ったがな。小木のヘリ好きは」

言いながら、ちらりと伊原を見る。伊原は知っているだろうと思ったのだ。

俺と里志、伊原の三人は、鏑矢中学校からこの神山高校に来ている。千反田だけが違う。しかし伊原は俺の視線に気づいているくせに明後日の方を向いていて、一言、

「ふうん」

と言うだけだった。

おかしいな。里志も伊原も知らないのか。ふだん多大な関心を持って学校教員を観察したりはしない俺が知っていて、こいつらが知らないというのは変な気がする。だいたい、伊原とはずっと同じクラスだったのだ。知らないはずがない。

「伊原、憶えてないか？　いつだったか、鏑中《カブチュー》の上をヘリが飛んだことがあっただろ」

「何十回か、ね」

素っ気ない。もっとも、愛想のいい伊原は見たことがない。

「そのうちの一回なんだけどな。小木が突然、授業を止めて窓に駆け寄って、空を見上げたことがあった。ヘリが近づいて、遠ざかっていくまでずっと見ていて、『ヘリが好きなんだ』とか何とか笑って言い訳しながら、授業に戻ったことがあっただろう」

「……ん」

伊原は悔しそうな顔になった。

「そこまで言われると、思い出しちゃうな。あったわ、そういうこと。あれって小木先生だったっけ」

「小木だったよ」

よかった、憶え違いじゃなかったか。

が、里志はしきりに首をひねっている。右に左に。もしかしたらあれは、肩こり軽減体操か何かなのかもしれない。その動きがぴたりと止まると、断言した。

「それはおかしいな」

「おかしいって言われても、そういうことがあったんだよ」

「でも、自衛隊のヘリがスコードロン組んで飛んできたときはかなりの見物《みもの》だったのに、小木先生が反応したって記憶がないんだよねえ」

いくつかわからないことがある。

「スコードロンって何だ」

「編隊」

「どうして自衛隊ってわかった」

「その他に矢尻形に編隊組んで飛んでいくヘリコプター集団に心当たりがないから」

なるほど。となると、疑問はあと一つ。

「その場に小木がいたのは間違いないのか？」

里志は眉を寄せた。

「……と、思うけどね。そのヘリを見て連想して、辞書で『ＡＴＭ』を引いた憶えがある。ということは英語の授業で、小木先生だったと思うけどなあ。英語はずっとあの人だったから」

たぶん伊原と千反田は、ヘリコプターと現金自動預け払い機の間に何の関係があるのか見当もつかないだろう。ＡＴＭは対戦車ミサイルの略語でもあり、軍用ヘリコプターにはよく積まれているのだ。それはともかく。

「確かにな。そんなのが来たら、小木だったらグラウンドに出て踊りだしそうだ」

「踊りはしないだろうけどね」

もののたとえだ。

伊原も、徐々に記憶がよみがえってきたらしい。

「うん。ヘリコプターで喜んでたのは、小木先生だった。あれって、けっこう前よね。たぶん中学校に入学してすぐじゃないかな」

「言われてみれば、『中学校には変な教師がいるな』と思ったような気がする」

「でもふくちゃんの言うとおり、それから小木先生がヘリコプターに反応したところって、見たことない」

入学したての頃か。ずいぶん記憶が曖昧になっているが、言われてみれば、その一件以外に小木が同じことをしたという憶えはない。

里志もいろいろ思い出してきたようだ。

「でも、小木先生って言えば、そんな瑣末事よりももっとメジャーインパクトな伝説があるけどね。驚異の小木伝説が」

「勝手に作るなよ」

どうせ何か大袈裟に言いたてるつもりだろうと思ったが、里志は案外まじめに腹を立てた。

「違うよ、僕が作ったんじゃない。本人が言ってたんだ」

まあ、雑談が好きな人ではあった。俺が黙ると里志は満足そうに笑い、そしてここぞとばかりにもったいぶる。

「小木先生はね……。僕もちょっと信じられないんだけどね。言っても信じてもらえるかどうか。ありえないとは思わないけどさ」

「早く言えよ」

「本人の弁によれば、これまでの生涯で三回、雷を食らってるんだ」

千反田にとっては、小木がヘリを愛そうとATMをぶっぱなそうと、知らない人の思い出話に過ぎない。いくら千反田の好奇心に際限がないとはいえ、興味を持てるはずもない。これまで話に加わろうとはしなかったが、さすがにこれには声を上げた。

「えっ。雷って、あの雷ですか」

人差し指で天井を指している。里志は頷いた。

「うん。サンダー」

その話は、俺は知らなかった。無言で伊原を見る。視線の意味を理解してくれたとは思うが、小さくかぶりを振るところを見ると、こいつも知らなかったらしい。

千反田はいたましそうに眉を寄せる。見知らぬ人間のことなのに。

「三度も。よくご無事でしたね」

「当たったのはサンドダー」

気の毒な発言だ。聞かなかったことにしてやるのが優しさか。

いまの自分の言葉など存在しなかったように、里志はしれっと続けた。

「三回とも直接当たったわけじゃないらしいけど、さすがに無傷じゃなかったってさ。一回なんか、気を失ったって言ってたかな。体には火傷の痕があるんだって笑ってた」

「そうですか……。でもご存命なんですから、不幸中の幸いですね」

確かに、落雷は充分に死因になりうる。小木は、見た目に目立つ怪我があるわけでなく、小柄ではあるが頑健な感じだった。三度も落雷を受けて大過ないというのは、本当に不幸中の幸いだ。

しかし、気になる。雷。それも三度も。そんなことがあるのか？

神山市は別に雷の多い土地ではない。それなのに、小木にだけ三度も当たるものか。里志が嘘をついているわけではない。里志はときどき話を作るが、「作ったんじゃない」と宣言してまで作り話をしたりはしない。

では、小木の嘘か？　それもおかしな話だ。不幸自慢をするやつは多いが、「俺、三回も雷に当たったんだぜ」というのは何というか、嘘にしては嘘っぽすぎる。

そんなことを思っていた俺の脳裏を、ある種の予感がかすめる。あまり、気分のいい予感ではなかった。

訊く。

「里志。古新聞って、図書館にあったよな」

突然に話題を切り替えられ少し不満げではあったけれど、里志は教えてくれた。

「あるよ。少しなら、うちの図書室にも」

「あ、図書室にあるのは神高に関係する記事のスクラップだけよ」

そういえば伊原は図書委員だった。たまに図書室に行くと、結構な頻度でカウンターにこいつがいる。

神山高校には関係ないので、スクラップブックでは用が足りない。ショルダーバッグをつかむ。

「帰る。図書館に寄るが、お前も来るか」

里志に言うと、怪訝そうな顔をされた。

「何だろ、ホータローがやる気になってるように見えるんだけど」

やる気なのだろうか。たぶん違う。ただ予感が強すぎて、どうにもこうにも……。

「気になるんだ」

その一言を呟いた途端、空気が変質したような気がした。いや、明らかに雰囲気が違うものになった。里志は口に手を当てた。伊原は何か、酸っぱいものでも噛んだような顔をした。

身振り手振りをつけて、里志はうろたえて見せる。

「ホータロー？　ホータローだよね、折木奉太郎だよね？　宇宙人に乗っ取られたりしてないよね？　それとも千反田さんが乗り移ってるのかな」

「わたし、ここにいますけど」

「折木、あんた帰った方がいいわ。まっすぐ帰って、早く寝なさい。あったかくしてね。明日になったら、きっとすっきりしてるから」

……俺が自発的に行動することは、そんなにも異常なことだったか？　これでも自発呼吸ぐらいはしてるのに。図書館が何時まで開いているか知らないが、二十四時間営業ということもないだろう。閉館時間に遅れては面白くない。こんな失敬なやつらを誘うのはやめて、手短にやってしまおう。

そう思って立ち上がったところで、同時に立ったやつがいた。千反田だった。

「折木さん、気になっているんですよね」

「ん、まあな」

「調べに行くんですか？」

「何も出てこないかもしれないが、そっちの方がいい」

「気になります！」

な、なんだなんだ。地学講義室の机と椅子をかきわけかきわけ、千反田はどんどん俺に近づいてくる。一メートルを切るぐらいの距離でようやく止まると、黒い瞳が俺を凝視する。

「折木さんの好奇心をくすぐるものがこの世に存在するなんて、それっていったい何なのか……。わたし、気になります！」

ああ。

こいつもいい加減、失礼ではある。

里志はどうしても宿題を済ませないとまずいらしく、来るとは言わなかった。まあ、特に来てほしかったわけではない。本心を言えば図書委員の伊原に来てもらえば頼りになるのだが、俺と伊原の間には頼むと言えるような義理がない。

それで結局、校門のところで、千反田だけを待つことになる。

おりしも時刻は下校のピーク。文化系部活の盛んな神山高校から、制服姿の生徒が切れ目なく帰って行く。グラウンドでは体育会系部活がまだ活動しているが、おおむね片づけの時間らしい。ハードルを束ねて肩に担いだ陸上部女子と、ベースを引っこ抜きながらダイアモンドをまわる野球部男子が目に付いた。

俺は徒歩で通学しているが、千反田は自転車だ。さほど待つことなく、駐輪場のある学校裏手から、のんびりとした漕ぎ方で千反田がやって来た。

「では、行きましょうか」

そう言われて、ふと考える。

いま神山高校周辺は、どちらに向かっても下校する生徒ばかり。俺と千反田がいっしょに行くには、千反田が自転車を降りて生徒の群れの中を押していくしかない。その情景を思い浮かべる。

そういうわけにはいかないだろう。やっぱり。

「先に行ってくれ」

千反田はちらと俺を見て、

「二人乗りでもいいですよ」

と。

千反田が漕いで、後ろに俺が乗る情景を思い浮かべる。

どう考えても、そういうわけにはいかない。

そもそも考えてみれば、ここで待っていることもなかったのだ。千反田が俺の調べを見ていたいというなら、図書館で合流すればいい。先に行ってくれともう一度言う代わりに、道の先を指さす。千反田は、では、と行きかけた。

思いついて、その背中に声をかける。

「あ、千反田」

「はい」

自転車に跨ったまま、肩越しに振り返る。

「図書館に着いて、もし過去の新聞記事が検索できるようなら、小木正清《まさきよ》という名前を調べておいてくれないか。小さい木が正しく清らかで、小木正清だ」

「わかりました。では、後で」

後ろ姿を見送って思うのだが、千反田に自転車はあんまり似合わない。いくら女学生然としているからといって、馬車や人力車が似合うとまでは、思わないけれど。

俺もまた、下校していく生徒たちに加わる。あまり遅く歩いては、千反田を待たせることになる。走るのはさすがに省エネ主義に反しすぎているけれど、まあ、早足ぐらいなら。

足元ばかり見て、せかせかと歩く。市立図書館は、俺の帰り道からそれほど外れない。ちょっとした寄り道で済む。川に沿った、通い慣れた通学路だ。雨の日はアーケードのある商店街からまわることもあるけれど、たいていはこの道を行き来する。学校のそばでは群れをなしていた神高生も、あるいは家に、あるいは塾に、また他のいろいろな目的地にと三々五々散っていき、やがて川沿いに神高生は俺だけになる。

急ぎ足に少し疲れて、引いていたあごを上げる。後ろから軽自動車が来ていることに気づいて、ちょっと脇に避ける。ふと目を上げると、頂《いただき》に雪を抱いた神垣内《かみかきうち》連峰の山並みがいつも通りに聳《そび》えている。

神山市は、神垣内連峰の足元にある。修学旅行などでこの街を出ると、屏風のように連なる山々が自分を見下ろしていないことに気づいて、解放感と不安感を少しずつ感じる。三千メートル級の鋭峰が続く神垣内連峰は大気の流れさえ遮って、連峰のこっちとあっちでは気候が全然違う。らしい。行ったことはない。地理の教科書にそう書いてあったし、姉貴が実感としてそうだと教えてくれたのだ。

日本どころか世界のどこでも「ちょっと行ってくる」と出かけていく姉貴は、目の前にそそり立つ神垣内連峰にも何度か入っている。ただ、いろいろなものである折木供恵《ともえ》だが、いまのところ登山家と言えるほどではないようだ。初心者向けと言われる二千メートル台後半の山を、いくつか制覇したぐらいだったと思う。

俺も小学生の頃に連れて行かれたことがある。登山は言うまでもなく、省エネ主義の対極にあるような行動だ。俺はたぶんもう二度と、山には入らないだろう。

夕暮れまではまだ間がある。千反田が待っていることを忘れたわけではないが、俺はしばらく、見慣れたはずの山並みを眺めていた。

神垣内連峰に目が行ったのは、たまたまではない。

図書館に着いた俺を見つけ、足音を立てない歩き方で近づいてきた千反田が、一枚のコピーを渡してくれた。

「小木さんの情報、見つかりました」

何もわざわざコピーしなくてもよかったのに。コピー代は一枚十円だったろうと思い、財布から十円を渡す。千反田は何も言わずに受け取った。

千反田が探してくれたのは、去年の新聞記事だった。

登山道美化活動　神垣内連峰で
26日から、神山山岳会の主催で鐙岳《あぶみだけ》登山道の美化が進められている。ボランティアなど11名が参加し、登山道周辺のごみを拾った。神山山岳会会長の小木正清さん（39）は、「登山ブームで山のマナーを知らない登山者が増えた。山でのマナー違反は命にもかかわることを知ってほしい」と話した。

「小木先生は、山登りをなさる方だったんですね」

たぶん、俺の表情は少なからず曇っていたのだろう。千反田が顔を覗き込んでくる。

「あの……。どうかしましたか」

「別に。昔の新聞は、全部検索できたのか？」

「五年より前のものは、まだできないそうですが。あちらのカウンターで調べてもらえますよ」

答えながら、千反田はなおも俺の態度を不審がっている。

三度も落雷にあったという話を聞いて、俺はふと思ったのだ。……平地にいて、そんなことがあり得るだろうか。

あるかもしれない。世の中には何十回も落雷を受けて生きている人間がいると聞いたことがある。しかし俺はもうちょっと別のことを考えて、その予想は当たっていた。

この予想の先は、あまり当たっていて欲しくはない。そう思いながら、カウンターに近づく。パソコンを前にした銀縁眼鏡の若い女の人に、「すみません。新聞記事を検索したいんですが」と告げる。

「はい。何を調べますか」

俺が中学校に入学した年の、四月から五月までの記事をお願いする。

キーボードの打鍵音が淀みなく流れ出る。女の人は、キーボードでもモニタでもなく、俺の方を見ながら打ち込んでいた。続けて訊かれた。

「何かキーワードはありますか」

少し考える。

「……『遭難』で」

どうしてとは訊かず、表情の一つも変えず、女の人はパソコンを操作する。

この人は司書なのだろうか。以前は、図書館で働いている人は全員が司書だと思い込んでいた。何かのきっかけでその思い込みがばれて、伊原にずいぶんからかわれたことがある。司書であれアルバイトであれ、女の人の仕事は早かった。条件に合致する新聞記事が、たちまち調べ上げられた。

「十二件ありますね。絞り込みますか」

「そのぐらいなら、全部見せてください」

女の人はモニタを回して、俺の方に向けてくれた。

当時の記事そのものがデータベースになっているわけではなく、あくまで検索ができるだけらしい。表示されているのは見出しだけ。しかしそこに、予想通りの文字を見つけた。

――神垣内連峰で遭難　捜索難航――

黙ってモニタを見る俺の後ろから、千反田が声をかけてくる。

「……五月九日の記事ですね。過去の新聞はこっちです。探しましょう」

その声に、浮ついたところはなかった。

千反田は察しが悪い。俺が気づき、伊原が気づき、里志が気づいても、千反田だけきょとんとしていることが、よくある。しかしいまの声で、千反田も事情を察したなと思った。俺は無言で、千反田について行った。

日付がわかっていれば、目当ての記事を探すのに手間はかからない。ものの一分も経たずに見つかった。五月九日金曜日、朝刊。鏑矢中学校で英語を教える小木が、授業中にヘリコプターが好きだと表明したのは、たぶんこの日だったのだ。

記事にはこうあった。

神山山岳会員　2人遭難
8日、俵田幸一《たわらだこういち》さん（43）と村治勲《むらじいさお》さん（40）の2人が下山予定を過ぎても戻らないと神山警察署に届けがあった。2人は神山山岳会の会員で、神垣内連峰の錣岳《しころだけ》を中心に登山していたものと見られる。

山岳救助隊が出動したが、鎫岳周辺の天候悪化のため、捜索は難航している。県警は救難ヘリを神山警察署に移動し、天候の回復を待って、空からも捜索を行う予定。


「つまり……。どういうことなんでしょう」

何が起きたのか、千反田も大枠ではわかっているのだろう。ただ、それを言葉にしたくないのだ。これは俺が思い出し、俺が言い出したことなので、答えらしきものを出すのはやっぱり俺であるべきだと思った。

結論だけを先に言う。

「つまり、小木はヘリコプターなんか好きじゃなかった」

夕方の図書館に、意外と人の姿は多い。子供連れやご年配、俺たちと同じ制服を着た神山高校の生徒もちらほら、他の学校の制服姿も見える。図書館では静粛に。俺は声を落とす。

「小木には三度も雷が落ちた。たぶん本当の話なんだろう。だが、ふつうにこの街で英語教師をしているだけで、そんなに雷が落ちるかな。……それで、ふと思ったんだ。小木は雷が落ちやすい場所に、頻繁に行くんじゃないかって」

「それが、山だったんですね」

「ああ。小木は教師であると同時に、登山家だったんじゃないかと思ったんだ。そうしたらすぐに連想が浮かんで、たった一度だけヘリが好きだと言ったあの意味が、わかった気がした。まさかと思って確認に来たんだ」

そしていま、俺たちの前には過去の新聞記事がある。小木が所属していた山岳会、その会員の遭難を伝える記事が。

「どうしてあの日だけ、小木はヘリを見ようとしたのか。そのヘリに、特別な意味があったからだ。その日ヘリが飛ぶことを心待ちにしていたんじゃないかと思ったんだ。

もう少し言うと、ヘリが飛ぶかどうか、どうしても気がかりだった。だから音を聞いて、思わず機体を確認した」

英語教師がヘリのことを気にしたというだけでは、何もわからない。

しかし、登山家がというのであれば、いかにも理由ありげになる。まして神山市は、三千メートル級の鋭峰が連なる神垣内連峰を控えた街。ヘリが飛行可能かどうか登山家が気にしていたと置き換えれば、何があったのか、だいたいの予想がつく。登山とヘリを関連づけるのは、空撮か資材運搬か。でなければ……救難。

千反田の声も、囁くように小さい。ここが図書館だからというだけでは、ないような気がした。

「……この記事には、八日は天気が悪くてヘリコプターが飛べなかったと書いてあります」

「そうだな」

俺はその先を言わなかった。千反田もわかっているだろう。無駄なことは言わない。

小木が気にしていたのは、神山市の警察署に待機しているヘリが飛べるかだったのだろう。授業中、中学一年生にABCから英語を教えながら、神垣内連峰周辺の天候が回復したかどうかを気にしていた。連峰が晴れていればヘリは飛ぶ。ヘリが飛ぶなら、遭難者が助かる可能性も、高くなる。

「どんなお気持ちだったんでしょう」

千反田の呟きで、もう一度、三年前のことを思い出す。

窓際に駆け寄った小木は、やがてヘリの音が遠ざかると、教壇に戻った。『ヘリが好きなんだ』と言い訳しながら。俺はそのときの小木の表情を憶えている気がする。それとも、記憶違いだろうか。

「気持ちのことはわからん。でも小木は、笑っていたと思う」

俺たち生徒の前だから、だったのだろうか。

新聞を何日分か後まで読むと、遭難した神山山岳会の二人は遺体で発見されていた。見つけたのは、県警のヘリコプターだったそうだ。

図書館を出ると、さすがに日が暮れていた。思わぬ寄り道だったが、俺と千反田の帰り道は方角が違う。正面玄関を出たところで、じゃあと別れようとすると、不意に訊かれた。

「あの……」

「ん?」

背を向けかけていたのを振り返る。

ほんの少し、千反田は俯いているようだった。

「一つ、訊いてもいいですか」

「どうぞ」

「どうして、気になったんですか」

それか。俺は思わず苦笑する。

「俺が自発的に調べるのは、そんなに奇妙か」

つられてか、千反田も微笑む。

「ええ、そうですね。折木さんらしくないような気がしました」

「まあ確かに、いつもは『やらなくてもいいことなら、やらない』からな」

「いえ、そういうことではなくってですね」

俺の不変のモットーは、あっさり退けられてしまった。不思議そうというより、どこか戸惑うように、千反田は続けた。

「折木さんは、他の人のためにはいろいろと力を尽くします。わたしも、何度も助けてもらいました。でも折木さんって、自分のことには無頓着《むとんちゃく》ですよね。それなのに、どうして今日だけは自分の疑問を調べたのか。……すみません、わたし、どうしても気になるんです」

何か間違ったことを言われた気がする。とんでもなく勘違いされているような。

ただ、その誤解を解こうとすると長くなりそうだった。もう日は暮れているのだ。俺は手っ取り早く、ご質問にだけ答えることにした。

「雷のことを聞いて、嫌な連想が浮かんだんだ」

「そう言っていましたね」

「その連想が当たっていたら、これからは気をつけなきゃいかんだろう。だから、調べなきゃいけなかった」

これが一週間のカンヅメが必要な大調査というんだったら話は別だが、古新聞をめくるぐらいのことなら、さほどの手間でもない。手伝いもいたし。

まだ千反田は、ぴんと来ないようだ。

「気をつける、ですか」

「実際はああいうことがあったのに、小木がヘリ好きだったなあなんて、気楽には言えない。それは無神経ってことだ。そりゃさすがに、気をつけるさ」

何の気なしに答えたことだった。

しかしなぜか、千反田は大きな目を見開いた。はっとした、という感じだった。思わぬ反応に、何かまずいことを言ったのかと思ってしまう。首をひねって、言葉を足す。

「無神経というか、人の気も知らないでって感じか。たぶん二度と小木には会わないから、人の気も何もないんだが」

「折木さん、それって、とっても……」

千反田は、そう何かを言いかけた。

が、もごもごと口を動かしていたかと思うと、妙にきょとんとした表情になる。出てきた言葉は結局、一言だけ。

「うまく言えません」

何を言われそうになっていたのか、見当もつかない。まあ、うまく言えないことなら、うまく聞くことも出来ないだろう。

「そうか、じゃあな。手伝ってくれて助かった」

「どういたしまして。では」

短い言葉を交わす。千反田の家は遠い。自転車を使っても、帰り着く頃には完全に夜だろう。ついて来ると言ったのは千反田の方だが、それでも何となく、悪いような気はする。これはやっぱり借りになるだろう。

帰り道ふと見上げる。

神垣内の山々は、もうすっかり闇の中だった。

わたしたちの伝説の一冊

1

最初に読んだ漫画はなんだっただろう。思い出したいけれど、たぶんあまりに幼い頃の話なので、これかなと思いつくものは何冊もあるのに、そのどれだったとも言い切れない。ただただ夢中だったことだけを、あたたかく憶えている。

自宅に本棚は居間に一台あるだけで、そこには埃をかぶった百科事典や箱から出されたところを見たことがない文学全集が並んでいて、漫画はなかった。わたしはもっぱら、母方の叔母の家で漫画に出合ったのだ。叔母の家にはスチール製の無骨で、恰好悪くて、でも見上げるほど大きく、端から端まで本で埋め尽くされた本棚があり、そのうちの半分ほどが古今の漫画だった。小学校から帰るとランドセルを家に置き、すぐに叔母の家に行って漫画を読み、夕飯の時刻には家に帰るというのがわたしの日課になっていた。あまり母と似ていない叔母は、わたしが訪ねていくといつも、笑って「漫画のまやちゃんが今日も来たね」と頭をなでてくれ、それきり何を読もうが放っておいてくれたのだ。もっとも、いま思うと、きわどいシーンが多い漫画は棚の上の方、小学生のわたしの手が届かないところに移してあったような気がするけれど。

転機は、小学三年の時だった。わたしは『火の鳥』を読んでいた……と思う。もしかしたら

『ワイルド7』か『地球《テラ》へ…』だったかもしれないが、とにかくいつものように読み耽っていると、珍しく叔母がおやつに誘ってくれた。わたしは食が細い子供だったので、夕食の妨げにならないようにと配慮して叔母は食べ物を出さずにいてくれたのだけれど、その日は誰かから高級すいかをもらって、わたしにも味わわせてやりたくなったらしい。

「まやちゃんも、すいか食べて行きなさいな」

と声をかけてくれた。ところが、叔母には申し訳ないことだけど、すいかの味は憶えていない。わたしが憶えているのは、取り留めもない雑談の中で叔母が何気なく言った一言だ。

「本って不思議ね、だれが書いてもいいなんて」

どういう文脈での発言だったのかはわからない。車を運転するにも無線機を使うにも免許がいるのに、本を書くことに免許がいらないのは不思議、というぐらいの話だったのかもしれない。しかしその一言は、わたしにとんでもないことを気づかせた。

……そうか。わたしだって、別に漫画を描いてもいいんだ。

そう気づくと矢も楯もたまらず、わたしはその日の晩からさっそく漫画を描き始めた。絵を描くことはもともと嫌いではなかったし、図工の成績はたいてい五段階評価で五をもらっていた。わたしにだって描ける、そう確信していた。その確信がこっぱみじんに砕けるまで、どうだろう、十分か十五分ほどかかっただろうか。いま自分が描いたへたくそな絵の集合を見つめて、わたしは泣いた。悔しくて悔しくて、こんなはずじゃなかったのにと歯がみして、ぼそぼそと自分を罵りながらノートに涙を落とし、やがて、こんちくしょうと覚悟を決めた。

あの日から、わたしはずっと描いている。

「月刊コミック　ラ・シーン」はもともと「月刊コミック　シン・ソー」の別冊として出発した。「シン」の音が重なっているところで系譜を主張しているらしいけれど内容はずいぶん違っていて、基本的に男の子向けの「シン・ソー」に比べて「ラ・シーン」は中性的というか、漫画好きなら年齢性別問わず歓迎という感じの誌面になっている。「漫画好きのための」みたいな売り文句を付けたくなる雑誌はいくつかあるけれど、その中ではサブカルチャーっぽくないというか、基本的にあんまりわかりにくいものは載らない。漫画雑誌をかたっぱしから買えるほどのおこづかいも部屋ももらっていなくても、「ラ・シーン」だけは毎号、発売日の十八日に買っている。

他の多くの雑誌と同じく「ラ・シーン」も漫画の投稿を受け付けていて、新大陸賞という新人賞が設けられている。選考は年に四回で、雑誌掲載される大賞受賞作のほか佳作も何作か選ばれ、努力賞として二十作ぐらいがタイトルだけ取り上げられて短いコメントがつく。

二月十八日はひどく寒い日曜日で、飽きもせずいつまでも降り続ける雪が街中を埋め尽くす中、わたしはマフラーや耳当て、ゴムのブーツなどなど自分にあらゆる防水防寒措置を施して国道沿いの光文堂書店《こうぶんどう》に向かった。わたしだってそんな遭難の危険すらある日曜日に外になんか出たくなかったけれど、「ラ・シーン」の発売日だったのだ。いくら毎号買っているとはいえ、いつもは一日も待てないというほど待ち遠しく思っているわけではない。でも、今日出ているはずの三月号だけは話が別だった。

くるぶしまで埋まる雪を踏みつけ踏みつけ、いつもの五倍ぐらい時間をかけて辿り着いた光文堂書店のドアの前で、わたしはまず本を濡らさないよう体中にまとわりついた雪を丹念に落とした。なんとなく左右を窺ってから中に入って空調の温風を胸いっぱい吸い込み、漫画雑誌の棚に向かう。

結果から言えば、わたしの努力は全て無駄だった。「ラ・シーン」は入荷していなかった。店員さんに訊いたところ、正式な発売日が日曜日に重なると発売が前後することがあるそうだ。ないものはどうしようもないので、とぼとぼ帰るしかなかった。

翌月曜日の放課後、図書委員会の仕事を友達に頼んで代わってもらい、古典部にも漫画研究会にも顔を出さずに神山高校を飛び出して、ようやく除雪された歩道を小走りに駆けて光文堂書店に飛び込んだ。ビニール紐で縛られていた「ラ・シーン」を手に取り、胸に抱き、深呼吸してからレジに向かう。レジの店員さんは顔見知りの女の人で、いつものようにちょっと甘い声で、

「袋にお入れしますか」と訊いてきた。

「お願いします」

と答え、つばを飲んで、お願いする。

「紐を切ってもらえますか」

どう思われただろうと頬がかっと熱くなるけれど、女の人は別に不思議にも思わなかったようで、「はい」と答えて鋏でビニール紐を切ってくれた。

紙袋をかかえて店を出て、すぐに取り出す。書店の前で買ったばかりの漫画雑誌を広げている

ひとは、あんまりいない。知り合いに見られたらどうしようと思いつつ、手はページをめくっていく。

第十四回新大陸賞受賞作品「逆襲のぽんぽこ」、狸穴《まみあな》まもる。

知らない人だ。面白いといいな。

佳作の名前も見ていく。佳作に選ばれると一コマだけ載せてもらえるけれど、どのコマにも見覚えがない。……つまり、わたしの絵は載ってない。

澄んだ冬空を見上げ、ほうと吐いた息が白い。

努力賞は……田坂市太郎《たさかいちたろう》、MILULU、正田金助《しょうだかねすけ》、ジョージアさとう、矢島薫《やじまかおる》、地衣句《じいく》はいる、井原花鶴《いばらかづる》、春閻魔《はるえんま》……。

「えっ。えっ」

変な声が出た。店に入ろうとする男のひとがちらりとこっちを見たけれど、恥ずかしいという感情は出てこなかった。

「あっ、えっ」

もう一度見る。

井原花鶴！「塔のある島」！

載ってる。わたしのペンネームが、わたしが描いた漫画の題名が、「コミック ラ・シーン」三月号に載っている！

わたしは「ラ・シーン」をいったん閉じ、それからもう一度、おそるおそる開いていった。さっきのは何かの間違いで、一回雑誌を閉じたら中身が変わっているんじゃないかと思ったから。

でも、そんなことはなかった。

2

五月の晴れた月曜日、ホームルームが済むとまずは図書室に向かった。わたしは漫研と古典部と図書委員会をかけもちしていて、図書委員としての当番は金曜日だけれど月曜はこの四月から入った一年生委員の担当なので、ちょっと本の返却ぐらいは手伝おうと思ったのだ。返却作業を滞りなく片づけても、まだ夕暮れにも早かった。次は漫研に顔を出した方がいいとは思いつつ、足は特別棟の四階の端、古典部に向いていた。

地学講義室の引き戸を開けたわたしは、さっそく聞き慣れた明るい声に迎えられる。

「やあ摩耶花、ちょうどいいところに来たね！　こっちおいでよ」

教室の真ん中あたりで、ふくちゃんが手招きしているのを見て、自然と笑顔になってしまった。

部室には二年生が揃っていて、今日は一年生は来ていないようだ。福部里志と千反田える、ふくちゃんとちーちゃんが並んで座り、机になにか冊子のようなものを広げている。少し離れた席では折木が仏頂面で窓の外に目をやっている。

「え、なになに？」

手近な机に鞄を置いて二人に近づくと、ちーちゃんが微笑んで、冊子の表紙を見せてくれた。

『神山市読書感想文コンクールのまとめ』とある。

「これは四年前のものなんですが、昨日お部屋を掃除していたら出てきたんです。なんとなく開いてみたら、意外な名前を見つけてしまいました」

ちーちゃんの細い指がページを開くと、金賞「『青い鳥』を読んで　小島《こじま》あみ」銀賞「『山椒魚』を読んで　三山次郎《みやまじろう》」「『クリスマス・キャロル』を読んで　清水紀子《しみずのりこ》」に続いて、五人ほどの銅賞の中に「『走れメロス』を読んで　折木奉太郎」とある。四年前というと、わたしたちは中学一年生だ。

「摩耶花さんは折木さんと同じクラスだったんですよね」

そう、残念なことに、わたしと折木は小中学校を通じてずっと同じクラスだったので、あいつが読書感想文コンクールで入賞したという記憶もある。だけどその感想文を読んだことはなかった。……こんな冊子にまとめられていたなんて、知らなかった。

「メロスかあ。なんか、折木らしくないね」

「やだなあ摩耶花。ホータローが友情物語を自分で選ぶと思うかい？　たぶん課題図書だったんだよ」

「だったらわたしも憶えてると思うんだよね。メロスが課題になったことって、あったかなあ」

ちーちゃんが小首を傾げて言った。

「わたしが中学一年生のときで、夏休みの課題図書だったら、たしかアクセル・ハッケの『ちいさなちいさな王様』だったと思いますよ」

言われてみればそうだった気もする。

三人の視線が、はからずもほとんど同時に折木に向く。折木はよそ見をしていたが、わたしたちの沈黙が意味することを察したのだろう、小さく溜め息をついてこちらに向き直った。

「図書室で感想文向けに薦められていたんだよ。……短かったしな」

ああ、そういう理由なら納得だ。

ふくちゃんがやけに楽しそうに笑っている。

「それでね、摩耶花。この感想文がなかなか傑作なんだ。ホータローは中学一年生の時からホータローだったんだなあと思うと感慨深いよ」

ちーちゃんも頷いて、

「わたしも興味深く読みました。こういう感想文は、わたしには書けません」

この二人にこうまで言われると読みたくなってくるけれど、いちおう、折木には訊いておく。

「わたしも読んでいいの？」

折木はむっつりと不満を表情に表しながらも、

「公開したものだからな」

と言った。単に読まれたくないとは言わず、読まれたくないけれど公開されたものである以上は読むなとは言えない、という含意がこもっているのが、なんとも折木らしい。お言葉に甘え、わたしはちーちゃんの手から冊子を受け取った。

原文はもちろん手書きで書いたものなのだろうけれど、冊子では活字に直されていた。

「走れメロス」を読んで

折木奉太郎

走れメロスを読んだ。面白かった。メロスとセリヌンティウスが助かってよかった。ディオニス王も改心してよかった。その改心が長続きするといいなと思った。

メロスは本来、走る必要はなかった。メロスの村から王城までは十里、つまり四十キロで、歩いても十時間ほどで着く。村を出たメロスが最初のうち走ったのは未練を断ち切るためで、村から離れればふつうに歩いていた。

それが、最後は全力で走らなければならなかったのは、二つの理由があったからだ。一つは、前日の豪雨で橋が流されていたこと。もう一つ、より大きい理由は、山賊に襲われたことだった。メロスは山賊に囲まれたけれど、最低四人を打ち倒して突破した。とても強いと思った。なかなかできない。だけどメロスはそれで疲れきってしまい、眠ったせいで、後で走らなくてはならなくなった。

メロスは値打ちのあるものは何も持っていなかった。そのことは最初にメロス自身が「私にはいのちの他には何も無い」と伝えているし、たぶんかっこうを見ればわかったと思う。山賊たちは何をしたかったのだろう。その目的は、彼ら自身が話している。「いのちの他には何も無い」と言ったメロスに、山賊たちは「その、いのちが欲しいのだ」と言っている。

つまり彼らは山賊というよりは刺客なのだ。弱いけれど。誰がその刺客をさしむけたか、メロス自身は「さては、王の命令」と言い、刺客たちはそれに答えなかった。依頼主の名前を言わないところがいいと思った。

ところで、王が刺客をさしむけたというメロスの考えは当たっているだろうか?

そうではないと思う。ほかの誰がメロスを殺そうと考えても、王だけは、そうしなかったはずだ。

ディオニス王は人間を信頼していないので、メロスが帰ってくるとはまったく思っていなかった。思っていなかったからこそ、実際に彼が帰ってきたときにショックを受けて改心したのだ。メロスが帰ってくるとは思っていない人間が、メロスが帰るのを邪魔するための刺客をさしむけるはずがない。

では刺客は誰が放ったのか。刺客がメロスを殺すことに成功して、喜ぶのは誰だろう。

暗殺がうまくいった場合のことを考えてみる。メロスは日没までに現われず、セリヌンティウスは処刑され、王は「人は、これだから信じられぬ」と悲しい顔をする。

その後でメロスの死体が発見されたら、王は賊に襲われて死んでいた者が来なかったからといって人質を処刑したのだということが知れ渡る。ひとびとは王を恐れると同時に、きっと心の底で、その判断を馬鹿にするだろう。もしメロスの死体が念入りに隠され、ずっと発見されなかったら、王は自分の予想通りメロスが逃げたものと信じて疑わない。人間を信頼するチャンスを失って処刑をくり返し、国はさらに衰えていく。

つまりメロスが刺客に殺された場合、どう転んでもこの王国にとっては悪い結果しか待っていない。それを考えれば刺客を放ったのは、メロスが帰ってきた場合に万が一にも王が改心し、ひとびとの支持を得ては困る人だ。その人物はメロスが帰ってきたとき、きっと舌打ちをしたことだろう。

そういえば王城まであとわずかにせまったメロスに、セリヌンティウスの弟子と名乗るフィロストラトスが、実際には処刑はまだ行われていなかったのに、「あなたは遅かった」「走るのは、やめて下さい」と告げている。それでいてフィロストラトスは、師匠が助かる場面に居合わせた様子はない。彼はセリヌンティウスの弟子などではないだろう。おそらくフィロストラトスをさしむけたのも刺客を放った人物で、メロスを殺せず王城に辿り着かせてしまった今、せめて言葉で足止めしようとしたのだ。

ディオニス王は「人を、信ずる事が出来ぬ」のだと書かれている。その疑いは当たっていると思う。王には敵がいる。ただ、王はメロスの一件を経てもなお、誰が敵なのかを見極められていない。メロスを狙った人物はこれからも、ディオニス王の疑心をあおり人心を離れさせるため、あらゆる手を使ってくるだろう。

ディオニス王が改心してよかった。でもその改心は長続きしないかもしれないと、走れメロスを読んで思った。

ひたいに手を当てる。

「折木……」

こんな感想文を出していたなんてちっとも知らなかった。見れば折木は、またそっぽを向いている。四年も前に書いたものを熟読されては、いたたまれないのだろう。

いつの間にかわたしの横に来ていたふくちゃんが、

「特に感心したのは」

と声を弾ませた。

「この感想文が鏑矢中代表として市のコンクールに出品され、一番下とはいえ賞までもらったことだよ。正直に言って、読書感想文ってのは読書の感想を書く宿題じゃなくって、どういう感想を書いたら先生にOKがもらえるか考える宿題だと思っていたけど、蒙が啓かれたね。これでもいいんだねえ」

「ふつうは駄目だと思う。中一の時の国語の担任って、花島《はなしま》先生でしょ。あの先生、変わってたもん」

花島先生のことでいまでも憶えているのが、「作者の気持ちなど考える必要はありません」と言い切ったことだ。

先生は確かこんなふうに続けた。「どうせろくなことは考えていない。『早く酒飲んで寝たいなあ』と考えながら書いた文章であっても、その文章が意味するところはなんなのかを正確に突き詰めて考えるのが国語です。たとえば松尾芭蕉は『月日は百代の過客にして、行かふ年も又旅人也』と書いています。この文章に真摯に向き合った結果として読み解けるのは、芭蕉にとって年とは行くものではなく行き交うもの、つまり行ったり来たりするものだということで、これは芭蕉がタイムトラベラーであったことを示唆しています。そんなわけないと思ったら自分で調べなさい、面白いですよ」……いま考えても、変な先生だ。あの先生なら、折木の感想文を出品してもおかしくない。

「ディオニス王はあれからどうなったのでしょう。折木さんはどう考えたんですか」

ちーちゃんが訊くと、折木は心なし頬を赤くして、

「知らん」

とだけ答えた。

冊子をめくるうち、ひとつ気づいたことがある。

「ねえ折木。あんたのこれ、長いね」

虚をつかれたのか、折木がちらりとこっちを見る。

「ほかのはもう少し短いよ。これ、上限ぎりぎりじゃない？」

「ああ、それか」

仏頂面だった折木が、小さく苦笑した。

「宿題は五枚以上だと思っていたから、きっちり五枚書いたんだ。そうしたら、実際は五枚以下だった。いくらでも手抜きできたのに無駄なことをしたのが悔しくてな、どこか削ってやろうかと思ったよ」

「後から削ったって、手抜きにはならないでしょ……」

あきれてそう言う傍らで、ふくちゃんが深く頷いた。

「でも、気持ちはわかるなあ。僕だったら実際に削ったかもね」

手を抜くためには手を抜かないということだろうか。そんな気持ちわかる？　と訊く意を込めてちーちゃんに視線を向けたら、ちーちゃんはきょとんと首を傾げた。やっぱりわかんないよね。うちの男子どもは、どうもおかしい。顔を見合わせて笑いあう。

さて、と。わたしは腕時計を見た。あんまり遅くなってもいけない、席を立つ。

「あれ。摩耶花、帰るの？」

「ううん。漫研に行かないと。最近あんまり行ってなかったから」

そう言うと、ふくちゃんの表情が少し曇った気がした。大丈夫という気持ちを込めて一つ頷き、わたしは鞄を手に取る。


神山高校漫画研究会は去年の文化祭以降、変わってしまった。

下手でもいいからとにかく自分も描いてみたいグループと、もともと自分で描きたいという欲求はなく読んで楽しみたいグループとが、文化祭がらみでのさまざまな出来事をきっかけにお互いを敵視し始めた。描きたい人は描けばいいし、読むことが楽しい人は読んでいればいい、それだけのことだと思うのだけど、双方が感情的になってしまってもう漫画どうこうの問題ではなく、ぎすぎすした空気はやわらぐ気配もない。

対立の責任はわたしにもある。以前は読むだけ派が圧倒的多数で、描いてみたい派はひっそりと息を潜めることを強いられていたのだ。けれど文化祭の期間中に、描いてみたい派のわたしが読むだけ派の子から汚れた水をかけられるという出来事があってから、読むだけ派にはやりすぎたという動揺が走り、描いてみたい派は本格的に怒ってしまった。わたし自身は、あれは多少の悪意はあっても基本的には事故だったと思っているのだけど、お互いにもう真実はどうでもよくなっている。

年度が替わって新入生の勧誘期間も終わり、一年生が何人か入部したあと、対立の状況が変わるきっかけがあった。本人は素敵な漫画を描くのにまわりにそれを言わず、読むだけ派の事実上のリーダーになっていた河内亜也子《こうちあやこ》先輩が、他の三年生よりも一足早く退部したのだ。描いてみたい派には、これで勝ったという空気が流れた……けれどすぐに、河内先輩はブレーキ役で、あのひとがいなくなったことで良くなることは何一つなかったのだということがはっきりした。先輩がいた頃は嫌みや当てこすりの言い合いぐらいがせいぜいだったのに、五月に入ったいまではきたない言葉を投げつけ合うことも珍しくない。それでも、創作論を戦わせるならまだわかるのに、罵り合いのきっかけは「うるさい」とか「調子に乗ってる」とか、そんなことばかりなのだ。

漫研が部室として使っている第一予備教室で、読むだけ派は教室の前の方に、描いてみたい派は後ろの方にかたまっていて、出入りにもそれぞれ別のドアを使っている。自分が描いてみたい派の代表みたいに見られていることはわかっているけれど、あんまり馬鹿馬鹿しいから、わたしはどっちのドアでも近い方を通っている。それがまた挑発的に見えるらしい。

古典部で折木の感想文をたねに笑いあった後、わたしは漫研の部室にも行き、いつも使っている窓際の席で次に描く漫画のアイディアをキャンパスノートに走り書きしていた。このところ現代日本を舞台にしたものばかりを描いていたので、たまには目先を変えて変なものを描けるお話を考えてみようと思い、「蒸気コンピュータ」とか「大時計（ものすごく大きい）」とか「街ひとつ丸ごと使った自動卵焼き器」とか、思いつくキーワードを適当に並べていた。ノートに影が落ちたので顔を上げると、目の前に同じ二年生の浅沼《あさぬま》さんが立っていた。

「ちょっといいかな」

漫研で漫画のアイディアを出していたのだから恥ずかしがることはないのだけど、手は反射的にノートを閉じていた。

「いいよ、なに？」

浅沼さんは手近な椅子を引っ張ってきて、机を挟んだわたしの向かいに座った。

「あのさ。相談があるんだけど」

少し殺した声だった。

浅沼さんは細面で、ちょっと吊り目で声が高くて、漫画を描いている。長い間描いているのか、ずいぶん手慣れた感じで迷わず絵を描いていくのが手が遅いわたしとしては羨ましくもあるのだけど、心の片隅では、もうちょっと丁寧に描いた方が漫画もしあわせなんじゃないかなと思ってもいる。その思いは言葉を変えて何度か直接伝えてみたものの浅沼さんは笑って受け流すばかりで、最後にはうるさそうな顔をしたので、押しつけがましいことを言うのはやめている。

文化祭で河内先輩とぶつかったのはわたしだったけれど、その後、自分でも漫画を描いてみたい一派の中で一番積極的に漫研の主導権を取りにいったのが、浅沼さんだった。たぶん浅沼さんは、一時の漫研にはびこっていた、ペンを持っただけで白眼視されるような風潮を変えて、いずれ入ってくる下級生たちも心置きなく漫画が描ける環境を作りたかったのだろう。入り組んだ人間関係を避けて自分の描きたいように描いているわたしにはできないことで、わたしは浅沼さんのこころざしは尊重するし、尊敬もしている。

浅沼さんは、前置きなしで言った。

「こんど同人誌出すんだ。伊原のも載せたい」

思わず辺りを窺ってしまうが、誰もこちらに注目している様子はない。思いもしない話だ。たしかにわたしは自分の漫画を同人誌で出しているけれど、浅沼さんと組んだことはなかった。

「同人誌って……どういう？」

予備教室をわたしと同じようにさっと一瞥し、浅沼さんは苦々しげに言う。

「このままだと、今年の文化祭もレビューだけになるよ。漫研に入ったのに漫画を描けないなんてどう考えてもおかしいよ。それぐらいだったら、もう自分たちで出せばいい。でしょ？」

「漫研とは関係ない部を作るってこと？」

浅沼さんは首を横に振った。

「違うよ、それじゃ意味ない。……ほかの子たちには黙って一冊作って、神高漫研の名前で、夏休み中のイベントに出すんだ。その一冊で、漫研は漫画を描くのもアリ、っていうかもともとそういう部活だってアピールする」

なまぐさいものを口に入れてしまったような感じがした。不意打ちで既成事実を作って事を有利に運ぼうというのなら、それってほとんどクーデターだ。かなしいかな現在の漫研が派閥抗争に明け暮れていることは事実だけど、わたしはこれまで、自分が漫画を描くことが読むだけ派への攻撃になり得るとは気づいていなかった。しかし言われてみれば、たしかにいまの漫研で漫画を描いていること自体が何かのアピールとして受け止められるのは無理もない、というかむしろ当たり前だ。わたしが素朴すぎたのかもしれない。

「……ほかには誰が描くの」

そう訊くと、浅沼さんは指を折りながら名前を挙げていく。

「あたし、田井《たい》、西山《にしやま》、針ヶ谷《はりがや》、そして伊原。まだ声をかけていくつもりだけど」

たしかに全員描いてみたい派の部員だけど、わたしの知る限り、ある程度まとまったものを描いたことがあるのは浅沼さんだけだ。田井は新入生でまだよく知らないけど、漫画は描いたことがないから漫研で勉強したいと言っていた。西山さんと針ヶ谷さんは二年生で、どちらも一枚絵しか描いていないはず。

「長いものも描けるって言ってたの？」

浅沼さんは薄く笑った。

「たぶん無理だけど、そんなに長いものを描いてもらう必要はないよ。四、五ページでいいんだ。なんだったら見開き二ページでも。できるだけたくさん参加することが大事だから」

これまで一枚絵しか描いていないからって西山さんや針ヶ谷さんが描けないと決めつけるのは

失礼だ。あの二人も描くよ、と答えてほしかった。けれど浅沼さんの返事は、描けるか描けないかは問題ではないと言わんばかりだ。実績作りという彼女の目的からすれば、当然なのかもしれないけど……。

わたしの戸惑いを察したのか、浅沼さんの口ぶりがなだめるようなものへと変わる。

「なにも一から考えてくれっていうんじゃないの。お題は決まってるから、なんとなくで描いてくれればいい」

自分の漫画にプライドを持つにはまだ早すぎるとはいえ、それでも「なんとなく」で描けるものじゃない、と反発したくなる。浅沼さんだって充分わかっているはずなのにこんなことを言ってしまうのは、それだけ必死だという証だと思いたい。

いちおう訊いてみる。

「お題って？」

「『漫研』にするつもり」

ううん、と唸ってしまう。

浅沼さんの語気が強くなる。

「こんなことでもしないと、うちじゃ本一冊出せないよ。この同人誌が実績作りのためだってのは否定しないけど、でも、神高漫研の名前を背負って人に読んでもらうチャンスなんて、卒業しちゃえば一生ない。そんなの嫌だよ。伊原だってそうでしょ？」

神高漫研の名前を背負いたいとは思わないけれど、一人にでも二人にでもいいから読んでもらえるとしたら……それはやっぱり、嬉しいことだ。

「どう？」

心が揺らいだ。漫画が派閥抗争の道具になるのはやっぱりなんだか嫌だけれど、わたしはとにかく描きたいのだし、描いたら読んでもらいたい。それがどんな形で読まれるのかは、言ってしまえば、どうでもいいのではないか。

悩むわたしに脈があると見たのか、浅沼さんの声が少し軽くなる。

「引き受けてくれるなら、先に枚数教えてね」

「えっ。何枚描くか決めてから、参加するかどうか返事するの？」

ちょっと意外だった。わたしはあんまり人と組んだことはないけど、複数人で本を作るなら、まず参加する人を決めてから枚数を決めることの方が多いし、それを言ったら枚数は決めずにそれぞれ好きに描いて、作品が揃ってからページ数を固めることもよくある。枚数が決まらないと参加表明もできないというのは、少なくともわたしは初めて聞いた。

「うん。先に枚数固めて予算押さえちゃいたいから」

「予算？　お金は持ち寄りじゃないの？」

「自費で出したら漫研の活動にならないじゃない。総務委員会にかけあって、意地でも部費から出させるよ。だから最初に正確な数字が欲しいんじゃない」

それって、いいのだろうか。部費は部全体のお金なんだから、できれば全員の、せめて湯浅《ゆあさ》部長の承認がないと横領になるだろうし、そもそも総務がお金をくれないと思うけど。

「部長にはもちろん話すんでしょ？」

湯浅部長は漫研内部の対立にはあまり関わらず、新入生の勧誘や部費の申請など、ふつうにやらなきゃいけないことをそつなくこなしている。頼りないような気もするし、どっちかに荷担して火に油を注がないのは賢明だという気もする。

浅沼さんは、

「うーん、そうね、話さなきゃね……」

と歯切れ悪く呟いた。少し怖いけど、まあ、予算のことは浅沼さんにまかせよう。わたしは自分の漫画をどうするか考える。

「やっぱり、いますぐ枚数は決められないよ。描けるのは嬉しいんだけど、『漫研』ってテーマでどう描いたらいいのかちょっとわかんないし、どれぐらいの枚数になるのかは見当もつかない。とりあえずネーム描いて枚数数えるから、ちょっと待って」

浅沼さんはちょっとくちびるを尖らせた。

「まあ、しょうがないよね。どれぐらい待てばいいの？」

今日が十四日で、どういう話にするかアイディアをまとめて、それをプロットの形にして、枚数確認のためなんだからネームは本当に雑でもいいとして……。

「金曜日かな」

「わかった。それまでに、あたしもほかの描けそうな子に当たってみる」

最後に浅沼さんは、

「これ、内緒ね」
と念を押すことを忘れなかった。

3

わたしの両親は、わたしが漫画を描くことについて特になにも言わない。反対はしないけれど賛成もしない、しっかり勉強するならほかの時間をどう使おうがわたしの自由だと言い渡されている。

「しっかり勉強するなら」の部分を、わたしは、家で自由に漫画を描いていいのは休みの日だけと解釈している。平日に漫画を描いているとお父さんもお母さんもなんとなく不安そうな顔をするので、作業は土日にやっているのだけれど、このところ週末はほかにもいろいろ予定があってわたしもこれでなかなか忙しい。

浅沼さんから同人誌の話を聞いたのが月曜日で、金曜には参加するかどうか返事をしなくてはならない。まだ絵は描かないとはいえ、平日に家では漫画を描かないという暗黙の約束はできるだけ守りたいので、準備は学校で進めることにした。

問題は場所だ。浅沼さんの計画が秘密である以上、漫研の部室でやるわけにはいかない。古典部の部室、地学講義室でできればいちばんいいのだけど、漫研のごちゃごちゃしたいざこざをあんまり持ち込みたくないのだ。図書委員として図書室を不当に占拠することも気が引ける。というわけで、わたしは自分の教室、二年C組教室でキャンパスノートを広げることにした。

ほかの人はどうなのかわからないけれど、少なくともわたしは人前で漫画を描くことに大きな抵抗がある。特に、学校で同級生たちがいる場所で描くというのは論外だ。けれどいま取り組んでいるのはアイディアを一つのお話へと変えていくことで、その様子を傍から見ると、ノートに向かって熱心に勉強しているようにしか見えないはずで、カモフラージュに教科書でも開いておけばさらに完璧、わたしがまさか漫画のお話を作っているだなんて、これは神さまにだって折木にだって見抜けないだろう。


火曜日の放課後、わたしはC組教室の自分の椅子に背を伸ばして座り、世界史の教科書を広げて案を練っていた。

人からテーマをもらうのは生まれて初めてなので、やっぱりちょっと戸惑うけれど、やってやれないことはないと思う。浅沼さんは「漫研」とだけ言って、神山高校漫画研究会を舞台にしろとは指定しなかった。漫画を研究する会……そう、たとえば、未来の話にしたらどうだろう。文明が衰退してしまった地球で遺跡から「漫画」を見つけたひとびとが、これはなんだろうと研究する話だ。ちょっとひねりすぎだろうか？

などとノートにシャープペンを走らせるが、気が散って集中しきれない。原因は同じ教室にいる女子だ。羽仁真紀《はにまき》という妙に語呂がいいせいでフルネームで呼びたくなる名前で、気が弱そうな顔つきをしているが別にそんなことはなく文化祭では大胆なコスプレを着こなし、頭がよさそうに見えてこちらは本当に頭がいい。そして羽仁さんは、漫研部員だ。いまはほかの女子と夏休みの話で盛り上がっている。

自分から漫研の派閥抗争に詳しくなろうとは思っていないけれど、それでも見ていればだいたいわかることもあって、羽仁さんはいわゆる読むだけ派にいる。とはいえ積極的に派閥のために役に立とうとは思っていないのは明らかで、二派が罵りあったりするときは、読むだけ派の近くにはいるけれど、別に口を出すこともない。描いてみたい派の一員と目されながらも主導権争いなんて下らないと思っているわたしの立ち位置と似ているのかもしれない。漫研の部室ではお互い話すことはない一方、クラスではぎこちなさもなくふつうに話している。

羽仁さんが浅沼さんの計画を知ったとしても、誰かに密告するとは思えない。とはいえ、彼女がわたしのノートを見れば、漫画のプロット、あらすじだと気づいてしまうだろう。それは恥ずかしいので、わたしはさっきから羽仁さんの方をなんとなく気にしている。

ちょっと自意識過剰かとは思ったが、どうもそうとも言い切れない。ああでもないこうでもないとストーリーを書いていて、ふと手を止めて顔を上げると、羽仁さんがさりげなくそっぽを向くということが続いているのだ。

「えー、でもうちの野球部ってすっごく弱いよ」

などと話す声が聞こえてくるので、ほかの子との会話に参加していないわけではなさそうだけど、どうしてこんなに見られている感じがするのだろう。もしわたしが漫画のプロットを組んでいることに気づいているのだとしても、遠巻きに見ている意味がわからない。

……実は羽仁さんについては、ひとつだけ気になることがある。

このあいだ退部した河内先輩と、個人的に仲がよかったのだ。単に部活の先輩後輩というだけではなく、友達のように親しげに馴染んで話しているところを何度か見た。河内先輩にはファンの女子が多かったので、その子たちの間であれはなんだと話題になっていたことも知っている。漏れ聞いた話だと家が近所で、小さな頃はいっしょによく遊んでいたらしい。読むだけ派のリーダーだった河内先輩の関係者が、描いてみたい派のクーデターに荷担するかもしれないわたしを見張っている……と考えられないこともないけれど、さすがにそれこそ漫画めいているかな。でも、じゃあどうして見られているのかという別の理由は考えつかない。

そんなことを考えていると羽仁さんが携帯電話を見て、すっと立ち上がって教室から出て行ったので、やっぱり考え過ぎだったのかなと自分を恥じた。

けれど翌日、水曜日の放課後も羽仁さんは教室に残っていて、わたしが思うところ、やっぱりその視線はこちらに向けられていた。たまたま教室にはわたしと羽仁さんと、サッカーの話で盛り上がる男子三人組がいるだけで、わたしはノートに向かい、羽仁さんは無言で本を読んでいる。やりづらくても、早めにネームに入らないと間に合わない。

ふつうのやり方とは違うのかもしれないけれど、わたしは漫画を描くとき、まず台詞表を書く。誰がどんなふうに話すのか、このひとならこの場面でなにを言うのか、それを確かめて練り上げるために、まず台詞だけ書いてしまうのだ。このやり方が効率的なのかはわからない、というか、一回書いた台詞をフキダシに入れるときたいていは短くしなければならないから、たぶん効率は悪い。……それも仕方がない、台詞から先に書くのは、学校でネームを描くのはあまりに恥ずかしいから編み出した苦肉の策だから。

一昨日から練り上げていたお話の、最初の一言をノートに書いていく。あまり気乗りがしないお題だったけれど、話が動き出してしまえば描きたいことも出てきて、意外と何とかなりそうだ。

「コミック　ラ・シーン」の講評を思い出す。新大陸賞はプロの漫画家が選考に関わっていて、しかも努力賞にまで、たった一言だけどコメントがもらえる。今回の選考委員は新納《にいろ》ゆたか先生で、わたしの漫画へのコメントはこうだった。

『◎熱意センス　△絵（がんばれ）　×台詞が長い。だんだん良くなってる、継続は力なり！』

実はそれまで新納ゆたか先生の漫画は読んだことがなかったのだけど、講評をもらった次の日、おこづかいをはたいてどっさり買ってきた。とにかく台詞が長いのがわたしの弱点で、それは自分でもなんとなくわかっていたので、どう言葉を削るか、本当に有効な言葉は何か気をつけながら、ノートを埋めていく。

熱中しかけたとき、不意に声をかけられた。

「まやっち」

羽仁さんの声だ。顔を上げれば、さっきまでいた男子たちはいつの間にかいなくなっていて、放課後の教室にはわたしと彼女の二人しかいない。羽仁さんはわたしではなく、手に持った携帯電話を見ていた。それとなくノートを閉じながら訊く。

「どうしたの」

くるりとこちらを向いた顔には、表情がなかった。

「浅沼の計画、ばれたよ」

とぼける必要はなく、また、あんまり驚きもしなかった。浅沼さんはこの話は内緒だと言っていたけれど、漫画が描けそうな部員に無造作に声をかけていたみたいだから、いつかは露見すると思っていた。してみると、やっぱり羽仁さんはわたしを監視していたのだろうか。

「そっか」

ばれてしまった以上、もう同人誌を漫研の予算で作ることはできないだろうけど、もともと部員の頭越しに総務にかけあうという計画に無理があった。寄稿者がお金を持ち寄って出すという話に落ち着くだろうし、初めからそうした方がよかったのかもしれない。

そんなことを考えていると、羽仁さんがあきれ顔になった。

「まやっち、そんな涼しい顔してていいの？　なんか大変なことになってるみたいよ」

わたしは彼女が持っている携帯電話に目を向けた。どうやらメールで何かの連絡を受け取ったようだ。大変なこと……言われてみれば心あたりがある。

「漫研で何か起きてるの？」

羽仁さんは頷き、気弱そうな顔をくしゃっとしかめた。

「浅沼が吊し上げられてるみたい。ま、当然だけどさ」

当然という言葉は、浅沼さんは裏できたない動きをしたから吊し上げられても当然という意味なのか、それとも浅沼さんのこころざしは尊重するが読むだけ派が怒るのは当然だという意味なのか判断がつかない。わたしもそのどちらなのか自分の気持ちをはかりかねたまま、

「そうだね」

と同意し、机の上のノートを片づけ始めた。羽仁さんがちょっと驚いたように訊いてくる。

「行くの？　なにも自分からピンチに飛び込まなくっても」

ふだんはそれほど話さない羽仁さんの、その気遣いが嬉しかった。だけど、まあ、さすがにね。

「浅沼さんの本に参加するって決めてた訳じゃないけど、やっぱり無視はできないよ」

羽仁さんはほんの少し笑って、

「そっか。……悪いけど、あたしも行くよ」

と言った。読むだけ派の羽仁さんが部室に行ったら、浅沼さんやわたしを責める側に加わらなくてはいけない。羽仁さんはそれを知っているから、悪いけどと言ったのだろう。

「まやっち。携帯のメールアドレス、交換しよ。なにかあったら連絡するから」

わたしは頷いて、鞄から自分の携帯電話を出した。


漫画研究会の部室は一般棟二階の第一予備教室で、わたしがいる二年C組教室は同じ一般棟の三階にある。それほど長くはない距離を、正直に言って、わたしは急ぎはしなかった。……責められるとわかっている場所に駆け足で行けるものだろうか？　羽仁さんはそんなわたしの後ろについてきた。

そうして部室につき、引き戸を開けたわたしは、走らなかったことを少し後悔した。一見して、もう勝負がついてしまったことは明らかだったから。浅沼さん、針ヶ谷さん、田井の三人が半円状の人垣に囲まれ、かわいそうに田井は苦しげにしゃくり上げ、浅沼さんも俯いてなにかを堪えているようだ。腕組みをして三人の前に立っていた二年生の篠原《しのはら》さんが、部室に入ってきたわたしを見てふんと笑った。

「伊原か。いまごろ来るなんて、終わるの待ってたの？　せこいねー」

「そんなんじゃない。知らなかっただけよ」

「どうだか」

そう吐き捨てると、篠原さんは黙っている三人を手で示し、

「遅刻したあんたに教えてあげるけど、ぜんぶバレてるんだからね」

と得意げに言った。

「部費を盗んで自分たちで本を作って、漫画も描けないやつは漫研から出て行けってやるつもりだったんでしょ。ほんと、きったない」

篠原さんは、河内先輩が退部した後、読むだけ派のリーダー的な立ち位置にいる。彼女からは浅沼さんの計画がそう見えたかもしれないけれど、さすがに言い過ぎだ。

「そんなことない。浅沼さんは、漫研で漫画を描いたって白い目で見られたりしないように、実績を作りたかっただけよ。部費だって、ちゃんと湯浅部長に相談するって言ってた。盗むなんて言わないでほしい」

「湯浅部長ね」

言いつつ、篠原さんは満面に笑みを浮かべた。

「先輩はもうやめたよ。受験に専念するんだって。あんた知らなかったの?」

「えっ?」

わたしは部室を見まわし、湯浅部長の姿を捜す。……が、見つからなかった。部長だけじゃない、三年生が一人もいない。

「……ああ、そういうこと」

独り言が口をついて出る。

浅沼さんが同人誌で漫研の主導権を握ろうとしていたように、篠原さんたちは両派に中立的な湯浅部長の退部を機に優位に立とうとしていたらしい。確かに三年生はそろそろ引退の時期だった。部長は昨日か今日、わたしの知らないところでやめたに違いない。……まったく、たかだか漫画研究会で漫画を描くかどうかで、いったいわたしたちはなにをしてるんだろう!

なんだかおかしくなってしまったわたしの表情を見て、篠原さんは一気にまくしたてる。

「だいたいね、白い目で見るって、なによそれ。それはあんたたちのことでしょ? ふだんは絵も描けないのに漫研部員だなんて笑わせる、みたいに鼻で笑っておいて、勝手なことするなって言われたら被害者意識振りかざすの? いい加減にしてよね、あたしらはね、楽しいものを楽しいねって言いたいだけなの。漫画が好きだってだけで親にも先生にも馬鹿にされて、なんで部活でまで馬鹿にされなきゃいけないんだよ!」

浅沼さんたちを囲んでいた部員の目は、いまやすべてわたしに向けられている。その冷ややかさといったら！

馬鹿になんてしていない。わたしは好きで描いているだけだ、描けることを誇る気持ちはたぶんないし、描けない子を見下したりなんて、絶対にしない。

……本当に？

ひょっとしたら、ぜんぜん意識はしていなくても言葉の端々やちょっとした態度に、自分でも思いもしなかったきたない部分が出てはいなかったか？

いや、しっかりしろ、わたし。わたしはそんなことを思ってはいなかった。漫画が描けるなんて、鉄棒で大車輪ができるとか、日本の年号をぜんぶ言えるとか、そういう特技とたいして変わりない。本人にとっては重要なことだけど他人に誇るなんて下らない、そう思っていたはずだ。自分で自分を疑ってどうするの。

冷たい目に浮き足立ってはいけない、いまは一つ一つ、状況を確認していかないと。

「それで誰が新しい部長なの」

篠原さんは、意外そうに目を見開いた。

「あれ、知らない？」

わたしだったら知っていそうな人、ということだろうか。誰だろう、まさか浅沼さんじゃないだろうし。篠原さんは腕を持ち上げ、わたしを指さした。

「わたし？」

「そんなわけないでしょ。後ろよ、後ろ」

振り返る。

そこには、後ろから部室に入ってきた人、気弱そうに見えるけど実はそうでもないクラスメート、羽仁さんが立っている。絶句するわたしに羽仁さんは手を合わせ、ちょっと拝むような仕草をしてみせた。

「ごめん、まやっち。言い出しにくかった」

そして羽仁さんは篠原さんと浅沼さんの間へと進み出て、篠原さんに訊いた。

「条件は?」

「呑んだよ、ぜんぶ」

「よかった。まやっちにも伝えてあげて」

手打ちの条件ということだろう。篠原さんはさっきまでより落ち着いた様子で、

「あんたがいない間に決めたんだけど」

と前置きした。

「……描くなって言うんでしょ」

「そんなことは言わない。描けば」

意外な言葉に、わたしは思わず浅沼さんを見た。けれど彼女の表情は変わらず、にこりともしていない。とすると、篠原さんの話には先があるのだ。

「こいつが仕切る本なんて、どうせ失敗する。偉ぶっても、まともに描いたことがあるのなんて

伊原だけだからね。ま、好きにすればいい。部費の申請だって手伝ってやろうじゃない。それでできあがらなかったら、指さして笑ってやる。で、部費を無駄に使った責任を取って、あんたら全員出て行け」

そして突きつけた指を戻し、今度は自分の胸に手のひらを当てる。

「で、万が一ちゃんとしたものができたら、そりゃあお見事、おめでとうございます。漫研はあんたたちの好きなようにすればいい。あたしらは新しい部を作って、自由にやらせてもらう」

そういうことか。来るべき時が来たのだ。

薄々察してはいたけれど、二派の溝はもう修復不可能なまでに深くなっていたのだ。浅沼さんの同人誌を引き金に、漫研は二つに割れようとしている。

茫然とするわたしをよそに、羽仁さんがぱんと手を叩いた。

「さ、これでまやっちもわかったね。そういうこと、悪いけど。それじゃあ、やることやっちゃおうか」

篠原さんからなにかの紙を受け取ると、浅沼さんに向けてひらひらと振ってみせる。

「部費の申請用紙、実はもう作っておいたんだ。あたしの署名はもう入ってるし、顧問の先生にも連絡してある。金額と使用目的は浅沼、あんたが書いてね」

名を呼ばれて浅沼さんはようやく顔を上げ、ほうけたように申請用紙を見つめていたが、やがて力なく首を横に振った。

「いくらかかるか、わからない。まだページが決まってないから……」

「なんだ、そんなこと気にしてたの。大丈夫！　足りなかったら追加申請してあげるし、とりあえず一万円からいってみよう。始めることが大事だよね！」

　羽仁さんの明るい声に誘われるように、浅沼さんはどことなく覚束ない足取りで羽仁さんに近づいて用紙を受け取った。篠原さんは用意周到にボールペンも準備していて、それも手渡す。浅沼さんは不思議そうにボールペンを見て、用紙に書き込もうとしてなにかに押さえられたように全身の動きを止めたけれど、

「どうしたの？　やっぱり怖い？」

　と挑発され、その目に怒りを浮かべたかと思うと、一気に手を動かし始めた。

　その様子を、わたしはただぼんやりと見ていた。なにかがおかしい気がするけど、事の成り行きにショックを受けて、頭がうまく働かない。やがてゆっくりと心に浮かんできた疑問は、どうして羽仁さんはそんなに急いで部費を申請させようとしているのか、ということだった。あの申請書類への記入が済むと、なにが起こるのだろう。同人誌が作れるようになる？　いや、それ自体は問題じゃない……。

　さっき篠原さんはなんて言っていただろう。ねばつく思考の中、その言葉を必死に探す。たしか彼女は、こんな言い方をしていた。

　――で、部費を無駄に使った責任を取って、あんたら全員出て行け――

「あ！」

　待って、と声を出したが、もう浅沼さんは誘導されるままに申請書類を書いてボールペンを置

いたところだった。「えっ」と呟いてこちらを振り向いた浅沼さんの手元から、羽仁さんが素早く書類をつまみあげる。

漫研の分裂を防ぎたければ方法は一つ、まだ計画段階に過ぎなかった同人誌作りをわたしたちが諦め、勝手に本を作ったりはしないと約束して仲直りの道を探すことしかなかった。なのに部費の申請をしてしまえば、まだ何も始まっていなかったという言い訳は通じない。一円も手を付けなくても、いったんお金が出てしまえば「部費を無駄に使った」と批難されても言い逃れはできないだろう。

読むだけ派の部員たちを憎いと思ったことはなかった。そもそも、自分を描いてみたい派だとも思っていなかったぐらいだし。でも、今回のやり口は、あんまりひどい。部を割るつもりなら黙って退部するなり、浅沼さんやわたしに出て行けと言うなりすればいいのに、対立してきた相手にわざわざ恥をかかせようとしている。無言で睨みつけるけれど羽仁さんはもうわたしの方など見向きもせず、申請書類を大事そうに鞄にしまって、

「じゃ、あとはがんばってね。あたしは先生のハンコもらってくるから」

と言い残し、部室を出て行った。

いま追いかけてつかみ合いして、羽仁さんをやっつけて鞄から申請書類を奪い取れば、漫研の分裂は避けられるだろうか？

……もっとややこしくなるだけか。静まりかえった部室では一年の田井の啜り泣きだけが聞こえ、田井はやがて、あたりを憚らず声を上げ始めた。

「ごめんなさい、先輩、ごめんなさい……！」

4

なんのために描いていたんだったっけ。

水曜日の放課後、篠原さんたちに責められて浅沼さんはしばらく茫然としていたけれど、「やめる？」と聞いたらはっきりと「続ける」と答えた。

「本ができたら篠原さんたちはやめるのよ。それでも？」

無駄な問いだ、本ができなかったらわたしたちがやめさせられるんだから、どっちにしても事態は好転なんかしない。でも浅沼さんはわたしの言葉を聞いて、引きつった笑みを作って、「上等じゃない。やめさせられるぐらいなら、やめさせてやる」

と言った。

わたしは篠原さんたちを漫研から追い出すために漫画を描きたいんじゃない。でも、じゃあなんのためかと言われると、だんだんわからなくなってきた。

おかしいな。昨日までは、わかっていたはずなのに。

それでも漫画の準備は続ける。

おおよそのストーリーはできあがり、台詞もだいたい書いた。何度も読み返したけれど、どうもこの段階でも上々の出来だとは思えない。なんというか捻ったわりに既視感があるし、これは自分が当事者だからかもしれないけど、楽しんで書いてないなっていう感じがする。でも、最高のプロットが用意できるまで描かないなんて言っていたらたぶん十年ぐらい描けないので、配られたカードから手を進めるしかない。

木曜の放課後からネームに入る。いちおう予算は決まったけど、一万円じゃ本は作れないので、ページ数を先に固める方針は変わらない。というより、羽仁さんに強いられたことで方針を変えることを、浅沼さんが嫌ったようだ。

ネーム作りに入ると、雑ではあるけれど実際に紙にコマを割ってフキダシを作り、絵を描いていくことになる。ここまで来ると教室や図書室ではできないし、家でやっていると両親が眉を曇らせるし、漫研でやったら、それこそ挑発になるだろう。なので作業できる場所はただ一ヶ所、古典部の部室、地学講義室だけということになる。できるだけ古典部に漫研の問題は持ち込みたくなかったけれど、まあ、地学講義室で漫画を描くこと自体は初めてじゃない。

この日、部室にはふくちゃんしかいなかった。ふだんなら嬉しいシチュエーションだけど、今日わたしにはやることがあるし、ふくちゃんもなにか書類を書いている。

「や」

「やあ」

というぐらいの言葉と笑顔を軽く交わして、少し離れた机に座り、ノートを広げる。ネームは漫画用原稿用紙に描いた方が後の作業が楽なのだけど、原稿用紙はかさばるし、いかにも漫画用の道具に見えて学校に持ち込むのは引け目があるし、なによりちょっと高いので、わたしはキャンパスノートに描くようにしている。

さあ、これからだ。

お願いだから、と祈るような気持ちで、最初のコマを引いていく。お願いだから、面白くなってね。わたしはまだまだ下手だけど、でもせいいっぱいがんばるから。わたしがこれまで読んできた漫画はとっても面白いものばっかりだったから、あなただって面白くなれるはず。どうか、面白くなってね……。

季節は春から夏に移りつつある。大きく開かれた窓から入る風が心地よい。定規を使わずに引く線はまっすぐで、コンパスを使わずに描く円は丸い。照る照る坊主のように丸に目を描いただけの簡単な登場人物たちで、この漫画がこの先どうなるのかを決めていく。

わたしは一つ失敗をした。今回、台詞を書いたノートにネームを描き始めてしまったのだ。学校で漫画用ノートを何冊も持ち歩くのが嫌だから一冊にまとめたのだけど、イメージが強い最初のうちはそれでもよかったものの、三ページ目四ページ目と進むうち、いちいちノートをめくって台詞まわしを確認することが増えてきた。これはどうにもまだるっこしい、次の漫画を描くときは、台詞や粗筋を書くノートとネームを描くノートは絶対に分けるようにしよう。

準備の悪さに足を引っ張られながらも、ネームを進めていく。残念だけど、浅沼さんから渡された「漫研」というテーマに漠然と持っていた違和感が、ページを進めるごとに次第に固く大きなものになっていく。だけど、この漫画が篠原さんたちを追い出すのに使われてしまうということは、あんまり頭に浮かんでこなかった。事ここに及んでは、漫画以外のことはぜんぶ忘れてしまう。手を止めたらすぐにでも、あの曇った気持ちが戻ってくるのだろうけど。

描き続け、ノートをめくって台詞をたしかめ、さらにめくってストーリーの行く先をたしかめ、また描き続け、どれぐらい経っただろう。振動音がわたしの手を止めさせた。

メールが届いたのだ。鞄を開けて携帯電話を見る。送ってきたのは意外にも羽仁さんで、その文章は短かった。

『すぐに来て』

羽仁さんから送られてきたからには、漫研で何かあって、部室に来てくれということなのだろう。何が起きたのか心あたりはいくつもあり、そのどれもがろくなことではない。憎みあい出し抜きあいが、とうとう怪我人を出してしまった……そんな想像も浮かんでしまう。がたんと音を立てて椅子から立ち上がると、

「わっ、びっくりしたあ」

と声が飛んできた。

びっくりしたのはこっちも同じだ、ふくちゃんがいることを忘れていた。

「あ、ごめん、ちょっとメールが来たの」

説明にもならないことを口走りつつ、机の上に広げたままのノートをぱたんと閉じる。なにもないとは思うけど念のため、

「これ見てて！」

と言うと、ふくちゃんが怪訝そうに首を傾げた。

「見るって……読めばいいってこと？」

とんでもない！

「違う、見張ってて」

「見張るの？」

たしかに、いきなりノートを見張れと言われても困るだろう。わたしの言い方がまずかったとは思うけれど、訂正する間が惜しい。わたしはそのまま地学講義室を飛び出した。


駆けつけた第一予備教室では、しかし特に変わったことは起きていなかった。

いつものように読むだけ派は教室の前の方に、描いてみたい派は後ろの方にかたまっていて、それぞれ漫画を読んだり、話をしたりしている。いい雰囲気ではないけれど、なにか差し迫ったことが起きているようには見えなかった。

読むだけ派の中には篠原さんがいて、仲間と笑いあっている。一方で描いてみたい派の中に浅沼さんはいなかった。昨日の不意打ちの衝撃からまだ立ち直っていないのか、それともなにか用事があったのか。ほかの描いてみたい派の子たちに悲愴な感じはないので、わたしが来るまでに追い出されてしまったというのでもなさそうだ。

まずは羽仁さんを捜そう……と思って部室を見まわして、肝心の彼女がいないことにようやく気づく。きょろきょろするわたしに篠原さんが、

「誰か捜してんの」

と訊いてきた。

「あ、うん」

「浅沼なら来てないよ」

近くにいた二年生が「どっかで泣いてんじゃないの」と野次を飛ばすけれど、篠原さんはそっちを振り向きもしない。捜しているのは羽仁さんなのだけど、ここでその名前を出すと迷惑をかけるかもしれない。浅沼さんを捜していたことにしておく。

「そっか。ありがとう」

踵を返すと、背中に笑い声が飛んできた。ただわたしの聞き違いでなければ、その中に篠原さんの声は交ざっていなかったように思う。

漫研に羽仁さんがいなかったとなると、「すぐに来て」というメッセージで来てほしかった場所は、二年C組教室しか思いつかない。クラスメートなんだから、そっちを先に思いついてもよかったのだけど。ただ、また無駄足は踏みたくないので、先にメールを返す。

『漫研に行っちゃった。どこに行けばいい?』

第一予備教室から少し離れて返信を待つけれど、二、三分待っても来ない。行ってしまった方が早いと思って階段を上り、二年C組教室に向かう。

ところがここにもいなかった。教室では、C組ではない子も含めて五人が、思い思いの机や椅子に腰かけていた。席が近くてときどき話す子もいたので、

「ねえ。羽仁さん、見なかった?」

と訊く。

「ハニー? あたしらずっとここにいたけど、ハニーはいなかったよ」

羽仁さんがハニーと呼ばれていたことは知らなかった。あの気弱そうな顔つきにぜんぜん合ってないような……。

それはともかく、なにかおかしい。漫研でも教室でもないとしたら、羽仁さんに呼び出される場所に心あたりがない。図書室のはずもないし。

「ハニー捜してんの?」

「うーん、捜してるっていうか、呼ばれた」

「ここに?」

「それがわかんないんだよね。ん、わかった、ありがとう。ほか行ってみる」

教室を出て携帯電話を見ても、まだ返信は来ていない。羽仁さんの用件は気になるけれど、連絡がつかないのだからこれ以上どうしようもないだろう。電話番号も聞いておけばよかった。

「……ネームやろう」

なんだったのだろうと首を傾げながら、部室へと戻る。

地学講義室で、わたしはほとんど悲鳴のような声を上げた。

「ノートがない!」

机の上に出しっぱなしだったキャンパスノートがなくなっている。そんな馬鹿な、たしかにここにあったのに！

部室では相変わらずふくちゃんが書類に向かっていたけれど、わたしの声にシャープペンを取り落とした。

「び……びっくりした。今度はどうしたの」

ふくちゃんにはさっき出がけにノートを見ておいてと頼んだけど、言い方が悪くて、ノートの中を見ておいてくれという意味に間違われそうになった。訂正したつもりだったけど、なにかの勘違いで持っていったのかも。

「ねえふくちゃん、ここにあったわたしのノート、もしかして持ってる？」

「いや、僕は持ってない」

「じゃあどこだろ、おかしいな」

鞄の中を捜し始めたわたしに、ふくちゃんが少し不安の滲む声で訊いてくる。

「ねえ……もしかしてなんだけど、ノートが必要だから持ってきてって言ったの、摩耶花じゃないの？」

血の気が引いた。弾かれたように顔を上げると、ふくちゃんの表情に、いつもの冗談らしさはかけらもない。

「わたし、知らない」

「……そうか」

いきなりふくちゃんが頭を下げた。

「ごめん。僕の失態だ。摩耶花に頼まれたっていう女子が来て、あのノートを持っていったんだ。見張っておいてくれと言われたのに、おかしいとも思わなかった」

盗まれたってこと?

「それいつごろ?」

「よくわからないんだ、この書類やってて……。摩耶花が出て行ってから、それほど時間は経ってなかったと思うけど」

「誰がそんなこと!」

「見たような気もするんだけど、知らない子だった。慌てたように飛び込んできて、伊原さんのノートはありますかって訊いてきたんだ」

羽仁さんだ。間違いない。わたしをメールでおびき出して、いなくなった隙に持っていったのだ。あのノートが狙われるなんて想像もしてなかったから、こんな単純な手にまんまとやられてしまった。

「気が弱そうな子で、なにか事情があるんだろうと思っちゃった。摩耶花がいた机ならそこだよって教えたりして、馬鹿だった」

……ふくちゃんに落ち度はない。こんなことが起こるなんて、誰が思うだろう。いつかチョコレートを盗まれたこともあったけれど、あの時は誰の仕業か、どうして盗んだのかもすぐ見当がついたから、あんまり驚かなかったし、後できっちりおしおきもした。今回とは違う。わたしはぶんぶんと首を横に振った。

「ふくちゃんが悪いんじゃない。むしろ、いてくれたおかげで犯人がわかったんだから、お礼を言わないと。大きい声出してごめんね」

わたしは手近な椅子を引き、ふらふらと座り込む。

羽仁さんは読むだけ派だから漫研では立場が違うけれど、クラスではふつうに言葉を交わしていた。あの子を信頼していたわけではない、信頼という言葉を使うほど親しい間柄じゃなかった。部長になったことを話してくれなかったぐらいだから、向こうもわたしのことをたぶんそれほど親しいとは思っていない。でもまさか、あの子がこんなことを考えていたなんて。

メールを使ってわたしをおびき出すには、メールアドレスが必要だ。それを教えたのは昨日、漫研で浅沼さんたちが責められていると教えてくれたあと、羽仁さんがメールアドレスを交換しようと言ったからだ。つまり昨日から、もしかしたら教室でわたしを見張っていた一昨日から、羽仁さんはわたしのノートを狙っていたのだろうか。

なぜか？

どうしてわたしのノートが盗まれなければならないのか？

理由は一つしか思いつかない。

羽仁さんは、浅沼さんの同人誌を潰したいのだ。わたしを罠にかけ、ふくちゃんを騙して、そこまでしてわたしに漫画を描かせたくないのだ！

読むだけ派と描いてみたい派の不毛な争い、その道具としての同人誌、部長職の電撃的な獲得、そして今回の盗み、そうしたことが頭の中をぐるぐるとまわっている。なんで、なんでこんなことになってしまったんだろう。なんで、こんなことにわたしは巻き込まれているんだろう。ノートを失ったことはそれほど痛手じゃない、作り直すこともできる。でも羽仁さんがそれを盗んだことはたまらなく嫌だ。信じていたわけじゃない、それほど親しくはなかった、でも、嘘ならいいのに！

「摩耶花、摩耶花！」

強い声に、我に返る。目の前にふくちゃんがかがんでいる。

「大丈夫？」

泣き出したかった。わあわあ泣いて、大丈夫だよってふくちゃんに慰めてほしかった。でもだめだ、まだ早い！

大きく息を吸って、ゆっくり吐いていく。茹だったような頭が、これはぜんぶ嘘で、夢で、なにかの間違いだと告げてくる。でも残念だけど、そうではないとわたしは知っている。

「大事なノートだったんだね」

真剣な目で、ふくちゃんはそう言う。

「ノートそのものは、そんなに……。漫画描いてたから、他人に見られたくなかっただけ」

「漫画を盗まれたの？」

盗まれたのは漫画ではなく、台詞や粗筋をメモして、少しだけネームを描いたものなのだけど、それをどう説明していいのか言葉が出なかった。わたしが黙っていると、ふくちゃんは少し離れて机に片手をつき、言った。

「取り返してくる。あの女子に心あたりはあるんでしょ？」

「知ってる子で間違いないと思う。でも……いい」

「僕の責任だなんて、もう言わない。でもやっぱり引け目があるし、こんなの許せないよ。誰なの、あの子」

わたしは首を小さく横に振った。

「ふくちゃんのせいじゃないし、外に話が広がるとややこしくなるし……巻き込みたくないの」

やっぱり地学講義室で漫画を描くべきじゃなかったのだ。結局こんなことになってしまった。

俯くわたしに、ふくちゃんは言った。

「摩耶花。でも、できれば僕は、巻き込んでほしいんだ」

「……うん」

ふくちゃんは、じっと中空を睨んでいて、やがておもむろに言った。

「頼りないかもしれないけど、事情を話してよ。僕が出て行くとまずいってのはわかったよ。でも、あれを取り返すなにか別の方法がないか、いっしょに考えよう」

たぶんわたしは微かに苦笑いしたと思う。

「やっぱりふくちゃん、自分のせいだと思ってるでしょ」

「まあね……。漫研がごたついてるのは知ってたのに、完全に騙されちゃったからね」

漫研でわたしが置かれている現状を、ふくちゃんに話すつもりはなかった。心配させてしまうから。でも成り行きとはいえこうして話すことになって、不思議なぐらい、わたしは心強さを感じていた。

5

そうしてわたしは、ひととおりのことを話した。

今週の月曜日に、浅沼さんから同人誌に誘われたこと。その同人誌は、漫研の中での派閥抗争を有利にするために作るのだということ。枚数を決めるため、少し待ってもらっていること。

火曜日に、教室でノートを広げて作業をするわたしを、羽仁さんが見張っていたような気がすること。

水曜日には、浅沼さんの計画が露見したと羽仁さんに教えられたこと。その羽仁さんがいつの間にか部長になっていたこと。

今日、羽仁さんからのメールで席を外して、そのあいだにノートを盗まれたこと……。

話が終わると、ふくちゃんはじっと考え込んだ。ふくちゃんに話したことで、少し自分でも整理がついた気がする。やがてふくちゃんは低い声で、

「つけられたね」

と言った。

そうだろうと思う。昨日までは二年C組教室で漫画の準備をしていて、今日は地学講義室に場

所を変えたのに、羽仁さんが間違えずにここに来たのはなぜか。後をつけられていたとしか思えない。

「わたしが教室でやっていたら、こんなことにならなかったのかな」

「どうだろう……」

腕組みし、ふくちゃんはしばらく考えるようだった。

「……水曜日にも、羽仁さんの誘導で移動してるって言ったよね」

「うん。浅沼さんたちが責められてるって言われて、漫研に行った。それは本当だったのよね」

「そのときもノートは教室に置きっぱなしだったと思うんだけど、どう？」

どうだっただろう。記憶を辿る。

まだ絵は描いていないとはいえ、漫画のストーリーを書いたノートを教室の机に出したままにはしない。鞄に入れた憶えはある。わたしはそのあと、漫研に鞄を持っていっただろうか。

いや。教室に戻るつもりだったから、そうはしなかった。

「鞄には入れたけど、その鞄は教室に置いたままだった」

「じゃあ、羽仁さんには昨日も盗むチャンスがあったってことだよね」

そうか。気づかなかったけど、その通りだ。むしろ昨日の教室にはわたしと羽仁さんしかいなかったのだから、少し遅れて教室を出るだけで、楽に盗めたはずだ。

「なんで……」

思わずそう呟くと、ふくちゃんは大きく頷いた。

「それなんだよ。なんで。どうして今日になって、摩耶花のノートを盗まなければいけなかったのか」

「浅沼さんの同人誌を潰すためでしょ。ほかになにがあるの」

そう吐き捨てる。

しかしふくちゃんは首を傾げ、小さく唸った。

「そうかなあ。……聞いていてふと思ったんだけど、この話、このあいだのホータローのあれに似てる気がする」

折木のあれ？

このあいだというと、いつのことだろう。

ふくちゃんとちーちゃんと……そう、わたしたちは折木の読書感想文を読んでいたんだ。楽しかった。もうずっと前のことみたい。たしか『走れメロス』が題材で、読書感想文の主題は、誰がメロスを妨げたのかだった。でもなにが同じなのか、さっぱりぴんと来ない。

「同じっていうと……なに？」

「ディオニソスと山賊のくだりだよ」

「ディオニソスはお酒の神さま」

「あれ、そっか。デュナミス……は天使だよね」

「そうなの？」

「力天使だったと思うよ。まあ、王さまでいいや。摩耶花の話を聞いて、王さまと山賊のくだりを連想した」

　折木の感想文では、王城に急ぐメロスの行く手を妨げた山賊はメロスを殺すために雇われた刺客で、それを雇ったのはメロスの推理とは異なり、王さまではないと書いてあったはずだ。

「……どう関わるの」

「憶えてるかな。ホータローは、メロスは帰ってこないと王さまが心から信じていた以上、王さまだけはメロスの帰還を邪魔したはずがないと書いていたんだ。ホータローらしいね、ちょっと笑ったよ」

　わたしも笑った。

「そしてここからはあれを読んだ僕の感想だけど、仮にメロスが帰ってきたとしても王さまはなにも失わないんだよね。メロスは帰ってこないだろうけど、万が一帰ってきても別に困らないっていうのが王さまの立場だ。だからこの観点から見ても、刺客を放ったのは王さまじゃない」

　理屈はわかる。王さまが「人間は信じられない」という価値観をどうしても守りたいと思っていて、それを揺るがしかねないメロスを脅威に思っていたなら話は別だけど、あの話の王さまはそうは考えていなかったはずだ。

「摩耶花の話だと、羽仁さんは浅沼さんの同人誌がどうせできあがらないって信じているみたいだったんだよね。それでさ、仮にできあがったとしても、羽仁さんはなにも困らないんじゃないかな」

「どうして。同人誌が完成したら、羽仁さんたちは部活をやめなきゃいけないのよ」

「だけど、その条件を持ち出したのが、まさに羽仁さんなんでしょ？」

それはそうだけど……。

ふくちゃんはちょっと暗い顔をした。

「漫研については、いろんな話を聞くんだよ。摩耶花から聞いた話を合わせて考えると、もう二つに分けないとどうにもならないと思う。尾行とかクーデターとかって、いくら部活動が常識外れに盛んな神山高校でも、そんなのどう考えてもおかしいよ。僕が把握してる限り、漫研はたしか新入部員を含めると三十人を超える大所帯だから、二つに分けてもほとんどの文化系部活より大きい。羽仁さんっていう部長の目的は、部を分割することでお互いふつうの部活動ができるようにすることだと思うけど……。摩耶花から見てどうかな、筋違いかな？」

ふくちゃんはもともといろんなことに興味があり、どんな話でも貪欲に吸収するけれど、高校で総務委員になってからは、特に手続きとか組織とか、建前の話とかに詳しくなった気がする。たとえば折木は他人といっしょになにかをやることが苦手だから、ひとの建前とか名分とかは、存在は知っていてもぴんと来ないみたいだ。ふくちゃんはそのあたり、よく見通している。それでいて中身は変わっていないのが素敵なのだけど。

そのふくちゃんが漫研はもう駄目だというのだから、本当にそうなのかもしれない。漫研の確執は、たしかにもう救いがたいレベルに達している。それでもわたしは、漫研が分裂した方がいいなんて思ってなかったけど、羽仁さんはどうだろう。もしかして……。

いやでも、それだと話がおかしい。

「それだったら、黙って退部すればいいんじゃないの。でなかったら勝手に同人誌を作ろうとした責任を負わせて、わたしたちを退部させるとか」

「それってどうかなあ。羽仁さんたちが黙って退部したら、好き放題やられた上に自分たちから尻尾巻いて逃げ出したように見えるじゃない、顔が立たないよね。一方で摩耶花たちを追い出すにしても、同人誌を作ろうと思って仲間を集めたっていうだけの理由で強制退部させるのは、いくらなんでも無理だ。顧問の先生に泣きついたら、叱られるのは羽仁さんたちだよ」

そうか、たしかに、大義が足りない。

「僕もよく知らない世界だけど、どんな形でも同人誌が一冊できあがれば条件クリアだっていうんなら、ハードルはかなり低いんじゃない？」

「まあ……コピー本でもいいなら、簡単かな」

「本が完成したら、今回恥をかかされた浅沼さんたちにも花を持たせて、円満離婚に持って行ける。一方で完成しなかったら、チャンスはあったのに生かせなかった浅沼さんたちが悪いってことで、追い出す理由にはなる」

話はわかるのだけど、その先が見えなくなってきた。少し語気が強くなる。

「そうだとしたら！　羽仁さんとメロスの王さまが同じだとしたら、羽仁さんにはわたしのノートを盗む理由がなにもなかったってことになるじゃない。理由もないのに盗むってことは、ただの嫌がらせだったってことにならない？」

理由あってのことならいいとは言わないけれど、ただの悪意しかなかったなんて、その方がやりきれない。

　ふくちゃんは床を見つめ、ぼそりと呟く。

「そうなんだよね。そこがおかしいんだ。……悔しいなあ。ホータローだったら、すぐになにか思いつきそうなのに。どうしてなんだろう。摩耶花のノートを持っていったって、羽仁さんにはなんの得もないはずなんだけどなあ」

　ときどきふくちゃんは、データベースは結論を出せないなんてうそぶいている。雑学は豊富で噂話にも詳しいけど、そこからなにかの真相を見つけ出すことは苦手だ……というか、最初から諦めているっていう意味なんだろう。

　だけどいま、ふくちゃんは真剣に考えを巡らせてくれている。僕にはわからないとか、とても手に負えないねとか、いつもなら言いそうな言葉は一言も言わず、身じろぎもせずじっと考え込んでいる。

　もちろん、わたしもいっしょに考えていた。だけど同時に、沈黙するふくちゃんを見つめることも、やめられなかった。

　やがてふくちゃんは、珍しく眉根を寄せたままで言った。

「摩耶花のノートは、なにがなんでも取り返すよ。だけど、上手く言えないんだけど、少し待ってみたらどうかな」

　実際の問題として、ふくちゃんがいくら頑張ってくれても、わたしが立ち直って怒りの権化と化しても、たぶん羽仁さんはもう下校してしまっていて、今日中にノートを取り返せる見込みはない。もし羽仁さんが単に嫌がらせをしたいだけなら、いまごろノートは灰になっているか、川に流されて海を目指しているか、燃えるゴミに分別されたかだろう。そうでないなら取り返す機会はあるけれど、ふくちゃんはしばらく待てと言う。

「……そう言ってくれるのは嬉しいけど、なんで待つの？」

ふくちゃんの言葉はどうにも歯切れが悪かった。

「摩耶花の漫画の描き方はちょっと見せてもらったことがあるけど、あのノートがなければ描けないっていうわけじゃないよね。もちろん腹が立つのはわかるし僕も許せない。でも、純粋に被害だけ考えると、単にノートを作り直す時間がかかるだけだとも言える」

それはそうだ。あのノートはただのメモだし、三日で作ったものだ。わたしの気持ちをいったん棚上げすれば、三日あればまた作れるものではある。

「だとしたら……羽仁さんの目的って、時間稼ぎだったりはしないかな。稼いだ時間でなにかしてくるつもりかもしれない。ほら、誘拐のドラマとか小説って、犯人からの連絡を待ったりするじゃない。それと同じで、向こうの出方を窺ってからどうするか決めてもいいんじゃないか」

「その、なにかしてくるってのが最悪のことだったら、待つんじゃなくて阻止した方がいいような気もするんだけど」

「うん。その場合は、僕が守るよ」

……なにができるんだろうと思わなくもないけれど、そこまで言うなら、まあ、ふくちゃんを信じてやるということにならなくもない。わたしはこくんと頷いた。

「わかった、ちょっと待つ。明日、羽仁さんにはなにも言わない方がいいの？」

「どうしたらいいかなあ、なにか要求があるなら、向こうから接触して来そうな気もするけど。まったく、ホータローに相談したいところだよ」

折木だったら、たしかにもっと筋道立てて考えるのかもしれない。

でもわたし、折木の方がよかったなんて思わない。……ありがとう。

6

五月十八日金曜日。楽しみにしていた日だったのに、気が重いことが多すぎる。

出がけにハンカチを忘れていつもより遅めに登校すると、教室には羽仁さんが先に来ていたが、顔を合わせても悪びれるでもなく通行人のように無視された。わたしのノートを返せ、と叫びながら肩からぶつかって行く手もあるけど、少し待てというふくちゃんの言葉を信じると決めたし、なにより羽仁さんに怪我をさせたら悪いから当座はじっと黙っておく。

羽仁さんと会うよりも、浅沼さんに進捗を伝える方が腰が引ける。金曜日には枚数と参加の可否を伝えると言っていたのに、間に合わなくなってしまった。浅沼さんとはメールアドレスを交換しているけれど、大事なことはやはり直接会って話したいので昼休みまで待ち、お昼を済ませてから浅沼さんがいる二年A組教室に向かった。

A組教室では、ゆっくり食べる人たちが二、三人まだお弁当を広げていただけで、ほとんどの生徒はもう食べ終えてめいめい好きなことをしていた。黙ってよそのクラスに足を踏み入れることはためらわれる。入口で逡巡していると、すらりとした綺麗な女子がわたしに気づいて訊いてきた。

「誰かに用?」

「あ、うん。浅沼さん」

「浅沼かあ。いるかな」

そのひとは教室を一瞥し窓際に浅沼さんを見つけると、歩いていって話しかけた。こちらを指さしているのは、呼んでるよとでも伝えているのだろう。浅沼さんはわたしを見るとちょっと顔をしかめ、重い足取りで近づいてくる。

「どうしたの」

声にも張りがない。浅沼さんも暗い気持ちのようで、そこに追い打ちをかけるのは本当に嫌だ。あらためて、ノートを盗んだ犯人に怒りが湧いてくる。

「例の件、金曜日に返事するって言ったでしょ」

「うん、そのことね」

言いつつ、浅沼さんはなんとなく左右を窺った。教室で同人誌の話をするのが気が引けるのかもしれないし、計画が露見した経緯からして、誰かに盗み聞きされないか警戒しているのかもしれない。その仕草に合わせて、わたしも心なし小声になった。

「ごめん、もうちょっと待ってくれないかな」

浅沼さんの目が吊り上がった。

「はあ？　どういうこと？　今日って言ったのあんたでしょ？」

愉快には思われないことはわかっていたけど、覚悟してきたよりも強い言葉が返ってきた。

どう言われても、ノートを羽仁さんに盗まれたらしいことは話さないでおこうと決めていた。証拠はないし、こんなことを表沙汰にしたら、もう既に修復不可能な漫研内部の対立の火にどばどばと油を注ぐことになりかねない。最終的にノートが戻ってこなかったら遠慮なく油をぶっかけていくつもりだけど、いまは泥をかぶっておくつもりで頭を下げる。

「本当にごめん。間に合うと思ったんだけど、ネームが終わらなくて」

あからさまに溜め息をつかれた。

「あっそ。まさかと思うけど、逃げるつもりじゃないよね」

さすがに聞き捨てならない。

「逃げるってなによ」

「田井は泣いて逃げたし、西山は裏切ってあいつらに全部話しやがった。で、あんたはもっと待てって言う。逃げるつもりだって思っても不思議じゃないでしょ」

そう聞けば、浅沼さんが始めたこととはいえ、ちょっと気の毒だ。事情はどうあれ約束の日に間に合わなかったことは事実なんだから、非はわたしにある。もう一度、頭を下げる。

「ごめん」

「ねえ、本当にやってくれてるんだよね？」

気が立っているのはわかるけど……。

「申し訳ないって思うから謝りに来たのに、そこを疑うの？」

浅沼さんはもう一度、だけど今度はわざとらしさのない溜め息をついた。

「……悪かったわね。ちょっとぴりぴりしちゃって」

「こっちこそ」

「で、どれぐらい待てばいいの？」

ネームは途中まで進んでいたから、月曜日にノートが戻るなら火曜日には目処がつく。だけどノートが戻ってこなかったら、台詞表から組み立て直しになる。戻ってこないことを前提に土日に進めるとして……。

「火曜日……ううん、来週の水曜日には」

頷いて、浅沼さんはちょっと床に目を落とした。

「わかった。……ごめん伊原、なんだか厄介な話になっちゃって」

たしかに今回の計画を立てたのは浅沼さんだけど、わたしも描く機会があるならと喜んで話を聞いた。謝られる筋合いのことではない。どうとも答えず、

「じゃあ」

とだけ言ってA組教室を離れる。

自分の教室に戻ると、時刻は昼休みも終わりに近く、ほとんどの生徒が揃っていた。五時間目は体育だ。いま体を動かせるのはちょっとありがたいかもしれないと思いながら自分の席に向か

うと、無造作な足音が近づいてきた。振り返ると羽仁さんで、その表情はなんの屈託もなく、声までがどこかにこやかだった。

「まやっち、今日の放課後あいてる？」

心の準備がなければどう反応していただろう、ふざけるなと怒ったか、それとも羽仁さんの言葉をひどい追い打ちだと感じて怯えたか。実際にはそのどちらでもなく、ふくちゃんの予想が当たったことで、わたしはちょっと嬉しささえ感じていた。おかげで自分でも意外なほど冷静に、

「五時まで図書当番なの。その後でよければあいてるけど、なにか？」

と答えられた。

ほんの一瞬、羽仁さんはまじまじとわたしを見た……わたしが動揺すると予想していたのかもしれないけど、すぐに元の笑顔に戻る。

「悪いけど放課後つきあってくれない？」

わたしはわざとらしく首を傾げた。

「ええと、ちょっと気乗りしないな。つきあうとどうなるの」

「借りたものを返せる。早い方がいいでしょ」

腹の探り合いに、わたしは向いていない。白々しい言葉にかっと頬が熱くなり、激しい言葉が出そうになるのをかろうじて抑え込む。

「……そうね、早い方がいい。どうすればいいの」

羽仁さんは満足げに頷いた。

「『バイロン』ってお店、わかるかな」

「文化会館のそばの、ケーキのお店のこと？」

「そうそう。話が早くて助かる。あのお店って奥に喫茶コーナーがあって、お茶だけでもＯＫなの知ってた？　そこで五時半に会いたいんだけど大丈夫かな」

そのつもりはないのかもしれないけど、羽仁さんはノートを人質に取っているようなものだ。それで対等な相談のようなふりをするんだから、とんだ茶番だ。ひっくりかえしてやりたい気持ちがうずくけれど、あえてこっちも笑顔で返事をする。

「もちろん！　楽しみね」

「そうね。じゃあ、五時半に」

今日は楽しみにしていた日だったのに、気が重いことがあまりに多すぎる。予鈴が鳴って、クラスメートの女子たちはばらばらに更衣室へと向かい始めた。


五時五分に校門を出て、心持ち急ぎ足の道すがら、いろんなことを考えた。

まず、ふくちゃんの言うとおり羽仁さんから話しかけてきたことについて。ふくちゃんはしばらく待とうと言っていたけど、実際にはたった一日で事態が進展した。羽仁さんはいったいなにがしたいのだろう、わたしを呼び出すエサとしてノートを盗んだのだろうか？　まさかね、羽仁さんとは親しい訳じゃないけど、ふつうに誘われたら別に嫌がりもせず呼び出しに応じたと思う。ノートを盗んだりする必要はない。

わたしのノートを見てみたかった、というのはどうだろう。浅沼さんの同人誌に寄稿する予定の漫画がどんな内容か、確かめてみたかったという考え方は。もし羽仁さんがノートを見せてと頼んできたとしても、わたしはあれこれ理由をつけて、見せようとはしなかったはずだ……恥ずかしいから。羽仁さんがわたしのノートを見る方法は、盗む以外になかったんじゃないか。

いや、それもなさそうだ。わたしが断固見せなかっただろうというのは自分のことだから言えるだけで、羽仁さんの立場ならいちおう申し出るのが先だろう。いきなり盗むなんて強硬手段に出る必要はない。

だんだん、羽仁さんの目的を考えること自体が向こうの思う壺にはまっているような気がしてきて、わたしは別のことを考えようとする。『バイロン』で羽仁さんと差し向かいで話すのは、きっとすごく気詰まりだろうな。

あれ、考えてみれば、ふたりで差し向かいだっていう保証はないんだから、向こうは何人いるかわからないのか。どうしよう、『バイロン』に行ってみたら読むだけ派のメンバーが勢揃いしていて、釘を打ち込んだバットを片手に「よう来たのう、度胸だけは褒めちゃるけえ、往生せえや」と襲ってくるおそれはないだろうか。

……まあ、わたしを吊し上げるなら学内の方がなにかと融通が利くだろうから、それはないか。ただ、羽仁さんが一人とは限らないというのは、当たっていると思う。誰かといっしょに行けばよかっただろうか、ふくちゃんか、ちーちゃんか、浅沼さんか。うーん、まあ、自分のことなんだから自分でなんとかしたいよね、できるだけ。

指定の時刻が図書当番が終わる三十分後だったせいで、本屋に寄ることができない。ずっと楽しみに、というかやきもきしながらやっと今日を迎えたのに、おあずけだなんてあんまりだ。

話し合いは早い方がいいというのは本心だったけど、夕方五時半からだと少し困る。夕飯に遅れてもお母さんはなにも言わないけど、なんだかかなしそうな顔をするのだ。『図書当番と、部活のことで話し合いがあるので、遅くなるかもしれません』というメールは送ったけど、できれば夕飯までには帰りたい。

場所が『バイロン』というのも嫌だった。神山市は小さな街だから、洋菓子店なんてそう何軒もない。市街地にあるのは『バイロン』一軒だけと言ってよく、そこのケーキは憧れの逸品なのだ。小学生の頃、両親はわたしの誕生日に必ず『バイロン』のケーキを買ってくれたし、このあいだちーちゃんの家にお邪魔したときに持っていったのもここの焼き菓子だった。『バイロン』のほかにわたしと羽仁さんの両方が知っていて、高校生が放課後に入ってもおかしくないお店があるかというと咄嗟には思いつかないけど、いい思い出しかないあのお店で、あんまり変な話はしたくない。

でも、ご指定ならしょうがないよね。そんなことを考えているうちにもう、白壁と群青色の瓦屋根が印象的な洋菓子店、『バイロン』の前についていた。腕時計を見ると五時二十七分、ぎりぎりだった。早足で来たので少し息が上がり、汗ばんでいる感じもする。ひとつふたつ深呼吸して、ハンカチをひたいや首すじに当てる。

さあ、ここまで来たらもうあれこれ考えても仕方がない。鬼が出るか蛇が出るか、どっちが出てもやっつけて、ノートを取り返して帰るまでだ。ぱんと頰をはたいて、お店に入る。

冷蔵ケースに色とりどりのケーキが並んでいる。桃にはまだ少し早く、さくらんぼの季節だ。いちごショートやガトーショコラのたたずまいを見ても、しかし今日は心が浮き立たない。『バイロン』の店員さんの制服は黒いワンピースで襟ぐりだけが白く、帽子も黒いので、なんだか修道女のようにも見える。落ち着いた声と微笑みで、

「いらっしゃいませ」

と迎えてくれる。

「ええと、喫茶でお願いしたいんですが」

「はい、奥へどうぞ」

このお店の奥には入ったことがなかった。手で示された方へと向かうと、細く暗い廊下の先でいきなり空間が開けた。

天井が高く、床は板張りで窓が縦に大きく、壁際には振り子の大時計がある。羽仁さんは喫茶コーナーと言っていたけれど、そこはホールのような場所だった。お茶には遅い時間だからか、お客さんはほとんどいない。たったひとりの客は神山高校の制服のセーラー服を着ていて、こちらに背中を向けていた。わたしの足音に気づいたのか、そのひとりはゆっくりと振り返る。

「来たね、伊原」

わたしは棒立ちになり、物も言えなかった。

鬼が出ても蛇が出てもやっつけるつもりでいたけれど、このひとが出てくるとは思わなかった。

神山高校三年生、元漫画研究会部員、河内亜也子。

河内先輩は苦笑いして、

「そんなにびっくりしないでよ、羽仁からなにも聞かなかったの？　大丈夫、ここは払うから。……先輩だからね！」

と言った。

漫画研究会で、自分でも描いてみたいグループととにかく読んで楽しみたいグループとがはっきり対立し始めたのは、去年の文化祭がきっかけだった。だけどその二派の衝突が深刻になり、部活が機能不全に陥ったのは、かつて読むだけ派のリーダー的存在だった河内先輩が、ほかの三年生よりも一足先に退部してからだ。リーダーにしてブレーキ役だった河内先輩を失って、漫研は分裂状態になった。

その河内先輩がここにいて、羽仁さんの名前を出している。なにがなんだかわからなくて、不気味で、このまま踵を返して出て行きたい衝動にかられるわたしを、河内先輩はひらひらと手招きした。

「さ、ぼんやりしてないで、とにかく座って」

平然としているような言葉には、だけどどこかに緊張感がある。敵意とは違うその感覚がどこから来るのかわからないまま、慎重に先輩に近づき、丸テーブルを挟んで先輩の向かいに座る。

先輩の前には、紅茶の注がれたカップと、蓋に花をあしらったティーポット、そしてキャンパスノートが置かれている。隣の空いた椅子には紙袋が置かれ、漫画雑誌らしい分厚いものが入っていた。丸テーブルの上にメニューはなかったが、さっきの修道女のような店員さんが「失礼します」とホールに入ってきて、二つ折りのメニューをわたしに差し出した。

食欲はなかった。紅茶を頼む。

店員さんが立ち去って、わたしは河内先輩とふたり、ホールに残される。不意に、折木の読書感想文とわたしの現状が似ているかもしれないと言った、ふくちゃんの言葉を思い出した。あの感想文では、メロスに山賊を差し向けた黒幕は王以外にいるとほのめかしていたはずだ。そしてわたしの場合も、羽仁さんを差し向けた黒幕がいた、ということなのだろうか。羽仁さんと河内先輩には個人的な繋がりがある、それは知っていたけれど……。

紅茶に口をつけ、かちりと小さな音を立てて、河内先輩がティーカップをソーサーに戻す。

「で、最近どう？　漫研は」

「ひどいです」

本題に入る前の世間話のつもりだったのかもしれないけれど、ずっと溜め込んでいた思いが、口をついて出た。

「嫌がらせとか皮肉が飛び交っていて、漫画が好きだとか言える状態じゃありません。先輩……どうしてやめたんですか」

河内先輩が退部を先延ばしにしてくれていたら、いまほど状態が悪化する前に仲直りの道を探せたかもしれない。やめた先輩を恨むわけじゃない、入るのもやめるのも本人の自由だと思う。でもやっぱり、このひとがいなくなってから全てが悪化したという思いは否めない。

「ああ、ま、ね……」

先輩はそう言葉を濁し、ティーカップに手を添えると、あからさまに話を逸らすようにポットから紅茶を注いだ。

ほどなく、店員さんがわたしにも紅茶を持ってくる。

「二分ぐらいで飲み頃になります。砂糖はお使いになりますか」

ふだん、わたしはコーヒーにも紅茶にも砂糖を入れるが、今日は渋いまま飲みたかった。

「いえ、いりません」

再びふたりだけになったホールで、沈黙に耐えかね、口火はわたしが切った。

「わたしのノートは、先輩が盗ませたんですか」

河内先輩は目線をカップに向けたまま、

「ま、そういうことになるかな」

と言った。

どうしてそんなことをと言いかけるが、いまは先に解決すべきことがある。

「返してください」

とにかくなによりも先に、ノートが戻ってこないと話にならない。先輩は、無理に笑おうとでもしたようないびつな表情で、

「もちろん」

とノートの上に手を置いた。

「でも、受け取った途端に走って逃げたりしないでよ」

「人質を取るような真似をしておいて、注文ですか」

「やっぱり怒ってるか。まあ、当然だよね」

そして、先輩はゆっくり頭を下げた。

「ごめん、あたしが悪かった。でも話をさせてほしいんだ」

許す気にはなれない、というか許せるかどうかの判断の材料がなにもない。わたしの声は硬くなる。

「……わかりました。気にしないとは言いませんが、聞きます」

「ありがとう」

先輩はノートをわたしの方に押しやり、

「中は見てないよ」

と言った。

キャンパスノートを手に取ると、わたしは無意識にそれを胸に抱いていた。開いて確認したかったが、そうすると中は見ていないという先輩の言葉を疑うことになりそうなので、やめておく。このノートはメモに過ぎず作り直しが利くものではあるけれど、自分の鞄にそれを入れると、本当に取り返したんだという実感が湧いてきた。帰ったらふくちゃんに電話して、ノートは取り返したから心配しなくていいって伝えないと。

自分のカップに紅茶を注いで一口含む。ゆっくりと飲みくだし、おなかにぐっと力を入れ、河内先輩を見据える。

「それで、話ってなんですか」

「うん」

もともと険のある眼差しが、じっとわたしを見つめ返す。

「伊原」

「はい」

「あんた、漫研やめな」

……そう来たか。

三秒待って、訊く。

「その脅しのためにノートを盗んだんですか」

「脅し、か。こっちが悪いんだから反論しにくいけど」

河内先輩は、ふっと短く息をつくと俯いて、微かに笑った。

「それは考えすぎ。そうじゃない」

わたしはなにも答えなかった。先輩が再び顔を上げる。

「浅沼の話は聞いたよ。誘われたやつがびびって、羽仁に全部話したんだ。羽仁はあたしに相談したから、だいたいのことは知ってる。……あんたが誘われたこともね。あんた、乗り気だったらしいじゃない」

乗り気というのとは少し違うけど、

「漫画が描けるなら……」

「場所は選ばないって？　選べよ」

かぶせられた言葉の強さに、わたしは黙り込む。先輩は丸テーブルに右腕を乗せ、僅かに身を乗り出す。

「あんた、そんな下らないところでぐだぐだやってる場合じゃないでしょ。浅沼は単に権力争いしたいだけだって、わかってんでしょ？」

浅沼さんは彼女なりに漫画を愛している、と反論したかった。だけどできなかった、わたしは彼女の漫画を読んだことがないし、どんな漫画が好きなのかも知らない。考えてみれば、浅沼さんと漫画の話をしたことはないのだ。だけど、ぐだぐだやってる場合じゃないとまで言うのなら、

「じゃあ、どんな場合だって言うんですか」

河内先輩は即座に言い放つ。

「上手くなるために描いてる場合よ。浅沼の話に乗ってくっだらないお題で描いたって、そんなのお遊びにしかならないでしょ」

ぎくりとした。内心の動揺が表に出たとは思わないけれど、河内先輩は全部わかっているとばかりにたたみかける。

「そんなもの、いまあんたは描いちゃだめなんだよ」

「……」

「漫研はあんたの足を引っ張るだけだ」

それはわたしだって、もし漫研の内部がいまほどぎすぎすしていなかったら、どんなにかいろんな話ができるだろうと思ったことはある。いや、漫研に行くたびにそう痛感している。だけどだからといって、足を引っ張られているだなんて思ってはいない。

なのに、わたしの口から出た言葉は情けないほど弱々しい。

「そんなこと、ないです」

先輩は容赦しなかった。

「仲間意識？　それとも、一度入った部活をやめるのが中途半端な気がするの？　じゃあ、もう一つ言おうか。漫研があんたのためにならないように、あんたも漫研のためにならない。あんたが全部の原因だとは言わないけど、原因の一つではあるんだよ」

文化祭で河内先輩と論争した挙げ句、汚れた水をかけられたことを言っているのだろうか。あれから漫研内部の対立が激しくなったことは間違いないけど、でもあれは事故で、しかもわたしにはどうしようもなかった。

「ぴんと来てないって顔だね。うちの野球部って弱いでしょ？」

いきなり話を変えられて、一瞬ついて行けなかった。

「……そんな話は聞いたことあります」

「いちおう神高って進学校だからさ、進学校の弱小野球部ってわけだ。よくある設定よね。でさ、そこに強豪校でもトップになれるような十年に一度の天才が来たりしたらどうなると思う？」

わたしに考える間を与えず、先輩は言葉を継ぐ。

「まわりが刺激されて必死に練習してみんなで強くなる……なんてのは、それこそ漫画だよ。十中八九、身の丈に合わせて楽しくやってたのに鬱陶しいって思われるのが関の山ね」

それがいまの神高漫研だというのだろうか。

「わたしは」

もつれる舌で反論する。

「十年に一度の天才なんかじゃない」

「そうね、それほどじゃない」

あっさり頷き、しかし先輩はこうも言った。

「だけど、ちょっとぐらい、ほんのちょびっとは才能がある。少なくとも、あたしと同じぐらいには」

河内先輩の漫画を読んだことがある。

『ボディートーク』……面白かった。すごく。

「先輩の方が上手い」

「まあ、そこは先輩だからね。あんた、謙遜はいいけど自覚もしなよ」

ティーカップを口につけ、先輩はこくりと小さく喉を鳴らした。手にしたカップを中空で揺らしながら、呟くように言う。

「……あたし、プロになりたい。へたくそだけど上手くなりたい」

河内先輩からへたくそなんて言葉が出ると、やりきれなくなってしまう。このひとはいろいろあった、でも、このひとの漫画が面白くないと思ったことはないのだ。ユーモアのセンスがすごくって、つらいときに読んでいるとにこにこしてしまうのに、楽しいときに読むと、なんだか胸の奥にかなしさが湧いてくる。

「あたしは漫研をやめられなかった。あんたみたいに反感覚悟で、漫研の中で描き続けることもできなかった。変に慕われちゃってね、それを振り捨てられなかったんだ」

先輩は、わたしに言い聞かせるように、まっすぐわたしの目を見据える。

「後悔してる。三年の高校生活のうち二年も、あんなところで使ってしまったこと」

無言のうちに、あんたももう一年使ったんだよ、と突きつけられる。

先輩の手が固く握られる。

「本当はもっと描かなきゃいけなかった。だから、遅かったかもしれないけど、描くためにやめた。あたしには才能がある、ちっぽけでゴミみたいな才能だけど、でも、あたしはそれに仕えなきゃいけなかったんだ」

才能に仕える。

先輩、でもそれは、くるしいことです。友達も仲間も振り捨てて、本当に頼りになるのかわからない自分の才能に仕えるのは、とてもこわいです。先輩はそうすると言うんですか？　そして、わたしにもそうしろと？

河内先輩の声が、いきなり変に明るいものになる。

「伊原、あんたもやめな」

「でも」

「漫研やめて、あたしとやろう」

言葉が出なかった。なにかの聞き違いかと耳を疑うわたしに、先輩は二度は言わなかった。

『夕べには骸に』、憶えてるでしょ」

忘れるわけがない、中学生のときに来た神高文化祭で買った、大事な一冊だ。高校生はこんなにすごい漫画を描けるのかと打ちのめされ憧れて、わたしは神高入学後、迷わず漫研に入った。本当は迷うべきだったのだ、後でわかったことだけど、『夕べには骸に』の作者は漫研の人ではなかった。

あの漫画の話をするとき、河内先輩は少しだけ屈託を見せる。

「あれは伝説よ。あたしは読めなかったし、あんたは突き動かされた。次はあたしの番だ。あたしと、あんたの番だ」

ぞくりとした。

先輩は指を一本立てた。

「いいことは二つある。まず、浅沼の企みに付き合うより、ずっとあたしらの経験になる。見たところあんたの漫画は台詞がまわりくどい、全部伝えようとしすぎてる。で、あたしはなんていうか、漫画が醒めてる。変に斜めから見る癖があるのね。お互い学ぶところはあるはず」

次に二本目の指を立てる。

「そして……『夕べには骸に』がそうだったように、これから入ってくる下級生たちに道を示せる。漫研はあんなになっちゃったけど、あたしたちで伝統を繋げていける」

　まさか。

「文化祭で売るってことですか」

　先輩はあっさり頷いた。

「そうだよ」

　たぶん校則違反だけど、それはともかく、

「そんなことしたら漫研の子たちに恨まれるじゃないですか！」

『夕べには骸に』の作者は漫研部員じゃなかったから、トラブルが起きたって話は聞いてない。でもわたしが漫研をやめた上で文化祭で自分の漫画を売ったら、それはもう本といっしょに喧嘩を売っているようなものだ。

　先輩は顔に忍耐を浮かべた。

「だから、ね。漫研に気を遣って描きたいものも描けないっていう、それをやめようって言ってるの。そりゃ嫌われるし恨まれるよ、でも、だからなんなの？　別に殴られやしないでしょ。いや、殴られるかな……？　まあ一発ぐらい平気だよ」

「わたしは漫画を描きたいだけなのに……」

「いまさらだよ！　自作を描いてる時点であんたは変人だし、もう充分に蔑まれてる。それが嫌だったら描くのをやめるか、上手くなって黙らせるか、二つに一つね」

　薄々わかってはいたけれど、そう真正面から言われるとちょっとつらい。

「それにはっきり言って、あんたが真剣に描いた漫画を読んだことあるやつなんて漫研にはいないよ。大丈夫大丈夫、誰かに売り子を頼めばばれないって」

言われてみれば漫研では、二次創作というか、コピー絵っぽいものばかり描いていた。いまから文化祭まで四ヶ月あるんだし、河内先輩と描くなら絵柄も変わっていくはずだし、大丈夫……なのかな?

ちょっと紅茶を飲んで気を落ち着かせる。

「でも、浅沼さんのを断るのは、やっぱり」

「気が引ける? あんまり言いたくなかったけどね、あいつ描いてくれるひと集めるとき、編集は伊原がやるからって言ってたんだよ」

初耳だ。ちょっと動きが凍りつく。

「あんた、便利に使われるところだったんだ。それでも浅沼に義理立てするの?」

……河内先輩が言うことも、わからなくはない。だけど今日の昼休みのことを思い出すと……やっぱり、浅沼さんを無下にはできない。

「わたし、浅沼さんを待たせているんです。待たせた挙げ句に退部するからいっしょにやれないなんて、とても言えない」

先輩は深い溜め息をついた。

「しょうがないなあ。あんた去年、文化祭用に四ページ描いたでしょ。文集の方針があなったから、載らなかったやつ」

言われてみれば、たしかに描いた。神高漫研を紹介する四コマ漫画で、載せてもらうという約束もないまま勝手に描いて、その後で文集は評論しか載せないってことになったからお蔵入りになっている。

「あれを渡せばいい。去年描いたものだって言っても、浅沼は文句言わないと思うよ」

なるほど……。よく憶えている、わたしだって忘れかけていたのに。

返事をする前に、知らないといけないことがある。

河内先輩は、漫研の人間関係にからめとられそうになったわたしを助けようとしてくれたのかもしれない。あるいは、単にそこそこ描ける下級生といっしょに本を作りたくなったのかもしれない。それはどちらでも嬉しいことだけど、わたしはまだ、このひとを許せる理由を見つけたわけではない。

空になったティーカップに二杯目を注ぎ、時間をかけて一口飲む。長い息をつき、顔を上げる。

「お話はわかりました。先輩、一つ教えてください」

「なに？」

「じゃあ、どうしてわたしのノートを盗ませたんですか」

昨日の放課後のやり場のない激情がこのひとのせいだったと思うと、信用していっしょになにかをする気にはなれない。

河内先輩の眉が曇る。

「……あんたが浅沼の同人誌に誘われて態度を保留してるって聞いて、これはまずいって思ってね。いったん描くって返事しちゃったら、あんたの性格だと、もう意地でも描いちゃうでしょ。そうなったらあんたは漫研をやめないし、あたしとも組まない。だから羽仁に、なんとかして金曜の夜まであんたの返事を邪魔しろって頼んだんだ」

小さく溜め息をついて、

「羽仁を悪く思わないでやってほしい、あたしが頼んだとおりにしただけなんだから。ただ一つだけ言い訳するなら、あたしも、あいつがこういう手に出るとは思ってなかった。羽仁にぜんぶ事情を話せば、あんたに迷惑がかかる形にはしなかったのかもしれないけど、話しづらいことも多くって……」

たぶん、わたしと組んで文化祭に漫画を出すことは話していないのだろう。やるならゲリラ的にやることになるから、話す相手が少なければ少ないほどいい。

いまの先輩の説明で起きたことはだいたいわかったけど、一つだけ不思議なことが残る。

「金曜の夜までって、なんでですか」

わたしは金曜の放課後には浅沼さんに返事をするつもりだったから、そうさせたくなければ、わたしのネームを邪魔するしかなかったのだろう。気持ちに整理がつけられるかどうかはともかく、理屈はわかる。でも、じゃあなんで、昨日や一昨日にこの話をしなかったのか。なんのために時間を稼いだのかがわからない。

「それは……」

河内先輩は、わかりきったことを訊かれたとでもいうように目をしばたたかせ、ああそうかと呟くと、空いた椅子に置いていた紙袋から中身を取り出した。

その途端、わたしの全身が強ばる。なんでそれがここに!

先輩が持っているのは、新納ゆたか先生が表紙を描いた「月刊コミック ラ・シーン」六月号だった。

「これの発売日だったから」

たしかに今日は五月十八日、「ラ・シーン」の発売日だ。しかも六月号には、年に四回の新大陸賞の結果が載っている。前回の結果に気をよくしたわたしは今回も投稿していたから、今日をずっと心待ちにしていた。でも、いまここで、どうして「ラ・シーン」が出てくるの?

わたしの慌てようが面白かったのか、河内先輩は少しだけ、人の悪い笑みを浮かべた。

「前回は努力賞おめでとう、井原花鶴」

あう、と意味のない呻き声が漏れた。先輩はあきれたように笑う。

「そんなに驚くことかなあ。あんた、この名前で何度もイベント出てるでしょ。こないだの大須《おおす》のだってそうだったじゃない。あたしも『ラ・シーン』は読んでるから、そりゃ気づくよ」

まさか、このひとに知られていたなんて。

河内先輩は「ラ・シーン」の表紙を見つめている。

「三月号にあんたの名前を見つけてさ、あたしなにやってたんだろうって思った。そりゃあ、あたしがいなくなった途端に喧嘩始めたんだから、あたしなりに漫研内部のバランス取りに役立ってたんだろうとは思うよ。でも、そんなことしてる場合じゃなかった。それに気づいたから、やめたんだ」

先輩の手が、雑誌の上に置かれた。

「講評に『継続は力なり』ってあったから、ずっと送ってるんだって見当がついた。で、まあ正直ないとは思ったけど、もしあんたが今号で上の方の賞をもらってたりしたら、それこそあたしなんかと組んでる場合じゃなくって、さっさとプロにならなきゃ嘘だ。だからあんたに話をするのは発売日まで待ちたかったんだ。先に話してふたりで組むことが決まったら、その後で受賞がわかっても、あんたはあたしとの義理を守ろうとするだろうって思ったからね」

わたしの目は「ラ・シーン」六月号に釘付けになっていて、耳は先輩の話をあんまり聞いてはいなかった。先輩は苦笑いして、雑誌をわたしの方へと押し出した。

「気もそぞろか。読むでしょ」

「あ、はい」

「あたしは先に読んだよ」

「ど、どうでした」

先輩は黙って笑ったままだ。わたしは「ラ・シーン」を手にすると最後のページの目次を確認し、余裕がある振りをすることもできず新大陸賞の発表ページを開く。

第十五回新大陸賞受賞作品「さむい海のふしぎな話」、春閣魔。

佳作にわたしの名前、なし。

努力賞には……。

わたしは無言で雑誌を閉じた。河内先輩が、同じ経験をしたひとだけが出せる柔らかい声で、

「悔しいよね。わかるよ」

と言った。

「それで、あたしと組む？」

「……はい」

「よし」

河内亜也子先輩が、力強く頷く。

「伊原、あたしたちで伝説を作るよ。神山高校に残る伝説の一冊を。そして……」

「わたしたちはもっと上手くなる。ですよね」

先輩は、出会ってからいままで一番の笑顔になった。


わたしは漫画研究会を退部した。

長い休日

1

その日は朝から何かがおかしかった。

目が覚めて、枕元の時計を見ると午前七時で、曜日表示は日曜日を示していた。

浅い眠りが打ち切られたとき特有のぱっちりとした覚醒ではなく、ほのかな眠気が残っているけれど、二度寝をしようとは思わなかった。布団の中でごろりとうつぶせになると、腕立て伏せの要領で起き上がる。

おかしいと思ったのは、ベッドの端から足を下ろした時のことだ。カーテンの隙間から差し込む朝日を見ながら、茫然と呟いた。

「調子がいい」

心身共に、何も欠けている感じがしない。

普段から体調不良に悩まされることが多いわけではない。だから実際には体調が良いというより、気力が充実していると言った方がいいだろう。こんな日は何か無駄なことをして体力を減らさないとまずいのではないか、と、そんなことまで思った。近来まれなことだ。

キッチンに下りて、冷蔵庫を覗く。ベーコンと舞茸と小松菜があったので、ざくざくと切る。

トースターでパンを焼く傍ら、小鉢に卵を割って混ぜ、気まぐれにプロセスチーズと牛乳と、あと目に付いたのでカレーパウダーを加える。二つあるコンロの、一方でベーコン炒めを、もう一方で卵焼きを作る。しまった、お湯を沸かせないのでコーヒーが後まわしになってしまう。

リビングに朝食を運び、トーストには何も塗らず、もふもふ食べる。階段を下りる足音が聞こえてきた。親父は出張でいないので、姉貴だとわかる。足音はそのままキッチンに向かった。

「あ、朝ご飯がある！」

朝から元気だ。

「奉太郎、これあんた作ったの？」

「さあ。夜中に泥棒が作ったんじゃないか」

「それにしちゃ、まだあったかいわね……。遠くには行っていないはずよ。いきなり下らない冗談言うじゃない」

返事もせず、ベーコン炒めをトーストに載せてかぶりつく。姉貴の声が聞こえる。

「もらってもいいんでしょ？」

口の中がいっぱいだったので、頷いておいた。姉貴はキッチンにいるので見えないはずだが、駄目と言っても食べるのだろうから同じこと。それに、もともと姉貴の分も作ってある。

ほどなく、失礼な一言が飛んでくる。

「あ、意外とおいしい」

「つまみぐいするなよ」

「なんだろ、これ。あんた、何か入れたでしょ」

食べたのは卵焼きの方らしい。カレーパウダーはキッチンカウンターに出しっぱなしだったから、姉貴ならすぐに気づくだろうと思い、黙って食事を続ける。案の定、

「あ、これか」

と聞こえてきた。

「手が込んでる……ってわけじゃないけど、小癪じゃない。どうしたの奉太郎。何かあった？」

相変わらず、変に鋭い。牛乳を一口飲んで、言う。

「調子がいいんだ」

これにはさすがに、怪訝そうな「へえ？」という声が返ってきた。


早起きして朝食を食べ、掃除と洗濯をした。風呂を洗ってレンジまわりを磨き、昼はうどんを茹でて食べた。時計は一時。一日が長い。

自室でベッドに腰かけて考える。さて、どうしよう。カーテンを開けた窓から見える外は、よく晴れている。このところ前線が停滞して延々と雨が降っていた。晴れ間は久しぶりだ。

「……行くか」

カーゴパンツをはいて、サイドポケットに文庫本を入れる。ポロシャツを着込んでもう一度窓の外を見て、思わず笑う。

「晴れをもったいないと思うなんてなあ」

他でもないこの折木奉太郎が、たまの晴れ間に家にいることを惜しむだなんて。福部里志が聞いたら熱がないか測りに来るだろう。財布を手に持つが、ふとした気まぐれで千円だけ抜き出して、もう一方のポケットに入れた。

そうして外に出たものの、どうしようという当てがあったわけではない。ただの散歩だ。とはいえ目的地は決めておきたい。

「どこにしようかな、と」

本屋に行こうかと思ったが、今月はいろいろあって手元不如意《ふにょい》。何よりポケットの文庫本で今日一日は保つだろう。

となると、どこか本を読める場所がいい。河川敷を考えたが、そろそろ蚊が出る季節だけに水のそばは嫌な気がする。それに河川敷は見通しがよくて、けっこう人目につく。俺はそれほど他人の目を気にする方ではないが、それでも限度というものがある。

近所に八幡宮がある。静かだし、座るのにちょうどいい石もある。そこでどうだろう。良さそうな気がしていったん足を向けるが、少し引っかかる。八幡宮は近すぎるのだ。今日の調子の良さからすると、もう少し遠くまで行かないと体力がオーバーフローしてしまうのではないか。

「じゃ、こっちか」

踵を返す。荒楠《あれくす》神社なら、ほどよく遠い。別に神社にこだわりがあるわけではないが、最初に八幡宮が浮かんだ関係か、似たような場所に行きたくなった。

歩き始める。ポロシャツだと少し肌寒いかと思ったが、歩くうちに寒くもなく暑くもなく、ほどよい心地になってきた。勝手知ったる通学路は避けて、普段は通らない路地裏を辿っていく。風の通り道になっているのか、板塀に左右を挟まれているのに涼しい風が吹く。塀の上に猫がいるのを見つけた。虎縞の、なんだかぶすっとした顔の猫だ。

「よう」

と片手を挙げると、びっくりしたのか猫は逃げ出してしまった。悪いことをした。

ぶらぶらと歩くうち、橋に差しかかる。昨日までの雨続きで、川はそうとう増水している。しばらく足を止めて、ごうごうと音を立てる濁った川を見下ろした。

「さみだれをあつめて早し最上川《もがみがわ》、と」

この川は最上川ではないし、降った雨も五月雨《さみだれ》ではない。もう少し教養があればもっと適切な句が出てくるのかもしれないが、無い袖は振れない。里志なら上手いことを言えるだろうか。それとも、こういうことは千反田の方が得意かもしれない。

たこ焼き屋の前を通り過ぎる。香ばしさが漂ってくる。朝昼きちんと食べたのに、妙に心ひかれるものがある。俺は千円札を持っている、あれは買えるものなのだ……と衝動的な誘惑にかられる。いや待て、落ち着け。いま買ってどこで食べるんだ。かろうじて耐えるが、気のせいか早足になっている。

家から十分も歩くと、知らない路地が増えてくる。生まれてからこの街を出たこともないのにたった十分で見知らぬ道に入れるのだから、安上がりな生き方をしている。自分のことを方向感覚が鈍いと思ったことはないので、ある程度自信を持って未知のルートに入っていく。こう、こう、こう行って、だいたいこのあたりで向こうに曲がれば……。

開けた場所に出た。我ながら見事だと言える。まさに、荒楠神社の目の前だ。

「さて、と」

呟いて、鳥居の先を見上げる。忘れていた。荒楠神社は小高い丘の中腹にある。つまり、境内までは結構長い階段が続いている。いくら今日がいつもの調子でなく、無為に散歩したくなるような異常な状態だとはいえ、長い階段を上るのはどうだろう。一瞬そうためらうが、

「まあいいか」

と歩み出す。

階段の数を数えながら上っていく。どれほども上らないうちに生い茂る杉の木陰に入り、すっと気温が下がる。段数は、三十を超えたあたりでわからなくなった。二十八、二十九、三十、たくさん。自分が将来どんな職業に就くのか考えたこともないけれど、きっと数を数える仕事には向いていないのだろう。

息が弾んでくる。文庫本を読むのも一苦労だ。もうここらで階段に腰かけて読み始めてしまおうか。いやいや、もう半分は過ぎている。もう少し、もう少し。前傾姿勢で上っていく。たぶん百段くらいは上っただろう。もう数えていないけれど。ようやく上り切って、ふう、と一息つく。手水舎《ちょうずや》が目に付いた。水を一杯飲みたいが、あれはそういうものではないだろう。自動販売機……は、さすがにないだろうか。

きょろきょろしていると、社務所から出てきた人と目があった。ハーフパンツとTシャツとい

う、まるで自分の家にいるように身軽な恰好をしている。レンズの小さな眼鏡をかけた、髪の長い女だ。

「あ」

遅まきながら気づく、あれは十文字《じゅうもんじ》かほだ。自分の家にいるようなのも当然、ここは十文字の家だった。向こうでもこちらに気づき、ゆっくり近づいてくる。

「ようこそ、お参りくださいました」

体の前で手のひらを重ね、丁重に頭を下げられる。思わぬ出迎えに動揺しそうになるが、前に似たような手に引っかかったことを思い出す。とりあえず、

「おじゃまします」

と返しておく。俺が慌てなかったことが不満なのか、十文字はくちびるを尖らせるが、すぐに笑顔になった。

「お参りに来たの?」

「そういうわけじゃ……。いや、参拝もするけど」

さすがに神社の関係者を前にして、どこでもよかったとは言いづらい。

十文字は、いま出てきた社務所の方を振り返った。

「えるきてるよ」

「え?」

「えるきてる」

平賀源内《ひらがげんない》が発明した何かだろうか。えるきてる……。

える来てる、か！

「え、何で」

くすくす笑いが返ってくる。

「遊びに来てるだけ。よかったら、上がっていってよ。お茶ぐらい出すから」

「いや、俺は」

「君にも関係がある話をしてたんだ」

俺に？　なんだろう。

「無理にとは言わないけど、袖振り合うも多生の縁って言うし」

「それは仏教のことわざだろう」

「宗教差別はしない主義」

「でもなあ」

「それにしても……。いや、やっぱり直接見てもらった方がいいかな。さ、どうぞ」

なんだかよくわからないうちに社務所に案内されていた。

してみると、上手く乗せられたのかもしれない。

社務所の一角に六畳間があった。襖は他と同じだったが、中に入ると、私室らしくいろいろと物があった。キャビネットや目覚まし時計、小説や雑誌が並ぶ本棚、ポット、そして卓袱台。自宅は他にあるのだろうが、ここは社務所における十文字の部屋のようだ。

　そして、

「あ、あら。折木さん、どうして？」

　千反田がおろおろしていた。左右を見まわし、自分の髪に一、二度手櫛をかけ、それからはっと気づいたように腰を浮かせて卓袱台の上のものを集め出す。十文字が笑みを含んだ声をかけた。

「隠さなくてもいいじゃない」

「あ、え、そうですね。言われてみれば、そうですね」

　こくんと顎を引く。それで少しは気を取り直したようだ。正座に直る。

「こんにちは、折木さん。珍しいところで会いますね」

「そうだな。驚いた」

「あ、でも、折木さんはわたしがいることを知っていたんですよね」

　何の話だ。

「え、そうだったの？」

　十文字がこちらを見る。首を横に振る。

「だって、わたし言いましたよ。日曜日はかほさんと約束があるって」

「いつ、誰に言ったんだ」

「金曜の放課後、摩耶花さんに言いました」

　伊原に話したことを、どうして俺が知っていると思うんだ。そう返そうとしたら、先手を打たれた。

「近くにいたじゃないですか」

金曜の放課後は部室にいた気もするから、近くにいても不思議はないが。

「聞いてなかった」

何気なく否定してから、このままでは「千反田と伊原の会話を盗み聞きして、千反田の立ちまわり先に出向いた」ことになると気がつく。もう一度、今度は語気を強める。

「まるで、聞いてなかった」

千反田はあっさり頷いた。

「そうですね。折木さんは本を読んでいましたよね」

隣で十文字が「ふうん」と呟いていた。こちらは信じてくれたかどうか心許ない。

十文字が座布団と緑茶を用意してくれた。その間に、千反田はさっき隠そうとしたものを改めて卓袱台に並べる。

「これを見せに来たんです」

写真だった。四月に千反田の家の近くで行われたまつり、生《い》き雛《びな》まつりの時の写真だ。

「あ、でも、やっぱり恥ずかしいですね」

また隠そうとする。

生き雛まつりでは千反田が雛の役で十二単《ひとえ》を着た。俺は千反田に頼まれて、雛に傘を差しかける役を務めた。里志がまつりの写真を撮っていて、それは俺も見たことがある。いま卓袱台に並んでいるのは、それとは違う写真だ。

　そして、恥ずかしくて写真を隠したくなるのは俺も同じだった。ある写真に目が行く。千反田が扮する雛が俯き気味に取り澄ます後ろを、烏帽子《えぼし》をかぶった俺が歩いている。……その顔の間抜けなことと言ったら！　ぽかんと口を開けて、目もぼんやりしている。

　思わず顔を背ける。

「ひどいな、その写真」

「ああ、これですか」

　千反田がその写真を手元に引き寄せる。

「確かに、写真うつりがいいとは言えませんね」

　卓袱台に緑茶を置き、座布団に座りながら十文字が言う。

「あくびしてたのかな。奇跡の一枚だよね」

「奇跡というより、悪夢の一枚だな」

　そして、その顔はあくびではない。おそらく……見惚《みほ》れた一瞬を撮られたのだろう。里志の写真ではもうちょっとまともだったから、道中ずっとこんな顔をしていたわけではないと思うが。

そう思いたい。

　十文字が、少し申し訳なさそうな顔になって言う。

「無理に連れ込んで悪かったけど、これ見て笑っちゃったから……。そこに君が来たら、本人にも見てもらわないと、陰で笑うみたいで悪い気がしたの」

言いたいことはわかるが、別に笑いものにするために写真を見ていたわけではないだろうに。義理堅いことだ。

「ちなみにこっちの写真だと、えるがひどい」

「かほさん！　それはだめです！」

それからしばらくは、写真をたねに会話に興じる二人の間で、ゆっくりゆっくり茶を飲んでいた。十文字に誘われて同席してしまったが、どう考えても場違いだ。というか、いたたまれない。喉が渇いていたので、茶はありがたかったけれど。

会話の切れ目を見計らって失礼しようとしたが、その切れ目がなかなかない。タイミングを見計らううちに、茶を飲み干してしまった。さすがにそろそろ、と思ったところで、十文字が不意に時計を見た。

「あ、こんな時間か。える、そろそろ」

千反田は微笑んだ。

「はい、わかっています。それで、買い物は済んだんですか」

十文字の動きが止まる。

「しまった。出がけに折木くんに会って、それで」

何だかわからないが俺のせいだろうか。ちょっと眉根を寄せて、十文字が俯く。

「失敗した。急げば間に合うかな」

「どうしたんだ」

その問いには、千反田が答えてくれた。

「今日はかほさんに写真を見せて、その後でひとつお手伝いをすることになっていたんです」

後を十文字が引き取る。

「それとは別に、家から買い物を頼まれたの。すぐ終わるからさっき行こうとしたんだけど、君に会ってびっくりして、忘れちゃった」

あれはびっくりしていたのか。ぜんぜん顔に出ていなかったが。

なだめるように、千反田が言った。

「それなら、用事はわたしがやっておきます。かほさんは買い物に行ってください」

「いいの？」

「はい。前にもやったことがありますし」

「助かる」

そう言うと十文字は目を閉じ、両手を摺り合わせて千反田を拝む。

「なむ」

「それは仏教だろう」

思わず横から口を出してしまった。十文字の目が開く。

「宗教差別はしない主義。……というわけで、折木くんはどうする？　留守番していてくれてもいいけど」

「いや、失礼するよ。お茶をありがとう」

「そう？　おかまいもせず」

立ち上がろうとしたところで、ふと気になった。

「ところで、もともとの用事って何だったんだ」

何かのダンスのように、千反田が両手を動かした。

「お掃除です」

どうやら箒《ほうき》で掃くジェスチャーだったらしい。十文字が補足してくれる。

「ちょっと上ったところに、お稲荷様の祠があるの。別に、どうしても今日じゃなくてもいいんだけど」

「いいですよ。わたし、今日はそのつもりで来てますから」

つまり、二人でやるはずだった掃除を、一人でやることになったわけか。……聞かなければよかった。

聞いてしまったからには仕方がない。こう言うしかない。

「手伝うよ」

千反田は一度遠慮の言葉を口にしたけれど、強いて固辞はしなかった。

2

稲荷の祠は、拝殿の横から延びる小径の先にあるという。

言われてみれば確かに、境内の一隅に「正一位」の幟が翻っている。だがその近くにあるという小径は、だいぶ近づかないとわからなかった。

「わかりづらいな。これで参拝客が来るのか？」

「さあ……。お客さんを集めるために祀ってあるわけではないと思いますが」

俺は箒を二本、両肩に担いでいる。千反田はバケツを持つ。バケツの中には濡れ雑巾とチリ取りとゴミ袋、それと軍手が入っている。

「行くか」

小径は上り坂で始まり、すぐ先で階段になっている。俺が前を歩くと箒で千反田をつついてしまいそうなので、千反田を先に行かせる。上り始めてほどなく何の気なしに振り返ると、境内はもう木々の陰になって見えなかった。

それにしても静かだ。

……静かだと思った途端、いろんな音に気づく。葉ずれ、鳥の声、自分の足音、千反田の足音。ただの散歩が、妙なことになってしまったものだ。

「すみません、折木さん。妙なことになってしまって」

まさに思っていたことを言われて、ぎょっとする。

「いやまあ、今日は暇なんだ」

しばらく無言で上る。下から見た印象よりも急な階段で、俺は足元ばかりを見ている。

何を話したのか忘れかけた頃に、

「珍しいですね」

と言われた。

体感的にはけっこう上った気がしたが、それでも時間にすれば五分とはかからなかっただろう。山の一部を平らにならし、赤い鳥居と小さな祠が据えてあった。祠の前には石で出来た台があり、白いとっくりが置かれている。人が来るとは思えない場所なのに、それでもビールの空き缶と煙草の箱が落ちていた。

箒の一本を千反田に渡す。

「掃除って、どうやるんだ」

「祠のお掃除は神主さんがなさいますから、落葉とかを掃くだけです」

「雑巾は?」

「狛狐や鳥居に鳥のふんなどが付いているとさすがに良くありませんから、それを拭くのに使います。が……」

一対の狛狐のまわりを8の字で巡って、千反田がにこりとする。

「大丈夫のようですね。とっくりだけ拭いておきましょう」

そのとっくりは何のためにあるのだろう……。ただの忘れ物だったりしないだろうか。

「よし、やるか」

千反田が、ふふ、と笑った。

「まずはご挨拶しておきましょう」

なるほど。箒を狛狐に立てかけて、二人横並びで祠の前に立つ。手を合わせる。なむ。稲荷の御利益は確か商売繁盛だった。もともとは豊作の神だったというのも、どこかで読んだ。里志から聞いたんだったかな。いずれにしても、いまの俺にはどちらもあまり縁がない。ええと、そうだな。掃除は手短にやりますがほどほどでご勘弁を。

「……さ、始めましょう」

千反田は、まず拭き掃除をするようだ。せっかく重いものを担ぎ上げてきたのだから、俺は掃き掃除から始める。そんな時期でもないのに、なぜか落葉がけっこう溜まっている。これはなかなか手こずりそうだ。

箒を片手に掃き掃除。取りあえず鳥居の内側と決めて、掃き掃除。

ざっ、ざっという音が、なぜだか耳に心地いい。

思えば、午前中も掃除をしていた。せっかくの晴れだと外に出たというのに、何故こんなところでこんなことをしているんだろう。

ふんふんふん、と掃き掃除。

「ご機嫌ですね、折木さん」

そう話しかけられて、自分が鼻歌を歌っていたことに気づく。これはさすがに、あまりにも恥ずかしい。体温が上がる。事ここに至っては動揺を態度に出すのもためらわれるので、

「そうでもない」

と答えておく。千反田は口許に手を当てて二、三度肩をふるわせた。

とっくりを拭き、千反田は軍手をつける。空き缶を拾ってバケツに入れ、それからは俺と同じく掃き掃除を始めた。特に打ち合わせをしたわけではないが、何となく俺が祠に向かって右、千反田が向かって左を担当するように分かれた。

黙々と掃除。今度は鼻歌が出ないように。箒が立てる音が、時にシンクロし、時にずれていく。

「わたし、ちょっとだけびっくりしました」

不意に、千反田がそう言った。顔も上げずに訊く。

「何を」

「折木さんが掃除を手伝ってくれることです」

「これでも部屋は綺麗な方だぞ」

「そうなんですか？」

少し考える。

「テスト前とか、何かあるとき以外は」

笑みを含んだ声が返る。

「わたしもテスト前は、そうですね。ちょっと自信がありません」

ちちち、と鳥の声が聞こえる。

「……折木さんはよく、やらずに済むことならそうしたい、って言うじゃないですか。だからわたし、意外だったんです。てっきり折木さんはすぐに帰るものと思いましたから」

まあ確かに、この掃除は思ったほど重労働ではない。もともと俺には無関係のことなのだし、がんばれよと言い残して帰ってもよかった。というより、普段ならたぶんそうしていたはずだ。手を止めずに言う。

「今日は調子が悪いんだ」

「えっ。どこか痛いんですか」

「そうじゃない。何というか、いつもの調子が出なくて、ちょっと体を動かしたい気分だったんだ。これを手伝ってなかったらランニングでもしかねなかった。少しは生産的なことが出来てよかったよ」

ちらと見ると、千反田は首を右に傾げ、左に傾げ、それから言った。

「あの、ありがとうございます」

何のお礼なのか、よくわからない。

手を動かすうちに、ほんのり汗が滲んできたようだ。森の中には風も吹かない。連日の雨で土が湿っているのか、掃いても土埃が立たない代わりに、落葉も思うように集まってくれない。自然、こするような掃き方になる。箒が傷みそうだ。

「折木さん」

「ん」

「ちょっと訊いてもいいですか」

「ん」

なんだろう。文化祭用の文集の話をするには、まだ早いだろうし。

話を切り出しておきながら、千反田は少しためらうようだった。なかなか訊いてこない。箒の音が聞こえるばかりなのでふと見ると、同じところを延々と掃いていた。

焦れて促そうとしたとき、千反田はようやく口を開いた。

「あの。失礼でなければいいんですけど」

「成績なら言わないぞ。たぶんお前の方が上だ」

「いえ、そうじゃありません」

息を呑むほどの時間があった。

「……折木さんはどうして、それを言うようになったんですか」

「それ？」

「あれです。……『やらなくてもいいことなら、やらない。やらなければいけないことなら手短に』」

ああ。

手が止まり、リズミカルに鳴っていた地を掃く音が消える。

千反田はそれをどう勘違いしたのか、慌てたように手を振った。

「あの。言いたくなかったらでいいです。間違えました。言いたくなくなったらでいいです。あれ？　わたしちゃんと言えていますか？」

思わず苦笑いした。

「言いたいことはわかる」

ふと息をつく。

「どう話せばいいかなと思っただけだ。面白くもない話だし、そもそもそんなにたいした理由もない。基本的には、俺はただ面倒くさがりなだけだよ」

「そうでしょうか?」

記憶を辿る。木々の間から、雲一つない空が覗いている。こんな質問に答えようとしているのだから、やはり今日は調子がおかしい。

「そうだなあ……」

と呟いて、俺は再び、箒を動かしはじめる。

3

別にこれが理由の全てって訳でもないし、話すようなことでもないんだけどな。まあ、鼻歌よりは聞けるかもしれない。

小学六年の時だったな。うちの小学校じゃ、クラス全員に何かの係が当たるようになっていた。お前のところもそうだって?　じゃあ、そんなに珍しいことでもないのか。

まあとにかく、俺も係を受け持っていたんだ。まず立候補、それで決まらなければ投票で係を決めていった。どういう流れなのか忘れたが、俺はコウカン係ってのになった。昔の電話局の仕事みたいだろう。あれ、わからないか。交換手っていうのがいて……まあ、今度里志にでも訊いてくれ。

コウカン係っていうのは、校内環境係の略だった。掃除担当かと思うだろうが、そういうのは美化委員ってのが他にいたんだよな。要するにクラス全員に割り振るため、水増しされた係の一つだったんだろう。主な役目は……笑うなよ……花壇の水やりだった。

いいや、別に花に詳しくなったってことはないな。名前もパンジーぐらいしか憶えてない。で、これが案外面倒だったんだ。毎日水をやればいいのかと思ったら、そうでもない。お前の方がよく知ってるだろうが、土の乾き具合を見て、乾いていたら水をやれっていうんだ。クラスは三つあって、一週間ごとに担当が替わっていた。つまり二週間おきに一週間、毎日花壇の様子を見て、必要なら水をやるっていう手順になる。けっこう、学ぶことが多かったよ。何かを毎日やるよりも、何かをやる必要があるのか毎日判断する方が面倒だってこととかな。

係は一人じゃなかった。全部の係が二人一組だった。俺のコンビは……名前はいいか。仮に田《た》中《なか》にしておこう。え？　女子だよ。ぜんぶ男女ペアだ。

田中は、クラスでは目立たない女子だった。あんまりクラスの中での存在感なんて気にしてない俺がそう思ったぐらいだから、相当なものだったんだろう。引っ込み思案で、話そうとしても二言三言で終わってしまう。暗い感じといえば、そうだったのかもしれないな。髪？　長かったような気がする。お前ほどじゃないが……。それ、何か大事なことなのか？

とにかくそれで、俺と田中は花壇の水やり係になった。最初の何週間かは、特に支障なかった。担当週の放課後になると、田中と校舎の裏手の花壇に行って、土の状態を見る。だいたい、俺が水をやろうと主張すると、田中がまだ大丈夫って言うのがパターンだったな。水のやり過ぎはかえってよくない、と言って。何事につけても自己主張をしなそうな女子だったから、控えめにとはいえ断固反論されると、最初はちょっと驚いたよ。

とはいえ、そんなやりとりは最初の一週間で終わった。水やりの基準が何となく確立されると、別に二人必要なほどの重労働じゃないからな。一日交替でやっていたよ。それで上手くまわると思っていた。

ところが……。どれぐらい経ってからだったかな。事情が変わった。田中から相談されたんだ。

「家の建て替えで、しばらく遠い家に住むことになった。駅から市バスで一時間かかる。本数が少なくて乗り遅れるとたいへんだから、放課後は早く帰りたい」

ってな。

別に渋った憶えもないんだが、担任が出てきてな。説得にかかるんだよ。

「田中もたいへんなんだから、わかってやってくれ。お前は家も近いから、多少遅くなっても問題ないだろう」

それはそうなんだ。小学校は近かった。中学も割と近くて、高校で一気に遠くなったんだよな。それはさておき。

この担任は若い男で、たしか教師になってから三年ぐらいだったかな。熱血肌だった。クラスにはいろいろ改善すべき点があると思っているようで、何くれとなく手を加えたもんだ。

「折木、机を置く位置がわかりやすくなるよう、床にテープを貼ってくれ」

とか、

「折木、壁新聞用の用紙をひとまわり大きくしたいから、この用紙を切ってくれ」

とか、

「折木、天井の蛍光灯が暗くなってきた気がするから、気をつけておいてくれ」

とか。

意外か？　そうだろうな。あの担任はよく俺に用事を言いつけた。いま思うと、それも教育の一環と思っていたのかもしれない。とにかく、花壇を見まわって戻ってくると、人が少なくなった教室で担任が待っていて、何か用事をさせることが多かった。もちろん、言われれば言われるまま、はいわかりましたとやっていたよ。実は、六年になる前からよくあることだったんだ。相手はそれぞれ違ったがな。

その担任が、田中の事情もわかってやって、花壇の見まわりは肩代わりしてやれと言うんだ。俺はわかりましたと答えて、次の担当週から毎日一人で見まわりをするようになった。田中は最初のうち、

「ごめんね。お願い」

と言っていたが、まあ、何事も慣れるよな。そのうち何も言わずに帰るようになった。だからといって俺が田中のことを悪く思った訳じゃない。駅まで歩いてバスに乗って、そこから一時間もかかるのか、本当にたいへんだなと思っていた。

ここまでが前提だ。わかりづらいところはなかったか？　どうも話は慣れてなくてな。

よかった。じゃあ、続きだ。

ある日のことだ。

昼休みに、俺と田中は花壇に向かった。隅の方に種を蒔くよう、担任に言われたんだ。何の種かは忘れた。夏休みの前だったと思うから、朝顔だった気もする。いや、本当にわからない。

それと、花の名前を書いたプレートを花壇に挿すようにとも言われていた。いま思うと、あれもたぶん担任の思いつきだったんじゃないか。教育環境改善運動の標的は自分のクラスにとどまらなかった、というわけだ。プレートの数は多くて、二人で手分けして持っても両手が埋まった。そこに花の種も持っているから、少したいへんだ。俺は種をポケットに入れた。紙に包んであったから、ポケットの中で散らばる心配はなかった。一方で田中は、両手にプレートを持ちながら、種を指の間に挟もうと無理していた。

「ポケットに入れろよ」

と言ったのは、当然だった。自分がそうしていたから。ところが田中は首を横に振った。

「ポケットないから」

だそうだ。それでしばらく、俺は女の服にはポケットがないものと思い込んでいた。実際、他人の服をじろじろ見る機会なんてなかったからな。

あんまり話はしなかった。同じ係だとはいえ、田中が実際の仕事をしなくなってからしばらく経っていたから、話題もない。まず花の種を蒔いて、それからプレートを見て途方に暮れた。俺も田中も、花の名前を憶えていない。誰も教えてくれなかったから、と言い訳しておこう。そんなわけでプレートの設置は出来なかったが、なんだかんだで昼休みはまるっと潰れたんだったと思う。

そして放課後だ。

その週は、俺たちのクラスが花壇の当番になっていた。ただ、昼休みに種を蒔いたときに確認して、水をやる必要はないと判断していた。だからさっさと帰ればよかったんだが、なんとなくぶらぶらしていた。教室でクラスの友達と話していたんだったかな。そこに田中が来た。泣きそうな顔をしていたよ。

「ランドセルがなくなった」

って言うんだ。

ランドセルだぞ。あんな大きいもの、どうしてなくなるんだ……と思ったが、それで出てくるわけでもない。ざっと教室を捜して、確かに見当たらないことを確かめると、担任に相談することを提案した。小学校六年生だから、そろそろませたヤツもいて、何であれ教師に相談することを嫌がったりもしていたが、田中はあっさり、そうすると言った。

三人で思いつくところを捜したよ。三人？　俺と田中と担任だ。ああ、俺と話していた友達か。どうしたんだったかな。いっしょにいた憶えはないから、さっさと逃げたんだろう。

担任は必死だったなあ。そのときは気づかなかったけど、いま思うと、たぶん疑っていたんだろうな。何をって？　わかるだろう。わからない？　そうか。いじめだよ。田中はいじめられてランドセルを隠されたんじゃないかって、疑っていたんだろうさ。俺も俺なりの考えがあって、急いで捜したよ。

そんな顔するなよ。結果から言うと、田中のランドセルは隠された訳じゃない。ピロティーに……ピロティーってわかるか？　多目的スペースというか、広場というか、まあそういう場所が校内にあったんだが、田中はランドセルをそこに置いて遊んでいた。そうしたら通りがかった一年生だか二年生だかが、ご親切に忘れ物として職員室に届けてしまった。それだけの話だった。ところが、それを受け取った学年主任が用事で席を外して、一時的に誰も忘れ物のことを把握していない状態になっていた……。ただの不幸な行き違いだな。

正直言って、ほっとしたよ。田中とは係が同じというだけの仲だったが、それでも見つからなかったらどうしようという焦りはあった。

学年主任が戻ってきて、

「忘れ物なら届いているよ」

とあっさり答えて、ランドセルが出てきたときは嬉しかったな。

学年主任は説教も忘れなかった。こういう大事なものを放置しておくのはけしからん、ってな。俺としちゃ、ランドセルを置いて放課後に遊ぶなんていつものことなんだから、むしろうかうかそれを忘れ物扱いした下級生こそ問題だと思っていた。が、口にはしなかった。

ひとしきり説教されている間、田中はずっともじもじしていた。気持ちはわかった。考えてみれば、ランドセルが出てきたからって、中身が無事とは限らないんだ。一刻も早く中を見たかったんだろう。そのあたり、あの担任はちょっと気が利いた。説教の切れ間を見つけて、こう割り込んだんだ。

「先生の仰るとおりだ。とにかく、中を確認してみなさい」

そうしてランドセルを受け取ると、田中は普段のおとなしさが吹き飛んだようにランドセルに飛びついた。もどかしそうにつまみを捻り、ランドセルを開けると、中から筆箱を取りだした。小さいやつだったと思う。地味な柄だったな。

そして、筆箱の中にシャープペンがあるのを見つけて、

「よかった……!」

と溜め息をついたんだ。

ちらっと見たが、何かのキャラクターがついたシャープペンだった。あれは何のキャラクターだったんだろうな。後から教えてもらったが、どうも雑誌の懸賞で当たった品だったらしい。値段は安いんだろうが、まあ、貴重といえば貴重だ。本人にとっては宝物だったんだろう。田中は本当に嬉しそうだったよ。

それで、俺は訊いたんだ。

「で、中身は大丈夫か?」

と。すると田中はシャープペンを握りしめて、

「これがあれば、いまはいい。後は家で見る」

と答えた。

「本当に大丈夫か？」

「大丈夫、ありがとう」

　ってな。

　小学校にシャープペンを持ってくることそのものは、もちろん何の問題もない。キャラクターの模様がついたシャープペンは禁止するという話も、それまで出たことはなかった。ところが田中にとっては運の悪いことに、学年主任がそれに目を付けてしまった。

「なくなったら困るような大事なものを学校に持ってくるとはけしからん」

　と怒り始めた。しかし思えば、教科書の方がよほど、なくなったら困る。あの理屈でいうと、なくなっても平気なものしか学校に持って行けないことになる……。これは揚げ足取りか。

　後日改めて、学校にキャラクター付きの文具を持ってくることを禁止する、という通達が出された。青天の霹靂《へきれき》とはあのことだ。ノート、消しゴム、下敷き。キャラクターグッズはいくらでも持ち込まれていた。それを全部買い換えろというのかって、だいぶ問題になった。その原因が田中のシャープペンだっていうことを知っていた生徒は、たぶん田中自身と俺の二人だけだったんじゃないか。

　ま、そういうわけだ。

　この件で、さすがに俺もショックを受けた。「やらなくてもいいことなら、やらない」なんてことを言い始めたのは、このあたりが最初の原因だったんじゃないかって、そう思う。

4

「……え？」

千反田が止まった。すごい、本当にぴくりともしない。

話の内容を脳内で再生でもしているのか、そのまましばらく凍っている。つついたらそのまま後ろに倒れるんじゃないか、などと思いつつ、掃除を続ける。長話の間にずいぶん進んだ。あとは集めた落葉を塵取りに取って、ゴミ袋に詰めるだけ。もう少しと思うと、なんだか急に面倒になってくる。

塵取りは、千反田が持ってきたバケツに入れてあった。それを取ろうと足を踏み出すと、千反田がもう一度、声を出した。

「え？」

「え、じゃないだろう」

「あれ、わたしいま、最後までお話を聞きましたよね？」

「たぶん」

「何か最後、ちょっと変じゃなかったですか」

それはまあ、少しは変だったかもしれない。

「折木さんは、田中さんのランドセルを捜すのを手伝ったんですよね。そしてランドセルが見つかって、中から大事なシャープペンが出てきて、折木さんの小学校でキャラクターグッズが禁止されたんですよね」

その通り。塵取りを拾い上げる。

ぽん、と手を打つ音が鳴った。

「あ、わかりました！」

「ほう」

「折木さん、自分でもキャラクターグッズをたくさん持っていたんですね。それを禁止されたのがとってもショックで……。あれ、でも、どうしてそれが『やらなくてもいいことなら、やらない』になるんでしょう」

首を右に傾げ、左に傾げ、思い出したように箒を動かし、それからおそるおそるといったように訊いてきた。

「もしかして……。田中さんを手伝ったらキャラクターグッズが禁止された、だったら最初から田中さんを手伝わなければよかった……と、そう思ったんですか？」

おお。がんばったら藪蛇になってしまったから、もう何もしないことに決めた、という解釈か。筋が通っているじゃないか。

だが、

「違う」

「だって……」

「掃除しようぜ」

「は、はい」

千反田も、自分の担当エリアはほぼ掃き終えている。足下にはわずかとはいえ、落葉の山が出来ている。

先にチリ取りを使わせてもらう。落葉を集めながら、言う。

「お前だって、いつも結論から話すじゃないか。たまには俺がそうしてもいいだろう」

「あ、ひどい。折木さん、やっぱり途中を省きましたね」

「省く!」

やっぱり甘美な響きの言葉だ。

今日の俺は確かに少し調子がおかしい。はっきり話せばいいものを、なんだか急に、あんな話し方をしたくなってしまった。困っている千反田を見ると改めて、まあ、たまにはこういうのも悪くないかと思えてくる。罪のない時間つぶしだ。おかげで、掃除も短く感じた。

「えっと……」

口許に指を当て、千反田が考え込んでいる。ただ黙っているのも人が悪い気がして、一言言う。

「キャラクターグッズ禁止の話は、後日談みたいなもんだ。あんまり関係ない」

大きな瞳が、上目遣いに俺を見る。

「……もしかして、わたしをからかっていますか?」

「だいたいそんな感じだ」

「お、折木さん！」

集めた落葉をゴミ袋に入れていく。それなりに広い面積を掃いたはずなのに、袋に入れてみると落葉の体積は悲しくなるぐらい小さかった。むやみに土埃だけ集めていたような気がしてくる。

「怒るなよ。小学生だった俺が、すぐに『これはおかしい』って思ったんだ。そんなに厄介な話じゃないはずだ」

「そんなこと言われても……」

うなだれてしまった。

「折木さんとわたしは違います。わたし、本当に応用力がなくって。どうしてなんでしょう」

自分でも気づいていたのか……。

俺は嫌がらせをしたいのではないのだ。それに、もしかしたら俺の話し方がまずかったのかもしれない。

「最初、俺と田中は交替で見まわりをしていた。それはちゃんと話したよな」

「はい」

身を乗り出すようにして、千反田は頷いた。顔が真剣だ。なんだか、ものすごく悪いことをした気がしてくる。

「途中で、田中が放課後に居残れなくなった。そのため、担当週に限ってだが、俺が毎日花壇を見まわることになった」

「はい」

そして千反田は、話を聞いていたことをアピールするように付け加えた。

「家の建て替えのため、一時的に遠い家に住んでいるということでした。一時間もかかるとか」

「そこだ」

千反田は記憶力がいい。いまは言い落としたが、忘れたわけではないはずだ。

「どこからどうやって一時間かかったか、言ったと思うが」

「はい。駅からバスで一時間です」

「バス。正確には」

「市バスと言っていました」

「どうやって乗る？」

そこで、ようやく千反田も気づいたらしい。はっとした表情になって、両手で口を押さえた。

……箒を小脇で支えている。器用だ。

「あ、あ、わかりました。田中さんは、そうですね、家に帰れません。だって、田中さんが当日着ていた服には、ポケットがありませんでした」

「そうだったな」

「バスに乗るためのお金か、定期か、回数券か、なにかそういうものが必要です。身につけていないなら、ランドセルの中にあったはず」

俺は大きく頷いた。

「そうだ。そもそも、バスに乗れないと困るからという理由で見まわりを俺に任せた田中が、放課後に遊んでいてランドセルをなくすということ自体、俺は不思議に思っていた。それでも、バスの時間に間に合う範囲で遊んでいたんだろうと思ったから、かなり急いで捜したんだ。

ところが、戻ってきたランドセルで田中が唯一気にしたのは、貴重なキャラクターグッズであるシャープペンだけ。本当に他に大事なものはないのかと念を押しても、何も思い当たる節はないようだった」

「どういうことでしょう？」

ここまで来て、千反田はまた詰まってしまった。

いや、無理もないかもしれない。俺だってあの時は信じたくはなかった。

「田中は、バスになんか乗ってなかったとしか思えない」

「……そんな」

絶句し、千反田は目を見開いている。

「最初からだとは思わない。俺に見まわりを頼んだ週か、その次の当番週ぐらいまでは、実際にバスで通学していたのかもしれない。だけど少なくとも、あの日はそうではなかった。帰りの手段よりもキャラクターグッズの方が気になったんだ。なぜなら、田中はもう、歩けば帰れる状態になっていたから」

「建て替えが終わっていたんですね。それを折木さんに言わなかったのは……」

「決まっているじゃないか」

息をつく。

「係を俺に押しつけて、さぼっていたんだよ」

落葉を塵取りに取りながら、千反田が言った。

「そんなことがあったんですね。折木さんはもう嘘をつかれるのが嫌で、『やらなくてもいいことなら、やらない』と」

……そうではない。

やっぱり俺の話し方はよくなかったのだろうか。そうではないのだ。

ここから先は、あまり気分のいい話ではない。誰にでも聞かせるような話ではないと、自分でもわかっている。しかし千反田にはずいぶんと話してしまった。これで最後の部分だけ誤解されたまま、黙っていていいのだろうか。

それは嘘になる。嫌な話でも、聞いてもらいたかった。

「いや」

と、切り出す。

「俺はあの日、田中が貴重品を確認しなかったことに気づいた。そして、反射的に担任の顔を見たんだ。担任は、田中は家の建て替えでたいへんだから俺に手伝えと言っていた。事情を把握しているんだから、何かがおかしいと気づくだろうと。気づけば田中を叱るんじゃないかと。……でも、担任は田中を叱ったりはしなかった」

千反田は怪訝《けげん》そうだ。

「おかしいと気づかなかったんでしょうか？」

だったら、まだましだった。

「いや。すごい顔をしていたよ。『しまった！』という内心が、そのまま出たような慌て顔。それで俺はすぐ、この人は建て替えがもう終わっていることを知っていたんだな、と察した」

「……」

「ではなぜ、それを俺に言わなかったのか。元通り一日交替で見まわりに行くように伝えてくれなかったのはどうしてか？

被害妄想かもしれない。単に、言うのを忘れていたのかもしれない。だけどあの日、あの顔を見て、俺はこう思ったんだ。……俺が何一つ文句を言わずに全部の頼み事を聞く子だから、便利だから、仕事を押しつけられているのを見ても手を貸そうとしなかったんだ、と」

箒を杖のように突いて、俺は続ける。

「当時の俺は、さらに考えた。そもそも、田中の家の建て替えは、俺に何か関係があっただろうか？　俺に何か落ち度があったから、田中の事情に対して肩代わりをする義務が生まれたのだろうか。それは違う。田中の事情は田中の事情。俺には何の関係もなかった。

そうは言ってもまあ、クラスメートだし同じ係だ。少しぐらいは助け合ってもいいんじゃないか？　放課後に花壇を見まわるぐらい、どうせたいした手間じゃない。家が近いのも事実なんだし、少しぐらいは人助けしてもいいじゃないか。

……という気持ちにつけ込まれていたことに、気づいたんだよ」

田中のことは、きっかけに過ぎなかった。

あの一件以降、俺は同じクラスの中に、要領よく立ちまわって面倒ごとを他人に押しつける人間と、気持ちよくそれを引き受ける人間がいることに気づいた。そして六年生になってから、いや物心ついてから、自分がだいたい後者だったことに気づいた。いったん気づくと、あのときも、あのときも、そういうことだったのかと次々に思い当たった。

林間学校の時、一リットルもある重たいドレッシングを持ってくるように言われたのは？　インフルエンザが流行って学級閉鎖寸前のとき、何軒もの家をまわってプリントを配った生徒が俺以外にいたか？　男子全員で遊んでいたキックベースで窓ガラスを割ったとき、代表として俺が校長先生に謝りに行くよう担任に指導されたのは、俺がリーダーだったからか？　違う。俺が、文句を言わない子だったからだ。

それ自体は別によかった。一つ一つはたいした手間じゃない。引き受けて損したとか、あいつらばかり楽をしやがってとか、そういうことを考えたわけではない。

ただ、自分は便利に使われていたんだ、と気づいたのだ。


思い出す。

あの頃、俺は自分の発見を黙っているのがつらくて、姉貴に話した。

――お互い様だから手助けしようと思っても、相手もお互い様だと思ってくれるとは限らない。感謝して欲しかった訳じゃない。ただ、ばかにされるとは思っていなかった。ぼくはもう、授業が終わったら学校には残らない。人といれば何かを頼まれることになる。それはきっと、ぼくが何も言わずに引き受けるだけの、ばかだと思われているからなんだ。ばかだって構わない。ただ、つけ込まれるのだけは嫌だ。もちろん、どうしようもないときはなんでもやるよ。文句も言わない。でもそうでなかったら、本当は他の人がやらなきゃいけないことで、ぼくがやらなきゃいけないことじゃなかったら、もうやらない。絶対に。

姉貴はひととおり話を聞くと、俺の頭に手を置いて言ったものだ。

——そう。あんたは不器用なくせに、器用になりたいのね。あんたはばかのくせに変なところで頭がいいから、嫌な気づき方をしちゃったのね。いいよ、止めない。それでいいんじゃない。あんたの言ってることは間違ってないと思うよ。

それから、なんだったかな。姉貴はもう少し何か言っていたと思うけれど。そう、確か、こうだった。

——あんたはこれから、長い休日に入るのね。そうするといい。休みなさい。大丈夫、あんたが、休んでいるうちに心の底から変わってしまわなければ……。

「……さん」

らしくもなく、物思いに耽っていたらしい。千反田が俺を呼んでいることに気づかなかった。

「あ、すまん。なんだった？」

千反田は目の前にいた。大きな瞳で、じっと俺を見ていた。

「折木さん。かなしかったですね」

そっぽを向きながら、俺は笑う。

「たいしたことじゃない。子供が拗《す》ねて、拗ねてるうちに引っ込みがつかなくなっただけだ」

習い性になってしまって、もう、そう簡単にはモットーを取り下げることは出来ないだろう。やらなくてもいいことなら、やらない。

横目で見ると、千反田は箒を両手で握っていた。そして、見つめる視線を外そうともせず、ひどく的外れなことを言った。

「でも折木さん、わたし、思うんです。……お話の中の折木さんと、いまの折木さん。実は、そんなに変わっていないんじゃないか、って」

笑い飛ばしたかった。

でも、出来なかった。

千反田が一歩離れる。かがんで、落葉を詰めたゴミ袋を手に持つ。

「ありがとうございます。おかげで、綺麗になりました」

「ああ」

「かほさんが帰ってきたら、きっとお茶とお菓子を出してくれます。休んでいきませんか?」

俺は苦笑して手を振った。あの女子の間に座るのは、もう勘弁して欲しい。

「いや。箒をくれ。元の場所に戻しておく」

箒を受け取り、二本のそれを肩に担ぐ。千反田に当たらないよう踵を返して、肩越しに言う。

「十文字にもよろしく伝えておいてくれ。俺は行くよ」

葉叢の影が落ちる階段を下り始める。杉の葉が風に揺れる音が耳に届く。久しぶりの晴れ間は、まだ崩れる様子もない。家に帰れば洗濯物も乾いているだろう。

道半ばで、千反田の声が聞こえた。

「折木さん！　話してくれて、ありがとうございました！　わたし、嬉しいです！」

重い箒を担いで振り返るのも億劫だったので、聞こえないふりをする。やらなくてもいいことなら、やらない。なんだ。調子のおかしな一日だったが、ここに来ていつもの調子が戻ってきたじゃないか。頭を掻く。

それで、不意に思い出した。あのときの姉貴が、人の頭をぐしゃぐしゃと掻きまわしながら付け加えたことを。

――きっと誰かが、あんたの休日を終わらせるはずだから。

いまさら翼といわれても

1

長く続いた梅雨が終わり、三日月に照らされた夜空には、小さな雲がひとひら浮かんでいるだけでした。部屋に吹き込む風は日が暮れても暖かく、夏が来ていることを感じさせます。彼方にぽつりぽつりと見える人家の明かりを気にしつつ、わたしは楽譜を見ながら、オルガンのキーに指を乗せました。

流れ出す音をひととおり耳で覚え、今度はゆっくりと旋律を口ずさんでいきます。こんなに静かな夜は、ららら、と歌うメロディがどこまでも届いていくのではと気恥ずかしくなり、わたしの歌声は自然と小さなものになってしまいます。

音を自分に染みこませようと、わたしは同じ歌を何度も歌います。やがて音程の正確さにほぼ満足がいくようになって、今度は歌詞を乗せようと息を吸い込んだその時、襖の向こうから、わたしを呼ぶ声がしました。

「える」

父です。

部屋に下がったわたしを父が呼ぶことは、滅多にありません。もしかして、オルガンや歌がうるさかったのでしょうか。おそるおそる答えます。

「はい」

「仏間に来なさい」

父の声はいつものように重々しいものでしたが、怒っている様子はありません。胸をなで下ろしつつ、では何のご用だろうとなおさら不思議です。仏間はだいじな話をする時によく使う部屋なのですが、いま伝えられるべき大きなことに、心あたりがないのです。

「すぐに行きます」

足音が遠ざかっていきます。どうやら、今日の音取りはここまで。オルガンの蓋を閉じ、窓を閉めました。

部屋を出る時わたしはふと、何かためらいを感じました。父の用件とはなんなのか。それを知ることが急に、これといった理由もなく、恐ろしく感じられたのです。

――このまま歌い続けていてはいけないだろうか？

――ずっと同じ歌を歌っていては？

そんな考えまで、頭をよぎります。

いけません。本番が近づき、少し神経質になっているようです。わたしは自分の怯えを笑って、部屋の明かりを消しました。

カーテンを閉じなかった窓の向こうでは、小さな雲が月の前を横切っていくところでした。

2

期末試験を乗り越え夏休みを待つばかりとなった神山高校は、どこか弛緩《しかん》した雰囲気に包まれていて、それは地学講義室も同じだった。もっとも古典部の雰囲気がふだん引き締まっているかと考えれば、そうではなかったと言わざるを得ないけれど。とはいえ、この部室に四人が揃うのも、少し久しぶりではないかという気がした。

一クラスを収容できる地学講義室で、俺たちは気ままな席に陣取っている。とはいえ、めいめいはそれほど離れているわけではなく、講義室の真ん中付近に、数席おきに散らばっていた。

俺と千反田は無言で本を読んでいた。俺が読んでいるのは忍者と姫と御落胤が出てくる話で、その場で思いついたような伏線のない大事件が矢継ぎ早に起きて章ごとに誰かが大ピンチに陥る、ひたすら愉快な読み物だ。試験でくたびれた頭には、実にうってつけと言える。千反田が読んでいるものは、わからない。豊富に写真が載っている大判の本で、旅行ガイドブックのようにも思えるけれど、ここからではよく見えないし、強いて見ようともしていない。どうやらあまり面白い内容ではないらしく、千反田は無表情にページを繰っている。

そして伊原と里志は、A4のキャンパスノートに走り書きと落書きを繰り返し、ああでもないこうでもないと話し合っている。……いや、章の合間に小説を読む手を止めて少し様子を窺ってみると、書いているのも喋っているのも主に伊原の方らしかった。シャープペンを片手に難しい

顔で、

「手よ。やっぱり手が問題なのよね」

と呟いている。

「なるほど、手ね」

里志がもっともらしく頷く。

「この子は右手が使えない……っていうか、心理的に使いたくないはずだから、そこを絵で描けば伏線になるのよ」

「なるほど、伏線ね」

どうやら漫画の計画を練っているらしい。

漫画研究会を退部して以降、伊原は自分が漫画を描いていることに含羞《がんしゅう》を見せなくなった。単に、俺も千反田も伊原が創作をしていることはとうに知っているので、いまさら恥ずかしがったり隠したりする意味がないと思っているのかもしれない。あるいは、漫研をやめたことで、あいつの中で何かが変わったのかもしれない。

千反田は元より、家を継ぐという自分の行く先をはっきりと見定めている。伊原も覚悟を決めたということになると、俺と里志の情けなさが浮き彫りになって困る。……いや、俺たちがふつうで、高校二年生の時点で家業を継ぐことに迷いが皆無だったり、自分の愛するスキルを伸ばしたりしている女子ふたりの方がおかしいのだ。

「誰かに『右手どうしたの』って言わせればいいんだけど、この場面、ひとりなのよね。自分の手を見て自嘲するってのもなんかわざとらしいし、どうしようかなあ……」

「なるほど、ひとりね」

にこにこと聞いているだけだった里志が、ここで一言付け加えた。

「ひとりの時って何してるの？」

「何って、えっと……」

伊原は里志の方をろくに見もせず、腕を組んで天井を睨んでいたが、やがて急に目を輝かせて声を上げる。

「そっか、ふくちゃんナイス！　そうだ、難しく考えなくてもよかったんだ。どうしてこんなとこでつまったんだろ。コーヒー飲ませればいいんじゃない。右手でカップを持とうとして、次のコマで左手で持つ。うん、さりげない。これね」

なんだかよくわからないが、アイディアがまとまったらしい。伊原はリングノートに何やら大きく書き付けて、やけに力強く「オッケー」と言ってノートを閉じた。

「一段落かい？」

「いちおう。まだ描き始められないけど、これでだいたい完成像は見えたと思う」

「それはよかった」

そして里志は、

「今度、どんな話になるのかだけでも教えてね」

と言った。つまり、どんな話なのかもわからないまま、ひたすら伊原の独り言に相槌を打っていたらしい。いい加減だと思うべきか、それはそれでご苦労なことだと思うべきか、ちょっとわからない。

一山越えて安心したのか、伊原はどこか間延びした声になっている。

「コーヒーっていえば、こないだ変なことがあった」

「へえ」

「霧生《きりゅう》の画材屋に行ったんだけど……」

「霧生？　なんでそんなとこまで！」

話の腰を折って里志が疑問を挟むが、その気持ちはよくわかる。霧生はこの街の北端の地名で、神山高校からは自転車でも二十分ほどかかる。伊原の家からだと、悪くすると一時間近くかかってしまうのではないか。画材屋なら街中にもあるだろうに。伊原はどこか面倒そうに、

「ああ、それはね」

と答えた。

「古いトーンが、その店にしかないの。あんまり使わないんだけど、いちおうね」

「ははあ、なるほどね」

画材屋で売っているトーンとは、そも何物か。まあ、漫画を描くのに使う何かだということは察しがつく。いつまでも会話を盗み聞きする趣味もなし、小説に戻ろうと思うが、腕時計を見ると五時近かった。いまから新章を読み始めると、途中で閉門の時刻になりかねない。帰ってからのお楽しみということにして、文庫本を閉じる。そのしぐさを目の端で捉えていたのか、伊原が

こっちを向いた。

「あ、折木も聞いてよ」

「聞こえてるぞ」

「そう？　でね、買い物したら喉が渇いちゃって、テストが終わったお祝いだって思って、近くの喫茶店に入ったの。コーヒーが自慢だっていうから頼んだら、なんか変な味でさ。あれ、なんだったんだろ」

　里志が含み笑いをした。

「摩耶花が喫茶店でコーヒーとはね。まるでホータローだ」

　伊原はむっつりと頰を膨らませる。

「取材よ、取材。現に、そのおかげでアイディア出たじゃない」

「はいはい。で、変な味っていうのは？」

　里志にお認め頂いて恐縮だが、確かに俺はときどき喫茶店に行く。味の違いがわかるほどコーヒーを飲み比べたことはないが、うまいな、まずいなというぐらいは思うことがある。けれど、変な味のコーヒーというのは想像がつかない。

　伊原は顔の前で手を振った。

「あ、ちなみに、変な味だったのは砂糖の方ね」

　ますますわからなくなった。砂糖の味は甘いに決まっている。里志も首を傾げていたが、やがてにっこりと笑った。

「わかった。しょっぱかったんだ」

「……ふくちゃん、本気で言ってるの？」

「会話を楽しんでいるんだよ」

ぬけぬけと言い放つ笑顔を伊原はしばらく睨んでいたが、やがて小さく溜め息をついた。

「そうじゃなくて、甘かったの」

俺と里志の声が、はからずも重なる。

「ふつうじゃないか」

どん、と伊原が机にこぶしを振り下ろす。

「ふつうじゃないから話してるんでしょ！」

はい。

伊原は、俺たちが口をつぐんだのを確かめるように睨んでから、言った。

「単に甘かったんじゃなくて、すっごく、甘かったのよね。あんなに甘いコーヒーなんて缶コーヒーぐらいでしか飲んだことないから、ちょっとびっくりしちゃった」

「入れすぎただけじゃないのか」

と俺が言うと、伊原は説明不足を詫びるように、かくんと頷いてみせた。

「えっとね。最初から言うと、わたしはコーヒーとケーキのセットを頼んだの。ケーキはレモンケーキで、こっちは別にそんなに甘くなかったと思う。コーヒーにミルクと砂糖はって訊かれたから、お願いしますって答えた。店の人が持ってきてくれたコーヒーには最初からミルクが入ってて、ソーサーには角砂糖が二個、添えてあった。一口飲んでふつうだなって思ったから、角砂糖を一個入れてまた飲んだら……もう、舌がとろけそうだったのよ」

　里志が神妙に頷いた。

「角砂糖だったんだ。壺からスプーンですくうやり方なら、入れすぎたのかなって思うところだけど」

「そうなの。角砂糖一個であんなに甘くなるなんて変だから、わたしの味覚がおかしいのかなって思っちゃった。それから少し気をつけていたんだけど、他はふだんと変わりなかったのよね」

　腕を組み、里志が首をひねる。

「ふうん。甘すぎる砂糖、か」

「ね、変でしょ」

「そうだね。でも、考えられることがないわけでもないかな」

「ほんとに？」

　伊原が身を乗り出す。里志は重々しく頷いた。

「甘味料の中には、砂糖の何百倍、何千倍も甘いものがある。そうした甘味料を砂糖と同じ量だけ入れたら、それはとんでもなく甘くなるよね」

「うーん」

　一声唸って、伊原が慎重な様子で言う。

「確かにすっごく甘かったけど、さっきも言ったとおりせいぜい缶コーヒーぐらいで、飲めないわけじゃなかった。それに、甘味料を角砂糖の形にして出すお店なんて、ふくちゃん知ってる？」

「いや……知らないね。あるとも思えない」

では、いまのやり取りは何だったのだ。

「でも、もしかしたら甘みの強い砂糖ってのはあるのかもね。精製法の違いとか、でなかったら原料の違いとかで」

里志は腕をほどき、千反田の方に首を巡らす。

「ねえ千反田さん。千反田さんは知らないかな」

「えっ」

ぼんやりと本を読んでいた千反田が、その一言で弾かれたように顔を上げた。

「あ、あの、何をでしょうか」

俺たちは結構な声量で話していた。それがまるで耳に入っていなかったらしい。里志はにこやかな声で、

「摩耶花が、喫茶店に行ったらやたらと甘い角砂糖を出されたって言うからさ。もしかして、ふつうよりも甘い砂糖の原料になる、変わった品種があるんじゃないかなって思ったんだ。千反田さんならそういう品種も知ってるんじゃないかな」

「ああ……そういうことでしたか」

千反田は手元の本を閉じて微笑んだが、俺はふと、その表情に違和感を覚えた。千反田はもともと、表情は控えめだ。大笑いしたり怒りをあらわにしたりはしない。しかし、それを差し引い

ても、いまの微笑は作ったように硬いものに見えたのだ。

穏やかな声で千反田が答える。

「残念ですが、知りません。砂糖黍《さとうきび》も甜菜《てんさい》もうちでは作っていないので……」

「そうかあ。いつか作ったりしないのかな」

その途端、千反田がわずかに目を伏せた。

「……わかりません。すみません」

「そっか。ごめんごめん、変なこと訊いて。なんだろうね、甘い砂糖。意外と難しい。ちょっと気になるな」

「ええ。なんでしょうね」

そう返す口ぶりもやはりどこかうつろなもので、話を引き取る様子もない。

伊原が意味ありげな視線を送ってくる。察するに「ちーちゃん、ちょっと調子悪そうじゃない？　あんた何か知ってる？」といったあたりだろうか。俺は首を横に振り、「何も知らない」の意を込める。

少し会話が途切れてしまった気まずさを取り繕うように、里志がくるりと俺の方を向いて訊いてきた。

「ホータローはどう思う？　やっぱり、特別な甘すぎる砂糖だったのかな」

話を聞いていて、俺なりに思いついたことはあった。訊かれなければ話す必要はないと思っていたが、訊かれて黙っている必要もない。

「そんなに難しい話じゃないと思うがな」

と返す。

「え、そうかい？」

里志があっけに取られる一方、伊原の目の色が変わった。

「どういうこと？　だってあれ、ふつうの角砂糖にしか見えなかったのよ」

「だったらふつうの角砂糖だったんだろう」

「やっぱりわたしの味覚がおかしかったってこと？」

「そうじゃなかったんだろ？」

俺は頭を掻いた。

「さっき自分で言っていたじゃないか。店の人が持ってきてくれた時、コーヒーがどうなっていたか」

里志が即答する。

「ソーサーに角砂糖が二個添えてあったって言ってたね」

「そうだったな。けど俺は、砂糖のことを言おうとしたんじゃない」

伊原と里志のふたりは、難しい顔をして黙り込んでしまった。ちらりと千反田の様子を窺うと、どうやら話を聞いているようではあるが、途中から会話に加わっただけに何が問題なのかわからないようで、きょとんとしている。

「伊原。コーヒーを注文する時、店の人にはなんて訊かれたんだ？」

「だから、ミルクと砂糖は、って」

「正確にそう言ったのか？」

伊原は記憶を辿るように俯き黙っていたが、やがて首を横に振った。

「よく憶えてない」

「意地の悪い訊き方をしたな。すまん、ふつう憶えてないよな。もしかしたら、『ミルクと砂糖はお入れしますか』って訊かれたんじゃないかって思ったんだ」

ぴんと来ないようで、里志が訝しそうに訊いてくる。

「ふつうの言いまわしだと思うけど、どこかおかしいかな」

「おかしいわけじゃないが……。伊原はさっき、コーヒーには最初からミルクが入っていたと言ってなかったか？」

不意を衝かれたように、伊原が目をしばたたかせる。

「そうね。そうだった」

「まあ、そういうことだ」

里志が大袈裟に手を振る。

「ホータロー！　そういうことだ、じゃないよ。話の途中でモットーを発揮するのはやめてくれないかな」

そんなつもりはなかった。……いや、そうでもないか。最後は省略してもいいかなとは思っていた。

眉根を寄せた思案顔で、摩耶花が呟く。

「折木が言いたいこと、なんとなくわかってきたかも。『ミルクと砂糖』をお願いしたコーヒーに最初からミルクが入っていたなら、砂糖も入っていたんじゃないか、ってこと？」

頷く。

「でも、わたしは一口飲んで、苦いって思ったから角砂糖を入れたのよ。最初から砂糖が入っていたら、そんなふうに思わなかったはず」

「だろうな。ところで、角砂糖を入れた後はどうした？」

「飲んだ」

「いや、その前に」

「レモンケーキは食べたけど」

「そうじゃなくてだな」

それまで話を聞いていただけの千反田が、おずおずと言葉を挟んできた。

「あの……。もしかして折木さんが言いたいのは、かき混ぜたんじゃないか、ってことですか？」

それを聞いて、里志が声を上げた。

「あ、そうか！」

伊原に向けて、意気込んで言う。

「そうだよ。摩耶花が飲んだコーヒーには、最初から砂糖が入っていたんだ。でも、底に沈んでいたから、甘みは感じなかった。そこに角砂糖を入れてかき混ぜたから……」

伊原も「ああ」と唸った。

「そっか。いきなり、角砂糖二つ分ぐらいの甘さになったんだ」

「うん、確かにそれっぽいね。当たりだよ、きっと」

そう言って里志は満足げに頷き、俺に笑いかけてくる。

「いやあ、なかなかの安楽椅子探偵だね」

そんなにたいした妙案を出したつもりはないが……。まあ、当事者である伊原にとっては、意識の盲点になっていたのかもしれない。

一方で伊原は、

「うん……。それっぽくはあるんだけど」

と歯切れが悪かった。

「わたしの記憶が曖昧なせいで、間違いなくそうだとも言い切れない感じなのよね。なんか、もう一回行って確かめたい気がする」

その喫茶店のそばの画材屋が行きつけだというのなら、また行く機会はあるだろう。いずれにしても、この場ではこれ以上追究は続けられない。そろそろ帰ろうかと、俺は文庫本を鞄に入れようとする。

その時、里志がいきなり言った。

「じゃあ、確かめに行こうよ」

ふたりで行くのか、ご苦労なことだと思っていたら、

「文集の話もそろそろしないといけないし」

と続いた。

「そうね、それは確かに……」

「でしょ?」

文化祭に向けての打ち合わせは、もちろん、わざわざ街外れまで行かなくても学校で充分済ませられる。しかしまあ、甘すぎる砂糖の謎の答え合わせを兼ねて喫茶店で打ち合わせというのも、小粋な話ではある。強いて反対はしなかった。

ただ、

「いまからだと、さすがに遅いな」

壁掛け時計は五時四十分を指している。

「確かにね。じゃあ明日……は、僕がだめだ。委員会の仕事がある」

明日は一学期の終業式だ。総務委員の里志には何か雑用があるのだろう。

「明後日でいいかな?」

構わないが、夏休みの初日から打ち合わせとは勤勉なことだ。伊原にも異存はなさそうで、それで決まりかと思った時、千反田が囁くような小声で言った。

「ごめんなさい。明後日はわたし、埋まっています」

伊原がはっとした表情になる。

「あ、そっか。そうだったね」

俺と里志は何も言わなかったが、物問いたげな雰囲気は出していたのだろう。伊原は俺たちに向けて、

「ちーちゃん、合唱祭に出るの」

と言った。

「そうなんだ。じゃあ駄目だね」

里志は納得したように頷いているが、俺は話が見えていなかった。この学校は、文化祭をはじめとして行事がやけに充実しているが、合唱祭というのは聞いていない。

「夏休みにそんなことやるのか？　体育館で？」

ふたり分の冷たい視線が返ってきた。

「そんなわけないでしょ」

「市が主催するイベントだよ」

学校の行事ではなかったのか。それはそうだ、いくら俺が活力から目を逸らしているといっても、行事の存在自体を知らないなんてことがあるわけはない。……よかった。

「神山市出身の作曲家、江嶋椙堂《えじまさんどう》を記念した江嶋合唱祭。毎年この時期にやってるよ。神山市だけじゃなく近くの町からも合唱団が来て、椙堂の歌だけじゃなく、いろんな合唱曲を歌っていくんだ」

「知らない名前だな」

こういう話になると里志の独壇場だ。本人もそれを自覚していて、胸を張る。

「大正時代に児童雑誌の『赤い蠟燭《ろうそく》』で活躍した童謡作詞家さ。北原白秋《きたはらはくしゅう》、西條八十《さいじょうやそ》、野口雨情《のぐちうじょう》と並んで童謡四天王と呼ばれた」

最後の童謡四天王うんぬんは里志の創作で間違いない。

「ちーちゃんに誘われて一回だけ練習に行ったんだけど、いまは漫画をやりたくって」

どことなく謝るような調子で、伊原が言う。俺に説明しつつ千反田にも向けた言葉だったのだろうが、千反田は気づかなかったのか、何も言わない。

古典部はもちろん神山高校の部活の一つであり、学年こそ同じだがクラスはばらばらな俺たちは、ほぼ部活を通じた繫がりしか持っていない。学校の外でそれぞれが何をしているかという話になると知りようもないし、その必要があるとも思わない。そう思っていただけに、千反田と伊原がいっしょに合唱をしていたというのは軽い驚きだった。

里志が頭の後ろで手を組む。

「うーん、じゃあ、打ち合わせの日程はまた今度決めようか。電話でも大丈夫だよね」

さりげなく言うが、連絡の取りまとめは自分がやると表明しているのだ。里志のこまめさと、人よりも労力をかけていることを表に出さない振る舞いを、俺は尊敬している。

「はい、それは大丈夫です」

千反田がそう答え、取りあえず今日は解散という雰囲気になった。夏のこの時期、日は長い。六時近くなっても夕暮れの気配もないが、俺は小説を鞄に入れて席を立つ。

「じゃあ、そういうことで」

「ああ。じゃあね」

覗き見する気はなかったが、講義室から出る途中、千反田が読んでいた本がちらりと目に入る。気のせいでなければ、それはどうやら、進路案内の本のようだった。

3

夏休みの初日に、俺は冷やし中華を作った。

午前中いまにも一雨来そうな重い空だったせいか、昼の時分時を迎えても夏本番の割にはやや涼しく、冷やし中華に最適の日だとは言えなかった。それでも献立を変えなかったのは、中華麺の消費期限が今日までだったからだ。

酢と醤油と砂糖と胡麻油と味醂を目分量で混ぜ合わせ、即席のタレにする。麺を茹でて冷水で締める。具はトマトとハムと、ちょっと目を離したら焦げてしまった薄焼き卵。トマトはくし切り、ハムと卵は細切りにする。盛りつけの見栄えはどうでもいいので、麺の水気を切って皿に盛り、その上に具を鷲づかみで置いていく。最後にざっとタレをかけまわして、一丁上がりである。おまけに辛子も皿の隅に添えておく。

キッチンからリビングに皿を運び、箸と麦茶を用意して仕度が整う。いただきます、と合掌して、箸を手にしたところで、電話が鳴った。

鳴り続けるベルをしばらく放置し、壁掛け時計に目をやる。食事時に無礼なと思ったからだが、時刻は午後二時半をまわっていた。午後になって日が射してから洗濯物を干したので、遅くなってしまった。これでは電話の相手が非常識だとは言えない。次に、じっと冷やし中華を見つめる。……のびにくい麺料理でよかったと思うしかない。のたりと立ち上がって受話器を取る。

「はい」

という第一声がやや不機嫌だったことは、やむを得ないだろう。

『もしもし。伊原と申します。折木さんのお宅でしょうか』

違うよと言ってやりたいところだったが、聞こえてきた声が張り詰めていたので冗談は言いかねた。

「伊原か」

『あ、折木。よかった、何よいまの低い声』

「昼飯にしようと思ってたところなんだ」

『そうなの。ごめん、じゃあ……』

伊原が俺に電話をかけてくるということは、何かよほどの用件があるに違いない。冷やし中華はしばらく棚上げにするしかない。

「構わんぞ。なんだ」

『あのさ』

電話を通じて、ためらいが伝わってきた気がした。ややあって、訊いてくる。

『ちーちゃんの行きそうなところ、知らない？』

受話器を持つ手を替える。

「……なんで俺に訊く？」

答える伊原の声には、険《けん》があった。

『心あたり全員に訊いてて、あんたが最後なの』

「なるほどな」

どういうことなのか訊きたかったが、伊原が切羽詰まっていることはなんとなく察せられたので、事情は後まわしにする。

「まず、学校だろう」

『うん』

「それから市立図書館。鏑矢中学校のそばの、なんていったかな、前に大日向《おおひなた》と行った喫茶店。移転したけど、これも喫茶店のパイナップルサンド」

千反田と行ったことがある場所を、思いつくままに挙げていく。しかし、図書館はともかく千反田が本当に一人で喫茶店に入るかと考えれば、可能性は低そうだと自分でも思う。

『わかった、ありがとう。図書館は考えなかったな。学校は、ふくちゃんが用事で行ってるから頼んで見てもらったけど、ちーちゃんの靴はないって』

「そうか。……なにかあったのか」

言ってから思い出す。

「今日は合唱祭じゃないか。千反田が来てないのか」

『うん』

それで焦っているのか。

『出番は六時からだから時間はあるんだけど、ちーちゃんいないのよ』

六時からと聞いて、なんだか力が抜けた。

「寝坊してるんだろ」

『あんたじゃないんだから』

「俺は遅刻はしても寝坊はしたことないぞ。いや、それはどうでもいいんだ、仕度に手間取ってるっていうだけじゃないのか」

もどかしげな声が返る。

『そうじゃない。ちーちゃんの家がある陣出から文化会館まで、いっしょにバスに乗ってきたっていうおばあさんがいるのよ』

どうやら合唱祭の会場は、市の文化会館らしい。俺の家からは、自転車に乗れば十分ほどで行ける。

「じゃあ、文化会館に着いてからいなくなったのか。俺にまで電話してくるってことは、建物の中は捜したんだな」

『ずいぶん、ね。どこにもいない』

もう一度受話器を持ち替える。

「……深刻に考えるべきなのか?」

『わかんない。そのうち来るような気もしてるんだけど、合唱団の人が心配しちゃって、知り合いに訊いてみてくれっていうのよ』

「いまさらだが、なんでお前がそこにいるんだ」

『前に練習に参加したことがあるって言わなかったっけ。当日だけでもと思って、手伝いに来てるの』

「そういうことか。まあとにかく、うちには来てないぞ」

伊原が余裕をなくしているようだったので、少しなごませようと冗談のつもりで言ったのだが、返ってきた声は冷たかった。

『行ってると思ってない』

「さいで」

『……ん、でも、ありがとう。じゃあ切るね』

「ああ」

通話が切れる。受話器を置いて、俺は冷やし中華を振り返った。

冷やし中華には、中華そばにはない大きな利点がある。

火傷の心配がないので、その気になれば短時間で食べることもできるのだ。

神山市民文化会館は赤レンガのようなタイルに覆われた四階建てで、大ホールと小ホールのふたつを備えた堂々たる施設だ。収容人数は知らなかったが、案内板を見たところ大ホールには千二百人、小ホールには四百人が入るらしい。黒い大理石が敷かれた吹き抜けのエントランスホールには「江嶋合唱祭」の立て看板が立てられ、けっこう大勢の人がうろうろしていた。

合唱祭そのものは、二時から始まっているらしい。千反田の出番まで四時間あるということは、相当多くの合唱団が参加するのだろうか。あるいは昼の部と夜の部に分かれているのかもしれない。立て看板には、そのあたりのことまでは書かれていなかった。

案内カウンターまで行き、水色の制服を着た係員に話しかける。

「あの」

係員は女の人で、見るからに学生の俺にも愛想がよかった。

「はい。どうなさいましたか」

そこで、はたと気づく。千反田が所属する合唱団の名前を知らない。その団の控室に行けば伊原に合流できると思ったのだが、これでは訊きようがない。

「あの……」

「あ、すみません」

少し考えて、質問の内容を工夫する。

そうか、別に悩むほどのことではないか。

「六時から歌う合唱団の控室を教えていただけますか」

係員さんはにっこり微笑んで、手元のファイルを何枚か繰った。

「六時からですと、神山混声合唱団ですね。二階のA7控室です」

思ったよりストレートな名前だった。礼を言って、二階へ上がる。

目当てのA7控室はすぐに見つかった。廊下に並ぶドアの間隔から見て、十畳以上はあるだろう大きな控室だ。白に近い灰色のドアは鉄製で、下手な字で「神山混声合唱団控室」と書かれたコピー用紙がセロファンテープで留めてある。鉄のドアをノックすると銅鑼《どら》のような音が鳴りそうで、俺はそのまま押し開けた。

ドアを開けると、中にいた人間が弾かれたようにこちらを見た。伊原だ。入ってきたのが俺だと気づくと、意外そうに目を見開いた。

「よう」

片手を挙げて中に入る。

すると、ドアの脇にあった傘立てに足が引っかかった。不安定な傘立てで、さほど強く蹴ったとも思えないのに倒れてしまい、立ててあった傘がカーペット敷きの床に飛び出していく。

「おっと」

「いきなりなにやってるのよ！」

思わぬ援軍が颯爽《さっそう》と登場、というつもりでやって来たのに、間の抜けた第一歩になってしまった。近くでパイプ椅子に座っていた初老の女性が、

「あらあら」

と言いながら腰を浮かせようとする。どうやらこの人の傘だったらしい。

「すみません」

謝りつつ傘立てを起こし、傘を入れる。手が濡れてしまったので、ポケットのハンカチでさっと拭う。

「いえ、こちらこそごめんなさいね」

老婦人はそれだけ言って、座り直した。喪服のように黒いジャケット、黒いスカートに身を包んで、背すじを伸ばして座る姿が印象に残った。

Ａ７控室は廊下から見た印象通りに広かったが、物が少なくやけにがらんとしていた。床にパイプ椅子が十脚ほど出ているほかは、廊下側の壁際に机が少し並んでいるだけだ。机は荷物置きになっていて、鞄がずらりと置かれている。他の壁際にはパイプ椅子が畳んだ状態で立てかけられていた。出番まで時間があるからか、部屋にはまだ、伊原と老婦人のふたりしかいなかった。

伊原が小走りに駆け寄ってくる。傘の失態は忘れてくれたようで、第一声は、

「来たんだ。ありがとう」

だった。

電話で相談されたからといって、校外でのトラブルに首を突っ込んでいくのは差し出がましいように思う。それでもまあ、ご近所で困っていることがわかっていてのうのうと冷やし中華をたぐるのも不人情だろうと来てみたが、礼を言われればなんだかこそばゆいような感じもする。俺はなんとなく伊原から視線を外し、控室をぐるりと見まわした。

「千反田はまだみたいだな」

「そうなの。ちーちゃん携帯電話持ってないし……」

「本当は何時に来るはずだったんだ」

言って、俺はちらりと自分の腕時計を見る。もうちょっとで三時半だ。

「一時半」

「……ずいぶん早い楽屋入りだな」

「二時の開演の時に、合唱団の代表何人かがステージに上がって挨拶するの。ちーちゃん、そこに出ることになってたから」

「お披露目か。じゃあ、本番はやっぱり六時ってことか。他のメンバーは来てるのか？」

「昼から来る予定だった人はみんな来ていて、いまはホールで他の合唱団の歌を聴いてる。後は、夕方から合流する人たちが五時頃からばらばらと集まってくるはず」

それなら、千反田が来るのが五時過ぎになったとしても、合唱自体には差し支えないだろう。まずはよかったが、いったん会場に来た千反田が連絡もなく行方をくらましたというのはただごとではない。

思ったことを言うべきか少し悩んだが、伊原がやけに気を揉んでいるようなので、やはり訊いておく。

「千反田は、いないとだめなのか」

「えっ」

「合唱ってことは、大勢で歌うんだろう？　そりゃあ、いるに越したことはないんだろうが、一人ぐらい抜けても問題ないんじゃないか」

伊原は首を横に振った。

「だめなの」

「なんで？　千反田の親戚でも来てるとか？」

「来てるかもしれないけど、そういうことじゃない。……ちーちゃん、ソロで歌うのよ」

俺は天井を見上げた。なんてこった。

どんな歌を歌うのかは知らないが、ソロパートなら花形だ。それが行方不明では洒落にならない。伊原は純粋に千反田の安否を気遣っているだろうが、他の合唱団メンバーは、そもそも自分たちはステージに上がれるのかどうか気が気でないだろう。

気持ちを切り替え、俺は訊いた。

「立ちまわり先は、他にどんな情報が集まってる？」

伊原は、手の中に収まるような小さい手帳を持っていた。そのページをめくりつつ答えてくる。

「十文字さんのところには行ってないって。学校の他には、城址公園と光文堂書店を教えてくれた。入須《いりす》先輩は伯耆屋《ほうきや》っていう服屋さんと、荒楠神社」

俺は頭を掻いた。

「伯耆屋ってのはわからんが、後はぜんぶ遠いな。ここまではバスで来たんだから、千反田は徒歩だろう。歩いて行くのは無理がある場所ばかりだ」

「がんばれば行けるとは思うけど、考えにくいかな」

「駅までは充分徒歩圏内だから、駅前のバスセンターで別路線のバスに乗れば、ってところか」

「そんなことするかなあ」

しないだろう。……ふつうなら。

根本的な疑問がある。

「なあ。千反田は、自分の意志でどこかに行ったのか？　それとも、言いにくいが、事故とかに遭ったと思うか？」

「そんなこと……」

答える声はひどく小さかった。

「わたしに訊かれても困る。わかるわけないじゃない」

もっともだ。頭を掻く。

がちりという金属音と共にノブがまわり、控室のドアが開く。俺と伊原はドアの方を振り返るが、そこにいたのは千反田ではなく、四十歳ぐらいに見える女性だった。ベージュのジャケットを着て、宝石なのかガラス細工なのか、きらきら光る髪飾りをつけている。合唱団の一員だろう。

「段林《だんばやし》さん」

と伊原が名を呼ぶ。

段林と呼ばれた女性は張り詰めた表情で、こちらに近づきながら訊いてきた。

「どう、来た？」

「いえ」

「そう。困ったわね」

そう眉根を寄せて呟き、ふと俺に気づいたように伊原に言う。

「ええと？」

「あ、わたしたちと同じ部活の、折木くんです。捜す手伝いをしに来てくれた……」

こいつに折木くんなどと呼ばれると居心地が悪いな、と思っていたら、伊原はくるりと俺の方に首をめぐらせた。

「と思っていいのよね」

いかに夏休みといえど、さすがに遊びに来たわけではない。頷くと、段林さんは出し抜けに訊いてきた。

「何かご存じなんですか」

面食らいつつ、

「いえ。いまのところ」

と答える。段林さんは、わざとそうしているのかと思うほど深い溜め息をついた。

「そうですか……」

そして、表情と声に苛立ちを滲ませながら言う。

「プレッシャーを感じているみたいだったから気にはしていたのよね。でも、まさか当日にいなくなるなんて、まったく、信じられない」

「気持ちを整理しているだけなのでは？」

「それなら誰かに一言あってしかるべきでしょう。いくら緊張しているからって、いきなりいなくなって連絡も取れないなんて！」

出番は六時からなんだから目くじら立てなくとも、と思わなくもないが、ソロパートの歌い手が当日に姿を消せば泡を食うのももっともか。

ただ、千反田がプレッシャーのあまり姿を消したという見立ては、素直に頷けない。あいつが緊張しないタイプだと思っているわけではない。いつか校内ラジオに出ることになった時は、がちがちに硬くなっていた。しかし緊張しつつもやるべきことはきちんとこなしてきたわけで、今回に限って耐えかねたというのは考えにくいのだ。もし千反田が自分の意志でいなくなったのだとしても、その原因はソロを歌うプレッシャーではないだろう。

「やっぱり、ご自宅に連絡してみようかしら」

口許に手を当てて、段林さんはそう独りごちる。その時、パイプ椅子に座っていた老婦人が横から言った。

「そんなに心配しなくても、もうすぐ来ると思いますけどねえ」

「横手《よこて》さんはそうおっしゃいますが、でもやっぱり気が気じゃありませんよ」

段林さんは食ってかかるが、横手と呼ばれた老婦人は穏やかな物言いを崩さない。

「若い頃はいろいろあるものですし、幸い時間はあるのですから、もう一時間ぐらい待ってあげてもバチは当たらないと思いますよ」

「またそんな。さっきも、一時間待てと言っていたじゃないですか」

「はあ、まあ、確かに言いました」

横手さんがあまりに平然としているので、熱くなった自分が恥ずかしくなったのか、段林さんは目を逸らした。

「……確かに、まだ時間はあります。わかりました。もう少し待ちましょう」

そう言うと俺や伊原にはもう目もくれず、さっさと控室を出て行ってしまう。バンと音を立てて閉じられたドアを見ながら、俺はちょっとあっけに取られて訊いた。

「で、いまのは誰だったんだ」

「段林さん。合唱団の……なんて言えばいいのかな。世話役？」

「リーダーってことか」

「パートリーダーでも団長でもないけど、ええと、仕切ってる人」

なんとなくわかった気がした。そういうタイプにはときどき会う。

「さっきも、って言っていたが、ずっとあんな調子なのか」

伊原は眉をひそめて、

「うん。ずっと」

とだけ言った。

俺は横手さんの方をちらりと見る。他の合唱団員がホールに行っているというのなら、ぽつんと控室でひとりパイプ椅子に座っているのには、何か意味がありそうだ。あるいはと思いつくことがあり、訊いてみる。

「なあ伊原。陣出から千反田といっしょにバスに乗ってきたおばあさんがいたって言ってたな。

もしかして、あの人か」

「そうよ。横手さん」

やはりそうだったか。陣出といっても広いので一概には言えないが、千反田の近所に住んでいる可能性が高く、おそらくはもともと顔見知りでもあるのだろう。段林さんに対して千反田を庇うようなことを言ったのも頷ける。

じっとしていられないのか、伊原は、

「もう一回館内見てくる」

と踵《きびす》を返した。

「俺も後で行く」

「お願い」

足早に伊原が出て行くと、部屋には俺と横手さんのふたりだけが残される。

千反田は文化会館まで来てから消えたということなのだから、関係者の中で千反田を最後に見たのはたぶんこの人だ。足を使って捜すのもいいが、いまのところ千反田の行方は見当もつかない。聞ける話はできるだけ聞いておいたほうがいいだろう。

「あの」

と話しかける。横手さんは両手を腿の上に乗せたまま、わずかに首を傾げた。

「なんでしょう」

「千反田……さんといっしょのバスに乗ってこられたと聞きました。千反田さんを捜したいので、その時の様子を聞かせていただけませんか」

「あら、あなた」

横手さんは俺の質問に直接は答えず、俺の顔を見てふと笑った。

「どこかでお見かけしたと思ったら、今年の生き雛まつりで役をやられた方ね。ご立派でしたよ」

……そんなこともあった。横手さんが陣出に住んでいるというのなら、あの祭りは当然見ていたのだろう。とにかく、顔が知れているのなら好都合だ。

「ありがとうございます。で、どうでしょう、千反田さんの様子は」

そう返事を急かすと、横手さんは「そうねえ」と考え込んだ。やがて、ぽつりぽつりと話し始める。

「わたしは陣出のバス停で、一人でしたね。千反田さんが、車でお嬢さんを送ってきました。千反田さんは車の窓をわざわざ開けて、娘をよろしくと言いました」

横手さんが話す「千反田さん」は、千反田の父か母か、どちらかのことだろう。いまのところ、どちらなのか確定させる必要はなさそうだ。

「お嬢さんも車を降りたので、挨拶を交わしました。それからふたりで、傘を差してバスを待ちました」

少し気になるのは、車でバス停まで送るんだったら、そのまま文化会館まで送ればよかったのではないか、ということだ。まあ単純に考えれば、バス停までは送ったものの文化会館まで送るほどの時間はなかったか、別の方向に用事があったのだろう。

　人捜しをするなら押さえておくべき基本をまだ聞いていない。

「千反田……さんの服装は憶えていらっしゃいますか」

　横手さんはまた、「そうねえ」と呟いた。

「舞台では揃いのジャケットを着ることになってるのよ。だからお嬢さんが着ていたのは、白いシャツ。スカートは黒だったわ。靴も黒で、靴下は白。鞄はクリーム色で、そうそう、傘は茜色。やっぱり綺麗なものをお持ちね、と思ったのよ」

　合唱団員は揃いの服装でステージに上がるというのならさっきの段林さんが着ていたベージュのジャケットはなんだったのかと思うが、たぶん出番の直前に着替えるのだろう。

　とにかく千反田は、持ち物を除けば完全にモノクロームの色合いだった。この文化会館の中ならともかく、外では目立ちそうだ。

「バスには、ふたりで乗り込んだんですね」

「そうですねえ。ふたりでした」

「何時のバスでしたか」

「一時ちょうどです」

「ここに着いたのは？」

「だいたい一時半ですよ」

　千反田は一時半にここに来る予定だったのだから、ぎりぎりのバスに乗ったことになる。それ以上早いと昼食の時間に食い込むだろうし、早く来る意味もないのだから、妥当なスケジュールで動いていたと言えるだろう。

「文化会館前のバス停で、千反田も降りたんですね」

「はい」

横手さんはそう頷き、

「この控室までいっしょに来たのですが、気がつくといなくなっていました」

と付け加えた。

いっしょにいた人間がいなくなってしまったというのに、横手さんはなんら動じることなく、ただ心静かに千反田を待っているように見える。……その気持ちの強さはどこから来ているのだろう。

「千反田がどこに行ったか、心あたりはありませんか」

最後にそう訊くと、横手さんは穏やかに微笑んだ。

「気分を落ち着けようと風にでも当たっているのでしょう。心配は、しておりません」

4

控室を出ると、エントランスホールのざわめきが遠くに聞こえる。廊下の先から、ちょうど伊原が戻ってくるところだった。

館内をくまなく捜しまわって来たにしては、あまり時間が経っていない。何か用があって戻ったのだろう。伊原は控室前の俺を見て、ちょっと眉をひそめた。

「まだここにいたの？」

そして俺の返事を待たずに続ける。

「でも、ちょうどよかった。ふくちゃんから電話で、いまから学校を出るけどなにか出来ることあるか、だって。いちおう折木に訊いてから折り返すって伝えてある」

ありがたい申し出だ。里志は気が利くので、調べ物を任せるには心強い。

「そうだな……」

さっき話に出た、図書館や城址公園を確認してもらうというのも一つの手ではある。だが、正直に言ってかなり成算の低い賭けだ。腕時計を見ると、四時少し前だった。そろそろ残り時間が気になってくる。貴重な機動力を無駄なことに使うべきではない。

ひとつ、ぼんやりと気になっていることがある。まだはっきり言葉にできるほど考えが進んでいるわけではないが、紙のように薄い可能性に賭けて神山市内を走りまわってもらうよりは、この気がかりを追ってもらう方が先の見通しが立つ。

「駅に行ってもらってくれ」

「神山駅？」

伊原が素っ頓狂な声を上げる。

「そんなところでなにさせるの？」

なにも、里志に電車で旅に出てもらおうというのではない。

「駅というか、駅に併設されてるバスセンターに行ってほしい。そこで路線図と、陣出を通るバスの時刻表をもらってきてほしい」

なにか言いたそうに、伊原は口を開けた。なぜそれが欲しいのか説明してほしいのだろう。しかし思い直したように表情を引き締めると言葉を呑み込み、

「路線図と時刻表ね」

と頷いた。

「それで、受け渡しはどうする?」

「俺が入口で待つよ。混んでるけど、大丈夫だろう」

「わかった」

言いながら、伊原は携帯電話を取り出す。数秒のコールで里志が出たようで、伊原は俺が頼んだとおりのことを電話先に伝えていく。

やがて通話を終え、伊原は携帯電話を持ったままで言った。

「十五分で着くって」

神山高校からここまでは、まっすぐ来てもそれぐらいかかるだろう。駅に寄ってもらうのだから、十五分で来られるとは到底思えない。そのぐらい急ぐという気持ちの表明だろうが、事故に遭いでもしたら寝覚めが悪い。

「無茶するなってメールを送っておいてくれ」

「そうね。そうする」

「お前はこれからどうする？」

「途中で戻っちゃったから、もう一回館内を捜す。それで見つからなかったら、近所の公園も見てみようと思ってる。わたしのことは気にせずに動いてね」

そうするしかなかった。なにしろ俺は携帯電話を持っていないので、伊原と協調して動くことが出来ないのだ。

「わかった。じゃあ、後で」

メールを打ち始める伊原を後に残し、俺は一階に向かう。

江嶋合唱祭は二時には始まっているというのに、エントランスホールはまだ混んでいた。幾つもの合唱団が参加しているそうだから、知り合いのいる合唱団の出番に間に合うように来ている人も多いのだろう。その結果、常に新しい人が到着しているのではないか。

黒い大理石が敷かれたエントランスホールの真ん中に立って、いちおう、千反田がいないか全周を見まわしてみる。

千反田の服装は白いシャツに黒いスカートだという。そういう服を着た人間は何人もいたが、千反田と見間違えそうな人は見当たらなかった。まあ、もしここにいるのなら、心配しなくても自分で控室に戻るだろう。

さっきは目に入っていなかったが、案内カウンターに江嶋合唱祭のパンフレットが積まれている。里志を待つ間にと思い、一部もらってきた。風除室の真正面、「江嶋合唱祭」と大書された看板の下という一番目立つ場所に立ってパンフレットを広げる。

パンフレットはクリーム色で、滑らかな紙を使っていた。江嶋合唱祭の開始時刻は十四時と明記されているが、終了時刻は書かれていない。不慮の事態で延長されたり短縮されたりすることを考えているのだろうか、それとも別の理由があるのか。観客は夕飯の予定が立てにくくて困るだろうなとぼんやり思う。

参加する合唱団を紹介する文字は小さく、紙面のほとんどは、江嶋椙堂が書いたという歌詞で埋め尽くされていた。里志から聞くまで江嶋椙堂という名は知らなかったが、ずいぶん昔の人らしく、どれも言葉が古めかしい。どの合唱団がどれを歌うのかは書かれていたので、千反田たち神山混声合唱団の歌を探していく。

「……これか」

それは「放生の月《ほうじょう》」という歌だった。……誰か、滝廉太郎《たきれんたろう》に似た歌があると警告しなかったのだろうか。

里志を待つつれづれに、歌詞を読んでいく。

放生の月

美声なるかな　籠の鳥
放生の徳を　思えども

浮世に誰が　常ならん
ああ　願わくは　我もまた
自由の空に　生きんとて
籠の鳥をば　解き放つ

生け簀の魚の　麗しさ
放生の徳を　思えども
浮世に誰が　常ならん
ああ　願わくは　我もまた
自由の海に　死なんとて
生け簀の魚を　解き放つ

「……よくわからん」

残念ながら俺の中に詩情はない。いい悪いの判断は棚上げにして、まあこういう歌を歌うらしいということだけ頭に入れる。もう一曲歌うようだが、そちらは曲名しか書かれていない。もっとも、有名なポップスなので俺でも知っている。みんなで仲良くしよう、みたいな歌だ。

パンフレットを筒状に丸めて右手に持ち、ぽんぽんと左手に打ち付ける。うつろな音でリズムを刻む間、目は見るともなしに、外とエントランスホールを繋ぐ風除室を見ていた。

ガラスのドアを通して見える外は、もうすっかり雲が消えたらしく、見るからに強烈な陽光にさらされている。日傘を持った初老の女性が汗を拭きながら入ってきて、いきなり微笑んだ。なんだろうと思ったが、きっと冷房の涼しさが嬉しかったのだろう。見た感じ三階まで吹き抜けになっているエントランスホールは空調効率が悪いらしく、いまも冷房はほとんど効いていないが、それでも外よりはましなようだ。

「ん？」

俺はふと、その初老の女性を目で追った。

その人は黒いスカートに白いシャツという姿で、濃紺のジャケットをはおった上に小さなショルダーバッグをかけている。黒いスカートと白いシャツという組み合わせが千反田の服装と同じだったため、あの人は観客ではなく合唱団員ではないかという気がする。それは当たっているかどうかわからないけれど、なんだか妙に気になる。

「ああ」

スカート、シャツ、ジャケット、ショルダーバッグ、日傘。空調と笑顔。

そうか。

「日傘だ」

この文化会館の風除室には、傘立てがずらりと並んでいる。風除室だけでは最大千六百人分の傘のスペースをまかないきれないのか、傘立てはエントランスホールの壁際にもある。しかしその老婦人は日傘を手に持ったまま、階段を上がっていくのだ。

ふと思うことがあって、俺は案内カウンターに向かった。さっきと同じ愛想のいい女性が、

「なにかお探しでしょうか」

と訊いてくる。

「あの……。つかぬことをお伺いしますが」

「どうぞ、なんなりと」

どう見ても一介の高校生に過ぎない俺に、「なんなりと」などという言葉を使わなくてもいいのに。たいへんな仕事だなと思いながら、訊く。

「もしかして、イベントに出る合唱団の人たちは、ここの傘立てを使っては駄目なんですか」

明らかにおかしな質問だと思うのだが、係員はなんらためらうことなく、

「はい。できるだけ多くのお客さまに傘立てをお使いいただくため、控室にお入りになる皆さまには、控室内の傘立てをご使用いただくようお願いしています」

「わかりました。ありがとうございます」

「はい。他にもご不明な点がありましたら、なんなりとお尋ねください」

あまりにも丁寧な応対に、そこはかとなく後ろめたさを感じながら案内カウンターを離れる。

しかしこれで、さっきの初老の女性が日傘を傘立てに置かなかった理由はわかった。

「……」

となると、千反田がどこに行ったのか、少し絞れてくる気がする。少なくとも、あそこではない……。

もう少し考えようと、俯いたまま「江嶋合唱祭」の看板の下まで戻っていく。その途中、

「上を見ようとは言わないけど、せめて前は見ようよ、ホータロー！」

と声をかけられた。

振り返ると、さっきまで俺がいた場所に、ひたいに汗を滲ませた里志が立っていた。腕時計を見ると、四時十四分だった。さっき伊原と話してから、本当に十五分ほどしか経っていない。あまり無茶をしていないといいのだが。

「早いな」

「そうかな。はい、ご注文の品」

バスの時刻表と路線図は、どちらも光沢のある紙に印刷されていて、手のひらに収まるぐらいに折りたたまれていた。

「手間かけさせた」

「どういたしまして、おやすいご用だ」

里志は眉根を寄せていた。

「事情は摩耶花から聞いたよ。千反田さんが消えたんだって？」

「そうらしいな」

「学校にはいなかった。少なくとも、昇降口に千反田さんの靴はなかった。こうなると、やっかいだね」

「ああ」

生返事しながら、俺は時刻表を開いていく。

「千反田さんはこの街のどこかに行ってしまって、携帯電話も持ってない。そりゃあ僕だって千反田さんが行きそうな場所の一ヶ所や二ヶ所は知ってるけど、かたっぱしから当たっている時間はない。ホータロー、こいつはちょっと舞台が広すぎて、手も足も出ないような気がするよ」

持ってきてもらった時刻表は、精査するほどの情報量がなかった。陣出を通るバスの本数は予想通りに少なく、昼間は一時間に一本走っているきりのようだ。俺はひとつ頷き、時刻表を元通りにたたんでいく。

里志はしたたる汗を指で拭い、言う。

「本当に残念だけど、僕は他にも用事を入れていて、すぐ行かなきゃいけない。千反田さんのことだから、心配はいらないと思うんだけど……。どうかなホータロー、千反田さんがどこにいるか、少しは絞れたかな」

「まあな」

そう答えると、里志は目を丸くした。その答えは予想していなかったらしい。

「えっ。ちょっと待って。ホータローはまさか、千反田さんの居場所がわかっているのかい？」

「わかっていると言うと語弊があるが、だいたいの察しはついてる。捜し出せるさ」

そしておそらくは、見つけた後が問題だろう。

腕時計を見る。千反田の出番まで、あと一時間四十五分だ。

里志の言うことはもっともだ。姿を消した千反田を見つけようと神山市をくまなく捜していたら、時間など一週間あっても足りない。しらみ潰しでは駄目で、もっと効果的かつ省力化された方法が必要だ。そしてその方法は、たぶん里志が想像しているほど難しいものではない。

しかし、

「どうするんだい？」

と真正面から訊かれると、答えに詰まる。人にどう思われるかをとても気にするタイプとは言えない俺だって、「こうやればいい」と胸を張っておいて、もし駄目だったらちょっと恥ずかしいなと思うぐらいの感性は持っている。

「いや、まあ、まだわからんが」

うやむやに誤魔化し、ちょうど里志に訊きたいことがあったので、強引に話を逸らしてみる。

「ところで……江嶋椙堂というのは、本当にナントカ四天王と呼ばれるほどメジャーな童謡作家だったのか？」

里志は、おそらく誤魔化されたことを百も承知で、それを気にする素振りもなく答えてくれた。

「ちょっと言い過ぎたかな。地元びいきを加えてもなお、白秋や雨情には及ばないっていうのが本当のところだと思う」

「言い過ぎがちょっとだけっていうのも言い過ぎ、ってところか」

里志は無言で肩をすくめる。俺は、さっき案内カウンターでもらったパンフレットを開いた。

「千反田たちは、この『放生の月』ってのを歌うらしい」

「ははあ」

歌詞を一瞥し、里志は妙に納得顔で頷く。

「そうなんだよね。僕もそんなに詳しいわけじゃないんだけど、江嶋椙堂はこうなんだ」

「そうなんだ、こうなんだって、つまりどうなんだ」

「つまり一言で言って……ちょっと説教くさい」

なるほど。俺は思わず深く頷いた。歌詞を読んだ瞬間のざらりとした感情を言い表すのに最適の言葉を見つけてもらって、爽快な感じさえする。

「孝行とか勤勉とか正直とか、そういう価値観を恥じらいもなく歌い上げて賞賛するんだ。本人はもともとお坊さんで、どことなく説教っぽいのはそんなところから来てるのかなってなんかの本に書いてあったよ。だからかどうか、メジャーにはなれなかった。ま、知る人ぞ知るっていうぐらいかな」

「それでよく記念祭なんてやるもんだな」

ちょっと斜に構えたような笑みが返ってくる。

「合唱団はたいてい定期演奏会をやるものだよ。そして、どうせイベントをやるなら恰好いい名前を付けたくなる気持ちは、僕にはよくわかる」

そんな気持ちは俺にはわからないが、里志ならば、確かによくわかるだろう。

里志はちらりと腕時計を見た。その眉がわずかにひそめられる。

「そろそろ行かないとね。まったく、下らない用事を入れちゃったよ」

その用事がなければ手伝うのに、という言外の意味は、さすがに俺にも伝わった。

「気にするな。……どんな用事なんだ」

「それがさあ」

時間はないそうだが、里志は身を乗り出さんばかりに食いつく。どうやら、誰かに話したくて仕方がなかったらしい。

「従兄弟夫婦が遊びに来るんだよ。甥っ子の相手が大変でね」

「従兄弟の子供も甥っていうのか?」

「いとこ甥とかいうらしいね。まあ、甥って呼ぶけど。この子が将棋好きで、対局をせがまれるんだよ」

たいていのことには手を出している里志のこと、将棋が指せないとは思えない。……いや、それどころじゃない、里志は確かけっこう強いはずだ。中学の修学旅行の夜、市の将棋大会で三位に入ったことが大の自慢のクラスメートと一局指して、勝っていた。

「指してやればいいじゃないか」

「僕が勝つと泣くんだよ。で、向こうが勝つまで続けさせられる。ごはん抜きでね」

「……嫌だな、それは」

里志は首を横に振った。

「それはね、別にいいんだ。負けてやるだけだから」

俺は中学時代のこいつを知っている。どこまでも勝ちにこだわり、勝つためにはルールの隙を突いてゲームをつまらなくしても構わないという主義だった。そして、いまはその主義を取り下げていることも、俺は知っている。

「じゃあ、何が問題なんだ」

「負けましたって言わないと、卑怯だなんだって鬼の首を取ったように騒ぐんだよ」

将棋は、どうやっても王将が取られる状態になったら負けだが、それ以前に投了することもできる。その場合「負けました」と宣言することが一般的だということは、俺も知っていた。

「接待将棋だから詰まさせてあげるんだけど、『君の勝ちだよ』とか『まいった』じゃ、許してくれないんだよね。詰んでるんだから発声もなにもないと思うんだけど」

「負けましたとは、言いたくないか」

里志がちょっと苦い顔をする。

「その台詞は実力で言わせてみろと思っちゃってさ。心にもないことは言いにくい。言葉の上だけの問題だし、向こうの言うことにも一理あるんだけど、ま、僕もまだまだ未熟ってことだね」

残り時間が刻々と減っていく中でする話でもないが、俺はつい苦笑してしまった。

「気持ちはわかるな。俺だって昔、親戚の結婚式で……」

キリスト教式の結婚式だった。詰襟の学生服で教会に入り、神父の説教を聞いた。

……ふむ。

不意に、何かの直感が脳裏をかすめたような気がした。上手く言葉に出来ないが、そうかと納得する、その寸前まで思考が進み、波が引くように消えていく。なんだろう。将棋や結婚式の何が、そこまで気にかかったのだろう。

「というわけだから、僕は行くよ、ホータロー」

その声で我に返る。

「千反田さんが見つかることを願ってる。こんな時に手伝えなくて、本当に申し訳ない」

「あ、ああ」

「いや」

考えがまとまらないまま、俺は咄嗟に、

「後は任せろ」

と言ってしまう。里志は目を見開き、それから少し笑った。

「わかった、任せるよ。……隠れた千反田さんを見つけられるのは、たぶん、ホータローだけだろうしね」

5

二階のＡ７に戻ったが、伊原の姿は見えなかった。本人が言ったとおり、周辺を捜しまわっているのだろう。

十畳以上はありそうな控室の真ん中あたりにパイプ椅子を置いて、横手さんが一人座っている。そして窓際に段林さんがいて、部屋に入ってきた俺をきっと睨み、すぐ落胆したように肩を落とした。

かった。

　なんとなく頭を下げておくが、段林さんは俺にはそれ以上一瞥もくれず、横手さんに食ってかかった。

「さあ横手さん、一時間経ちますよ。やっぱりご自宅に連絡しましょう。いまからじゃ間に合わないかもしれないけれど、ソロパートを誰かに代わってもらうことも考えないと」

　さっきまで、段林さんのものの言い方にはどこか、最近の若い者はまったくとでも言いたげな毒があった。いまはそういう嫌な感じが抜けて目が吊り上がり、純粋に焦っているように見える。タイムリミットが迫っているいま、無理もない。

　横手さんは相変わらず落ち着き払って、

「そうですねえ。でも、来ると思いますよ、もうすぐ。一時間もすれば」

　と答えている。

「またそんな……。悠長なことを言っている場合じゃないでしょう。ねえ横手さん、わたしから連絡しますから、あの子の家の電話番号を教えてくださいよ」

　ああ。なぜ千反田の家に連絡するために横手さんの同意を取りつけようとしているのかわからなかったが、電話番号を知らないのか。千反田なんて苗字はざらにはないから、電話帳から探せそうなものだが……。いや、ちょっと待てよ。段林さんが横手さんに詰め寄っている目当てが電話番号なら、俺も危ないんじゃないか。

　そう思って踵を返そうとしたが遅かった。段林さんはくるりと首を巡らせて俺を見ると、眉間にしわを寄せた怖い顔でこっちにつかつか近づいてくる。

「あなた、あの子の同級生よね」

取りあえず訂正しておく。

「同級生ではないです。クラスは違うので」

「そんなことはどうでもいいでしょ！」

「ええ、まあ」

確かにどうでもいい。

「千反田さんの電話番号、知ってるわよね？」

さて困った。部活の連絡を取り合う関係上、古典部員の電話番号はそれぞれ教えあっているが、さすがに暗記まではしていない。隠す理由を思いつかないので、正直に答えておく。

「知っていますが、家に帰らないとわかりません」

「携帯電話持ってないの？」

「持ってないんですよ」

段林さんは甲高い声を上げた。

「嘘でしょ！」

嘘ではない。……そろそろなんとかした方がいいだろうか。

押し問答をしている時間はないので、俺は至極真面目な顔を作った。やればできるのである。

「それより、千反田さんの居場所がわかりました。緊張して腹が痛くなったので、休んでいたそうです」

いきなりの発見報告に意表を衝かれたらしく、段林さんがぽかんと口を開ける。

「放っておいてもそのうち来ますが、時間もないですからご心配でしょう。いまから迎えに行ってきます」

冷静に考えれば、携帯電話を持っていない俺がどうやってその連絡を受け取ったのか怪しい話だとわかっただろうが、段林さんはそこまで疑わなかったようで、険しい表情がふとやわらいだ。少し安心したら取り乱した自分が恥ずかしくなったらしく、妙につっけんどんに、

「ああ、そう。じゃあ、お願いします」

と言って、控室を出ようとする。

この後を考えると段林さんが自発的にいなくなってくれるのはありがたいが、この人にはまだ訊きたいことが残っている。足早に去ろうとする後ろ姿に声をかけた。

「あの……」

呼び止められると思っていなかったらしく、段林さんは「えっ」と声を出した。

「わたし？　まだ何かあるんですか？」

「ええ、まあ。ちょっとしたことなんですが」

言いながら案内カウンターでもらったパンフレットを広げ、「放生の月」の歌詞を指さす。

「千反田さんが歌うパートって、どのあたりなんですか」

段林さんの眉間に、再びしわが寄る。

「どこって、どうしてそんなことを訊くの？」

さりげなく訊いたらあっさり教えてもらえるのではと期待していたが、反問されてしまった。

「それはですね」

と言葉を継いで時間を稼ぐ。どうしたものか……。その場しのぎの言い訳を、三秒ほどで考え出す。

「ソロで歌う姿を部活の記録用に写真に撮りたいので、タイミングを知りたいんです。本人に訊こうと思っていたんですが、時間がないかもしれないので」

ちょっと苦しいか。

「ああ、そういうこと。いいわよ」

大丈夫だったらしい。段林さんの指が、歌詞の上をなぞっていく。

「ここ」

　ああ　願わくは　我もまた
　自由の空に　生きんとて

「朗々と歌い上げるから、聴きごたえがあるところよ。写真よりも、ビデオに残した方がいいでしょうね」

親切にそう言って、段林さんは俺を一瞥した。もちろん俺はカメラもビデオカメラも持ってはいない。段林さんの表情がわずかに強ばる。不審の念がよぎったのだろうと察し、先手を打つ。

「ありがとうございます。伊原に伝えておきます」

伊原ももちろんカメラなど持っていないが、段林さんがそこまで見ているわけもなく、

「それがいいわね」

と納得してくれた。

「じゃあ、わたしはホールに戻って、あの子が見つかったって伝えてくるから。頼んだわよ」

段林さんが出て行き、重々しい音を立てて鉄の扉が閉まると、A7控室には俺と横手さんの二人だけが残る。もともと十数人が入れる部屋に二人きりとなると、がらんどうの空間がやけに居心地悪く感じられる。

横手さんはパイプ椅子に深く腰かけ、両手を腿の上で重ねている。俺が来てから一時間、その姿勢は変わっていない。微動だにしていないのではないかと思うほどだ。しかし、どこか優しく鷹揚《おうよう》とした感じがしていたその目はいま、じっと俺を見据え、どういうつもりなのかと無言のうちに責め立ててくるようだ。

俺は横手さんに近づき、その目の前に立った。頭を下げる。

「名乗ってもいませんでした。俺は、折木奉太郎といいます。千反田さんとは同学年で、部活が同じです」

横手さんは一瞬目を泳がせたが、すぐにあるかなきかの笑顔になって、頭を下げ返してきた。

「ご丁寧に。横手篤子《あつこ》と申します。膝が悪いものですから、座ったままで失礼しますね」

「はい。お気になさらないでください」

「ありがとう」

丁寧にしてあたたかなやり取りだったが、それは束の間のことだった。横手さんの目がすっと細くなり、声もやや硬くなる。

「折木さん。千反田のお嬢さんの居場所がわかったとおっしゃいましたね。本当なのですか？」

俺ははっきりと答えた。

「いえ、嘘です」

言葉が出なかったのか、横手さんは口を開け、そのまま閉じた。まじまじと俺を見て、ようやく呟く。

「嘘って、あなた……」

「段林さんにここから出てほしかったので、嘘をつきました」

「どうしてそんなことを」

横手さんは俺の嘘に戸惑ってはいるものの、嘘そのものを責める気配はないように思えた。もちろん、この人には俺を嘘つきと批難することはできないだろう。

「横手さんに、ちょっとお訊きしたいことがあったからです」

「わたしに。なんでしょう」

ちらりと腕時計を見ると、時刻は四時二十分になろうとしている。残された時間は少ない。腹芸をやっている場合ではないということだ。それに、やらなければいけないことなら手短にを主義とする俺としても、単刀直入は望むところである。

「この文化会館までバスに乗って、千反田さんといっしょにこの部屋まで来たとおっしゃいましたね」

「ええ。言いました」

糾弾の言葉を口にすることは、常に勇気を必要とする。そんな勇気はあんまりないのでちょっと目を逸らして、俺は言った。

「それは、嘘ですよね」


横手さんの表情が凍りつく。

里志が言っていたことはもっともで、しらみ潰しでは千反田を捜せない。別の方法が必要となる。そしてもっとも簡単な方法は言うまでもなく、知っている人に訊くことだ。間違いなく、横手さんは千反田の動静について嘘を言っている。この人は何かを知っているのだ。それを聞き出す方が、神山市中の喫茶店や本屋を捜しまわるよりも早い。

横手さんの腿の上に置かれた手が強ばっているのがわかる。ここであっさり認めてもらえれば話は早いが、それは望みが薄いだろう。俺はこの人の信頼を勝ち得るようなことを何一つしていないのだから。

案の定、横手さんはそ知らぬ顔で言った。

「なんのことでしょう」

一縷の望みをかけて、もう一度水を向けてみる。

「話を急ぎたいんですが、ここまで千反田さんとバスに乗ってきたというお話を撤回してはいただけませんか」

「だって、本当ですから。どうしてあなたがそんなことをおっしゃるのか、よくわかりません。少し、失礼ではありませんか」

真っ向から抵抗されると気持ちが揺らぐ。交渉や説得はもともと不得意で、可能なら里志や千反田に押しつけたいと思って高校生活を送ってきた。が、いまここには俺しかいないし、急いでいるというのは駆け引きではなく事実だ。こぶしを握りこんで勇を鼓す。

「いえ。繰り返しになりますが、横手さんが千反田さんとこの部屋まで来たというのは、ほとんどあり得ません」

「何か理由があって、そうおっしゃっているんでしょうね」

「もちろんです。ものすごく単純な理屈です」

俺は控室のドアの方を指さした。

「あれです」

「ドア?」

「違います。もちろん、傘のことです」

ドアの脇には倒れやすい傘立てがあり、黒い傘が一本だけそこに差してある。俺がこの部屋に入ってきた時に足を引っかけて倒してしまい、慌てて起こしたら手が濡れた。

「俺の家のまわりでは雨は降りませんでしたが、あの傘が濡れているからには、陣出では降ったのでしょう」

「そう申し上げたはずです」

「はい、聞きました。いっしょにバスを待った千反田さんの傘が茜色だったことも。……で、その千反田さんの傘がない。このあたりは朝から曇っていましたが、ふたりでここに到着したとあなたがおっしゃった一時半頃にはもう晴れていましたから、千反田さんがいったんこの控室に来てから、傘を持ってどこかに出て行ったというのも考えにくい。ならば、そもそも千反田さんはここに来ていない。あなたのお話は嘘ということになります」

横手さんは頰に手を当てた。

「傘がないだけで、そこまで言えるでしょうか。傘立てはここだけではないでしょう」

「もちろんです、一階の風除室にもありました。ですが、出演者はできるだけ控室の傘立てを使うように誘導されていました」

「できるだけ、ですよね」

全ての規則が完全に守られるわけではないし、そもそも規則の完全な周知は不可能だ。そして俺は、その点は重々承知してなお、千反田は来ていないと確信している。

「確かに、千反田がひとりで来たなら、傘立てのルールを知らずに控室以外の傘立てを使ったかもしれない。でも、あなたの話によれば、そうではなかったんでしょう？　ふたりでいっしょにこの控室に来たとおっしゃいましたね。それなのに、横手さんだけ傘のルールを守り、千反田はそれを無視したという状況には無理がありますよ。誰しも同行者の行動にはつられるものだし、千反田はルールには律儀なタイプです」

横手さんから、言葉は返ってこない。しかしまだ事実を話してくれる雰囲気でもなさそうなので、いったん引く。

「……とはいえ、これだけでは千反田がここに来ていない証拠として充分ではない。千反田は実際にここに来て、でも何かの理由で家に帰る気になって、もう絶対にこの控室に戻ることはないと思ったから傘を持って引き上げたのかもしれない。誰かがここに来た証拠を見つけることはできても、来てない証拠を見つけるというのはなかなか難しいもんです」

「ええ、そうでしょう」

少し息をついた様子を横目に、

「ところで、ずっとこの部屋にいらっしゃるんですね」

と、いきなり話題を変えてみる。

「他の合唱団員は、みなホールにいるというのに」

横手さんは不快そうに眉を寄せた。

「それはわたしの勝手です」

「もちろんです。で、千反田が間に合うか心配する段林さんに、さきほどから妙なことをおっしゃっていましたね。もうすぐ来るだろうというようなことを」

「それが妙なことですか」

かぶりを振る。

「いえ。それ自体を妙だとは思いません」

「では……」

「しかしあなたは、そこにもう一つ条件を付けていた。もうすぐ来る、一時間ほどすれば、と。なぜ一時間なのか。もうちょっととか、しばらくすればとか、間に合うようにとかではなく、一時間ほど待てば来ると言っていましたね。俺が聞いただけでも二回、どうやらその前にも一回口にしたらしい。段林さんがそう愚痴っていたじゃないですか。なぜ三十分でも二時間でもなく、一時間なのか」

一時間待てという言葉は単に横手さんの口癖だという可能性もなくはなかったが、俺は別の可能性を考えていた。そして里志からの情報は、その推測に自信を持たせてくれた。

一時間とは何か。何を表す時間だったのか。

「バス、ですよね」

横手さんの表情は変わらなかったが、その肩がひゅっと縮んだような気がした。

里志が取ってきてくれた時刻表を広げる。

「これはバスの時刻表です。これを手に入れるため、友人がずいぶん自転車をかっ飛ばしたんですよ。無事でよかった。で、これによれば、陣出と文化会館を結ぶバスの本数は少なく、一時間に一本しかありません。だから、あなたは一時間待てと言った。違いますか」

目を逸らした横手さんを見て、俺は自分が間違っていないことを知る。

「つまり、『一時間待て』というのは、『次のバスまで待て』という意味だった。次のバスにこそ千反田が乗っている、あなたはそう期待を込めて、事を大きくしようとする段林さんをなだめていたんではないですか？」

しかし三時間経っても千反田は来なかった。横手さんの泰然自若とした態度には感心するが、内心ではそろそろ焦り始めているはずだ。

これまでの話から導き出される推論として、千反田の居場所はかなり限定される。

「千反田は、まだ陣出にいる。そうですよね？」

……この一言が、決定的だった。横手さんの視線はふらふらと不安げにさ迷ったが、やがて彼女は一つ、短い息をついた。その口許に品のいい微笑みを取り戻し、横手さんは言った。

「そうです。千反田のお嬢さんは、ここには来ていません。わたしは嘘をついておりました」

「おっしゃるとおり、陣出では午前中に雨が降りました」

と、横手さんは話し始めた。

「わたしがあの黒い傘を、千反田のお嬢さんが茜色の傘を差していたことは本当です。二人でバスに乗ったことも嘘ではありません。バスは空いていて、わたしたちは近くの席に座りました。

バスを待つ間から、あの子の顔色が悪いことには気づいていました。バスに乗ってからはいっそうひどく、ふと見ると真っ白な顔をしていました。どうしたの、調子が悪いのと訊きましたが、大丈夫と言うばかりなのが痛々しくて、でもどうしてあげることもできずに様子を見ていたところ、あの子はいきなり降車ボタンを押したのです」

俺は、はやる気持ちを抑えて黙っていた。どんなことが手がかりになるかわからなかったし、黙って聞くことが無理に話を聞き出した相手への最低限の礼儀だと思ったからでもある。しかしそれ以上に、語られる千反田の様子が異常なことが気にかかった。あいつが真っ白な顔をしているところなど、見たことがない。

「バスを降りようとするあの子に呼びかけました。するとあの子は、何かを言いかけて、でも何も言わずに小さく頭を下げて、小走りに離れていきました。追いかけようかとも考えましたが、差し出がましいことをするのもどうかと思い、そのままここまで来ました」

横手さんの話はそれで終わりのようだったので、まず一つ訊く。

「千反田は、体調が悪かったようでしたか」

それに対する答えは、

「さあ、どうでしょうか」

の一言だけ。

これは愚問だった。体調不良によりソロが務められないという状況であれば、文化会館まで来て合唱団員に事情を説明してもいいし、いったん家に戻って時間の許す限り休養に専念してもいい。なにも、逃げるようにバスから降りなくてもいいのだ。

千反田がバスを降りた理由、顔を真っ白にしていた理由は、体調のせいではないだろう。そう推測し、本題に入る。

「千反田が降りたのは、何というバス停でしたか。バスを降りたあいつがどこに行ったか、心あたりはありますか？」

そう尋ねた俺に、横手さんは冷ややかな目を向ける。

「それを知ってなんとなさいます」

「もちろん、捜しに行きます」

「無用のことです」

背すじを伸ばし、横手さんはそう言い切った。

「あの子は千反田家の跡取り、自らの責任はわきまえています。いちどバスを降りたのは気の迷いで、間に合うように来るに違いありません。余計なことをせずとも信じて待っていればいいのです」

俺は頭を掻いた。

「……まあ、来るとは思います」

毒気を抜かれたように、横手さんはぽかんとした顔つきになった。

「ではなぜ、捜しに行くなどと言うのですか」

知れたことを。

「きついでしょうから」

「きつい？」

「わかりませんか」

跡取りがどうのこうのという話はわからないが、あいつの責任感が強いことは俺も知っている。その千反田がいったん乗ったバスを降りて姿を消したというなら、そこにはなにかよほどの理由があるはずだ。その理由を、俺は「気の迷い」とは表現したくない。

確かに横手さんの言うとおり、あいつは必ず出番に間に合うように現われるだろう。しかしそれは、真っ白な顔で姿を消すだけの理由を、責任感でねじ伏せようと格闘し続けた結果なのだ。逃げ出したい、だけど行かなくては、行かなくてはと自分に言い聞かせて。――きつくないわけがない。

きつい思いをした後に誰かが迎えに来てくれるのは嬉しいものだ。だったら行ってやるのは、あながち、やらなくてもいいこととは言えないだろう。

そうしたことを横手さんに長々と説明はせず、手短にまとめて言う。

「まあ、友達甲斐です」

「……」

暗い眼差しを向けられる。俺の言うことをどこまで真に受けていいのか、値踏みしているように思えた。しかし俺と横手さんが対立する理由はないはずだ。

「あなたがここで千反田をお待ちになっているのも、あいつを迎えてやりたいからではないのですか?」

横手さんは、はっとした顔つきになった。

「あなたはここで迎える。俺たちは出迎えに行く。同じことだとは思いませんか。どうでしょう、千反田がどこで降りたのか、教えてはもらえませんか」

「……俺たち、とおっしゃいましたか」

ん？　ああ。

「そりゃあ伊原の方が心配していましたから、行くならいっしょか、なんだったらあいつ一人で行ってもらえば俺は楽です。ただあいつは千反田を捜しに出て行きましたから、いまから合流するのは難しいかもしれない。時間もないですし、無理ならどうしてもとまでは思いませんが……それがどうかしましたか」

「いえ」

なぜか横手さんは、口許に手を当てて目尻を下げる。それから元通りに手を腿の上に重ね、張りのある声で言った。

「わかりました。小賢しいことをと思いますが、あなたの言うことにも一理あります。それに、来るとはわかっていても、わたしも少し気が急いてきました。お教えしましょう」

頷く。

「……あの子は陣出南のバス停で降りました。こちらから向かえば、バスが進む方向に向かって右手の山際に、ぽつりと建つ漆喰《しっくい》の蔵が見えます。もしどこかに身を隠しているとしたら、きっと、そこでしょう」

横手さんは、千反田がバスを降りるのを車内から見送ったはずだ。バスはその後、すぐに発車しただろう。

道路から蔵までどれぐらい離れているのかわからないが、山際というからには多少の距離はありそうだ。千反田が蔵まで歩いて行き、その中に入るのを見届けるだけの時間があっただろうか。この期に及んで横手さんを疑いはしないが、違和感が残る。

「それをご覧になったのですか」

横手さんは首を横に振った。

「いいえ。ですが、見ずともわかります」

その表情が、しあわせなことを思い出したようにやわらいだ。

「もう使っていませんが、あれはうちの蔵で……あの子はもっと幼い頃、あそこによく隠れていましたから」

横手さんは千反田家の近くに住んでいるだけの人かと思っていたが、その蔵を千反田が隠れ家に使っていたとなると、ただのご近所さんとは思えない。

「横手さんは、千反田のご親戚ですか」

「伯母にあたります。今日は千反田家に寄ってから来る予定でした。蔵に直接向かってはいけませんよ、人の目があります。まず、蔵のそばの生け垣がある家を目指しなさい。横手と表札が出ています。生け垣の内側に入ったら、蔵の裏からまわり込むといいでしょう。家には誰もいませんが、もし誰かに何の用かと訊かれたら、合唱に行っている横手から忘れ物を取ってくるよう頼まれたと言いなさい。……さあ、どうぞお早く」

すっと手を持ち上げ、横手さんは鉄扉を指さした。

6

陣出は連なる丘に囲まれた土地で、神山市の北東にある。行政区画の上では神山市に含まれているが、陣出へは細い峠道を越えて行くしかなく、両者の居住地域は繋がっていない。心理的な距離はともかく、千反田が毎日通学しているぐらいなので、実際にはそれほど離れていない。峠道の起伏はきついが、自転車を飛ばせば三十分足らずで行けるだろう。腕時計を見ると四時半直前だった。時間に余裕はない。

それでも自転車で行くしかないかと考えながら文化会館を出たところ、まるでスターを送迎するハイヤーのように、目の前のバス停にバスが停まってドアを開けた。あまりにお誂《あつら》え向きで、俺は一瞬動きを止めてしまう。確かに自転車よりも速いし、陣出南のバス停を探す手間も省けるが、一時間に一本しか走っていないバスがちょうどやって来るなんて幸運は信じがたい。これは何かの罠ではないか。

ああ、そうか。進行方向が違うのだ。これ幸いとこのバスに乗ると、陣出とは反対方向のいずこかへ連れて行かれるという落とし穴か。危ういところでそれに気づき、車体の側面に表示された行き先案内を見れば、見まがうことなく「陣出経由」と表示されている。

「あ、乗ります」

ためらった分だけ出足が遅れ、いまにも出てしまいそうなバスに思わず声をかける。小走りに乗り込んで手近な座席に腰を下ろし溜め息をつくと、浮き輪から空気を抜くような音をたててドアが閉まっていく。

「はい、発車します」

車内アナウンスと共に、バスはゆっくりと動き出した。料金は後払い制である。

陣出へ向かう前に少しでも伊原を捜したかったが、バスが来てしまっては仕方がない。バスに乗り遅れるな、となにかの評論家もテレビで言っていた。が、さて俺は金を持っていただろうか。財布は持ってきたはずだがとポケットを探り、最後の千円札が入っていることを確認する。バス代が払えずに皿洗いをして返す未来は回避されたが、欲しかった文庫本はお預けになるだろう。こんちくしょうと思うが、まあ、仕方がない。

バスの乗客は俺を含めても十人足らずだった。文化会館を出たバスは、やがて旧市街地へと入っていく。道路が細いくせに交通量が多いので、このあたりは慢性的に混んでいる。見るともなしに窓の外を見れば、よもぎ団子がおいしい和菓子屋、店主が年を取って手が届かなくなったので最上段の棚は空けてある本屋、俺が子供の頃に呉服屋から商売替えしたクリーニング屋、たばこ屋を潰して出来たコンビニと、見慣れた景色が後ろに流れていく。

次のバス停がアナウンスされ、降車ボタンが押される。二人が降りて一人が乗ってくる。その次のバス停でも停車する。腕時計を見ようとして、俺は強いて時計から目を逸らした。いくつかある移動手段の中で、俺はもうバスを選んだのだ。時刻を見れば焦るだろうが、どれだけ焦っても、このまま乗り続けるより速く移動する方法はない。

やがてバスは市街地を抜け出す。一度に八台が給油できる大きなガソリンスタンドと、ドライブスルーを備えたハンバーガー屋が向かい合った十字路を抜ければ、バスはバイパス道路に入って速度を上げていく。

窓枠に肘をつき、外を見ながら、いろいろと考える。

横手さんは最初、千反田のことを「千反田のお嬢さん」と呼んでいた。話の中で「あの子」という呼び方になったのは、しばらくしてからのことだ。はっきりとは言えないが、段林さんの前では決して「あの子」とは言わなかったように思う。他人行儀と言ってしまえばそれまでだが、あの呼び方の差にはもっと複雑な、外部の人間が容易に口を出せない何かが表れていたような気がする。

横手さんは千反田を「千反田のお嬢さん」と呼び、「千反田家の跡取り」と呼び、それから最後の最後に、姪だと明かした。詳しいことはわからないし、知りたいとも思わない。けれど俺が知る神山高校古典部部長の千反田えるがそんな呼び名に取り巻かれていることを思うと、どうしてだか、胸が悪くなってやりきれない。

そして千反田はバスから降りた。

なぜだったのだろう。バスが目的地に着くまでの間、特にやることもなく、俺は同じことをぐるぐると考え続けていた。

陣出と神山を繋ぐ峠道は何本かあり、俺が自転車で行く時に使う道と、バスが通る道は違っている。バスがあらぬ方に向かい始めて最初は面食らったが、こっちからでも行けるのかと気づいた後は、座席に深くもたれて到着を待った。

やがてバスは峠に差しかかる。丘を切り開いたのり面に挟まれたカーブが右に左にと続き、そのたびに俺の体も右に左に揺れて、去年のいま頃だったか伊原の手配で温泉宿に行った時の手ひどい車酔いを思い出す。本当かどうか知らないが車酔いには精神的な要因もあると聞いているので、峠を登っていく間、俺は内心で「車酔いなんてこわくない」の歌を作ってメロディを巡らせていた。

ひときわ大きく唸っていたエンジン音が少し収まり、カーブが終わって道が直線に戻り、久しぶりの信号に引っかかってバスが停まると、女性の声でアナウンスがあった。

「次は陣出南、陣出南です」

降車ボタンを押す。青信号で動き出したバスは、どれほども行かないうちに再び速度を落とし、完全に停まるとドアを開けた。今度は運転手のしゃがれた声が、

「はい、じんでーみなみー……っです」

と妙な節をつけた。

料金を払いバスを降りて、まずは深呼吸をする。平気なつもりだったが、やはり少し酔っていたらしく、新鮮な空気が心地よい。陣出には雨が降ったそうだが、路面に濡れた跡はなかった。なにしろ七月なので、晴れ間さえ出ればちょっとぐらいの水気はすぐに乾いてしまう。しかしふと見ると、さっきまで青かった空が薄曇りになっていた。空気にどことなく雨の気配がある。こ

れはまずい、傘を持っていない。

周囲を見まわすと、バスが来た道は斜面を横切っていたことがわかる。土地は右手に向かって高く、左手はゆるやかに下っている。眼下を見れば寸土を惜しんで作られた田園は夏の熱気を受けて緑の色が濃く、人の住む家々は脇役のようにまばらに、それぞれ離れて建っている。距離感がつかめないがずいぶん先で地形は再び上りに転じ、緑の丘の彼方には、万年雪をわずかに残した神垣内連峰が聳えていた。

「蔵は……」

呟きながら、もう一度見まわす。横手さんは進行方向の右手に蔵が見えると言っていた。つまり、斜面の上側だ。

蔵はすぐに見つかった。複数あったらどうしようかと不安に思っていたが、陣出南のバス停から右手に見える蔵は一棟だけで、それもさほど遠くはない。ここからだと蔵の下半分は板塀に隠れて見えず、三角屋根と漆喰らしい白壁、二階部分にある観音開きの扉だけが確認できる。隣り合うような建物はなく、斜面に蔵だけがぽつんと建っているさまは異様にも思える。

車通りの少ない道を小走りに渡り、見えている蔵へと真っ直ぐ進もうとして、横手さんの言ったことを思い出す。彼女は俺に、人目につかないように行動しろと言っていた。下らない言い種だし腹も立つが、善意で千反田の居場所を教えてくれた人の言葉を無下には出来ない。言われたとおり、生け垣がある家を探す。

蔵から数十メートル離れて、それらしい家が建っている。平屋建てで屋根は瓦葺き、生け垣の切れ間には太い木で門柱が立てられている。千反田の家に比べれば見劣りするが、堂々たる屋敷だった。

「あそこに行くのか……」

住人の許可があるとはいえ、気後れがするどころの話ではない。全てが横手さんの罠で、敷地内に入った途端に不法侵入でお縄に、なんてことはないだろうか。

腕時計を見る。四時五十分だ。バスに乗っていた時間は二十分ちょっとというところか。文化会館に向かう次のバスが来る時刻を見てみると、五時十分となっていた。横手さんが言っていた、一時にバスに乗って一時半に文化会館に着いたというのは、だいたいの時刻だったのだろう。

「これなら、間に合う」

バスが来るまでの二十分で、千反田をあの蔵から引っ張り出せばいい。もしいなかったら……まあ、やれるだけのことはやった。伊原も責めてはこないだろう。

頬に冷たいものを感じる。指で拭うと、水がついていた。道路にぽつりぽつりと黒い染みが増えていく。降り出したのだ。

「冗談だろ、まったく」

夕立は豪雨になりやすい。今日、俺はそれなりにいろいろ頑張ったと思うのだが、天は一刻の猶予も与えてくれないようだ。ひゅっと息を吸い、生け垣のある家に向かって走り出す。

7

横手邸の庭からまわり込み、俺は蔵の前に立った。

雨は夕立というほど激しいものではなく、せいぜい小雨で済むようだ。それでも、見える景色はすべて雨に煙っていく。蔵の軒はほとんど張り出しておらず、雨宿りに向いているとはとても言えない場所だったが、風がないのが幸いして狭い軒下でもなんとか濡れずにいられた。板塀のおかげで、こんなところに場違いな高校生が立ち尽くしていても、誰かに見られる心配はない。ありがたいが、防犯の面からすると不用心ではなかろうか。もう使っていないと言っていたから、気にしていないのかもしれないが。

蔵の扉は漆喰が塗られた分厚い防火扉だろうと想像していたが、実際は木製で観音開きだった。赤子の握り拳ぐらいはありそうな鉄の鋲が上から下まで列状に打ち込まれていて、見るからに堅牢そうだ。錠前をつけるのだろう輪はあるが、肝心の錠前は見当たらない。鍵はかかっていないと見てよさそうだ。鋲を撫でながら、俺は呟いた。

「さて、どうするかな」

まず千反田が本当にここにいるのか確かめなくてはならない。ノックでもしてみようかと腕を振り上げる。

その時、雨音に混じって、綺麗な音が聞こえた気がした。扉に耳を当てる。

——あ、あ、あ。

これは、発声練習だ。合唱の出番に間に合うよう、千反田が喉を整えている。そう気づいたら、俺は無意識に扉を叩いていた。

蔵の中の声がぴたりと止まる。中の人間にとってはほとんどホラーのような状況だろう。取り繕うように呼びかける。

「千反田。いるのか」

再び扉に耳を当てるが何も聞こえない。もう一度、今度は耳を当てたままで言う。

「そこにいるのか?」

返事が聞こえた。震えた声だった。

「……折木さん?」

いた。ここにいるというのは横手さんの推測だったので、いない可能性も充分にあると思っていたが、どうやら上手くいった。

千反田の声が聞こえてくる。扉は厚そうに見えて案外薄いらしく、声は意外と近く感じられる。

「どうしてここに?」

理由を訊かれたのだろうか、それとも方法だろうか。わからなかったので両方答える。

「伊原がお前を捜してるっていうから手伝って、横手さんに教えてもらってここに来た」

「そうですか……」

ややあって、力ない声が届く。

「ごめんなさい」

俺に謝る道理はないはずなので、聞こえなかったふりをする。

「聞こえにくいんだ。この扉、開けてもいいか」

答えはひどく遠くから聞こえた。

「……はい」

「嫌なら開けないぞ。悪かった」

もともとこの蔵は、千反田の秘密の隠れ家のようなものだと聞いている。事情が事情だから押しかけたのは許してもらうとしても、中に入るのはやはり気が引ける。雨は強くなっていないし、扉越しに話し続けても別に構わない。そう思っていたら、千反田の声が慌て気味になった。

「嫌だなんて！　ただ……合わせる顔がないだけです」

少し沈黙が続き、千反田はどこか自嘲気味に言った。

「折木さん、軽蔑したでしょう。役割があったのに逃げ出して、きっと皆さん迷惑しています。わたし……最低です」

珍しいとは思ったが、軽蔑などとは思いもしなかった。

「そりゃあ二時には間に合わなかったが、六時までには行くつもりだったんだろう。だから、いま発声練習をしていた」

間髪を容れずに訊かれた。

「聴いていたんですか！」

「まあ、最後だけ」

「……」

「聴いていたっていうか、聞こえてきたんだ」

しばらく雨音だけが耳に届く。狭い軒下で扉に向かって立つ姿勢が少し息苦しく、俺は扉にもたれかかる。咳払いを一つ、おもむろに訊く。

「で、どうだ。行けそうなのか？」

小声が返る。

「……行けと言わないんですか」

千反田からは見えないが、俺は肩をすくめた。

「行けないなら、無理することはないさ。段林さんが代役を立てるって息巻いてたぞ。歌えそうなやつの一人や二人はいるんだろう」

「そんなこと、わたし、出来ません」

そう言う千反田の声はこれまで聞いたことがないほど弱々しい。

いつの間に現われたのか、目の前の板塀をかたつむりが登っていく。のろのろとした動きを見るともなしに見ながら、俺は言った。

「でも、歌えないんだろう？」

答えはしばらく返らなかった。やがておずおずと探るような声が、

「折木さん……。何か、知っているんですか」

と訊いてきた。

「いや。思わせぶりなことを言って悪かった。何も知らない」

笑みを含んだ声が答える。

「そうですよね。わたし、どうかしています」

足元で雑草が小雨に濡れ、滴の重みに僅かにうなだれている。板塀のかたつむりは登っているようで、さっきからまったく進んでいない。

「全部はわからない。でも、少しだけなら、わかる気がする」

なぜ千反田はバスを降りたのか。

いま、千反田はどんな顔をしているのだろう。どこかしら、物語をせがむ子供のような声が聞こえてくる。

「聞かせてください」

それを話してどうなるというのだろう。もし俺が、千反田の抱える思いを本当にわかり得ているのだとして、それでこいつが少しでも救われるなんてことがあるだろうか。そもそも、当たっているという保証もないのに。馬鹿げている。黙っている方がいい。

扉の向こうからは何も聞こえない。息を詰めて待っているように。

腕時計を見る。バスが来るまで、まだ少し時間はある。

なんだか、こんな昔話があった気がする。俺は誰の役だろう。知恵者？　力持ち？　それとも馬鹿げた踊りで扉を開かせる踊り子？　まあいい、本人の望みなら、外してがっかりされるのも想定に含んで、言うだけは言おう。

「そうだな。ひょっとして」

ひとつ息を吐いて、小雨が止まない暗い空を見上げる。

「お前、跡を継がなくてもいいって言われたんじゃないか」

雨の音しか聞こえなかった。さあぁ、という柔らかな雑音が見える限りに満ちている。

「……この間、伊原が変な話をしただろう。コーヒーが甘かったっていう。あの日、お前は何かぼんやりとして、様子がおかしかった。そんなこともあるさというぐらいにしか考えてなかったが、その時お前が読んでいた本が帰り際に見えて、それだけはよく憶えているんだ。進路案内の本だった。高校を卒業したらどの大学に行くか、どういう仕事に就くか、いずれ自分は何者になるのか、そういう本だ」

雨はかかっていないはずなのに、足元が僅かに濡れている。冷たさは染み通ってこない。夏の、ぬるいような雨なのだ。

「俺たちは高校二年生だ。進路選択について本を読むのは当然かもしれない。でも、俺は少しだけ不思議だった。伊原や里志は進路について考えることがあるだろうが、お前は違うんじゃなかったか。正月の初詣の時も、四月の生き雛まつりの時も、千反田家を継ぐことを前提にした振舞いを見た。お前の進路は誰よりも早く決まっている……そのはずだったのに、どうしていまになってぼんやり進路案内の本を眺めているんだろうと思ったんだ」

実は内心、既に道が決まっているだけに、選び得なかった他の選択肢にふと気が向いたのかとぼんやり想像していた。しかしそこで今日の一件が起きて、俺は全く逆の可能性に思い至った。

「それで、今日の合唱だ。お前がいなくなったと伊原から聞いても、最初は何か理由があるんだろうというぐらいにしか考えていなかった。でも、捜している途中でお前が歌うはずだった歌詞を見て、もしかしてと思った」

文化会館で見つけたパンフレットに、その歌詞が書かれていた。千反田がソロで歌う場所はわからなかったが、それも段林さんに聞くことができた。

「里志が言っていたよ。江嶋椙堂は、一般的に良しとされる価値観を恥じらいもなく持ち上げる癖があり、それが説教くさくて一流になれなかったって」

——ああ、願わくは我もまた、自由の空に生きんとて。

「お前が歌うパートは、自由への憧れをこれ以上なくストレートに歌っていた」

その歌詞を見た時の違和感を、千反田が消えた理由と繋げるきっかけになったのも、里志だった。親戚との将棋で、負けてやるのは構わないが『負けました』と言わされるのは気が進まないと言っていた。

「俺にも記憶があるんだ。むかし親戚の結婚式に出たら、賛美歌を歌うことになってな。そんなもの形だけなんだから、イエスさまばんざい、マリアさま最高って歌えばいいものを、どうにも引っかかって歌いにくかった。信じてもいないのに称えるのは、なんだか真面目に信仰してるキリスト教徒に悪いじゃないか」

嘘は、心に負担をかける。

「お前は、他の何かならともかく、いまだけは、自由に憧れる歌詞は歌えなかったんじゃないか？」

鉦が打たれた扉の向こうに、千反田はまだいるのだろうか。声はせず、物音一つ聞こえない。ただ独り言のように俺は言い続ける。

「この間までお前の未来は、こう言っても良ければ、自由なものじゃなかった。多少の裁量は利くだろうが、千反田家の跡取りという結末だけは揺るぎないはずだった。もしそのままなら、別に歌うことは出来たんだろう。実際、練習の時はふつうに歌っていたらしいし、ソロパートを任されることに反対もしなかった。その事情が変わったのは、ここ何日かのことだ」

たぶん、伊原が甘いコーヒーの話をした、その前日のことだろう。

「ここ数日で、お前が歌えなくなったとしたら……自由になったからじゃないのか」

そうだとも、違うとも聞こえてこない。

「しばらくは好きにしても構わないがゆくゆくは千反田家の跡取りだと言われ続け、それを自ら受け入れていたお前が、そうではないと言われたら。両親か誰かに、家の跡なんて継がなくてもいいから、好きなように生きろと言われたら」

横手さんに、あの子は千反田家の跡取りとして責任感があるから必ず来ると言われていた千反田から、その跡取りという役割がなくなったら。

「どうしていいか、わからなくなるだろう」

たいして役割なんか背負いもせず、省エネだとうそぶいてのんべんだらりと日を送る俺には、千反田の思いが真実わかるはずもない。わかるはずもないのに、考えて割り出した答えを述べている自分は、まったくのところ道化じみている。

「そんな状態で大勢の前に立ち、自由に憧れる歌詞を歌えるか。もちろん、重要なソロパートを任されたんだから、責任は果たすべきだ。他の団員にも迷惑になる。自分の事情は棚に上げて、これも役目だからと割り切って歌うべきだ。甘えるな。……というのが正論だ。誰かはそう言うだろう」

実際、誰が言うんだろうな。伊原は言わない。里志は絶対に言わない。それでも、誰かは言うだろう。

「でも俺は……。俺のいい加減な想像が当たっていたとして、お前を責める気にはならない」

そんな資格もない。

とっくに梅雨は明けたのに、柔らかく静かな雨は止む気配も、強まる気配もない。板塀からかたつむりはいなくなっていた。じりじりと塀を登り切ったのか、それとも草むらに落ちてしまったのか、俺は見ていなかった。

閉じた扉の向こうから、ひどく静かな声が届く。

「折木さん」

「聞いてるよ」

「わたし、いまさら自由に生きろって言われても……お前の好きな道を選べって言われても……千反田家のことはなんとかするから考えなくてもいいなんて言われても……」

次第に自嘲するように変わっていく声は、最後に言った。

「いまさら翼といわれても、困るんです」

それきり蔵の中は静まりかえる。

千反田がこれまで背負ってきたもの、いま背負わなくてもいいと言われたもののことを思うと、俺はふと、何かを力いっぱい殴りつけたい気分にかられた。殴って、自分の手も怪我して、血を流したいような気になった。

腕時計を見ると、五時六分だった。あと四分で文化会館行きのバスが来る。

俺は言うべきことは言い、やるべきことはやった。あとはもう、どうしようもないほどに、千反田自身の問題だ。

雨は強まりもせず、弱まりもせず、さわさわと降り続いている。

——蔵の中から、もう歌声は聞こえなかった。

初出

箱の中の欠落
「文芸カドカワ」2016年9月号
鏡には映らない
「小説 野性時代」2012年8月号
連峰は晴れているか
「小説 野性時代」2008年7月号
わたしたちの伝説の一冊
「文芸カドカワ」2016年10月号
長い休日
「小説 野性時代」2013年11月号
いまさら翼といわれても
「小説 野性時代」2016年1月号、2月号

米澤穂信（よねざわ　ほのぶ）
1978年岐阜県生まれ。2001年、第５回角川学園小説大賞（ヤングミステリー＆ホラー部門）奨励賞を『氷菓』で受賞しデビュー。11年『折れた竜骨』で第64回日本推理作家協会賞（長編及び連作短編集部門）、14年『満願』で第27回山本周五郎賞を受賞。『満願』、15年『王とサーカス』はそれぞれ３つの年間ミステリ・ランキングで１位となり、史上初の２年連続３冠を達成。本書は『氷菓』『愚者のエンドロール』『クドリャフカの順番』『遠まわりする雛』『ふたりの距離の概算』に続く〈古典部〉シリーズの６作目である。近著に『真実の10メートル手前』。

いまさら翼《つばさ》といわれても

2016年11月30日　初版発行

著者／米澤《よねざわ》穂《ほ》信《のぶ》

発行者／郡司 聡

発行／株式会社KADOKAWA
東京都千代田区富士見2-13-3　〒102-8177
電話 0570-002-301（カスタマーサポート・ナビダイヤル）
受付時間 9:00～17:00（土日 祝日 年末年始を除く）
http://www.kadokawa.co.jp/

印刷所／大日本印刷株式会社

製本所／本間製本株式会社

ISBN 978-4-04-104761-3　C0093

氷菓

米澤穂信

何事にも積極的に関わらないことをモットーとする折木奉太郎は、高校入学と同時に、姉の命令で古典部に入部させられる。さらに、そこで出会った好奇心少女・千反田えるの一言で、彼女の伯父が関わったという三十三年前の事件の真相を推理することになり——。米澤穂信、清冽なデビュー作！

角川文庫

愚者のエンドロール

米澤穂信

古典部のメンバーが先輩から見せられた自主制作映画は、廃屋の密室で起きたショッキングな殺人シーンで途切れていた。犯人は？　その方法は？　結末探しに乗り出したメンバーが辿り着いた、映像に隠された真意とは――。〈古典部〉シリーズ第二弾！

角川文庫

クドリャフカの順番

米澤穂信

一大イベント、神山高校文化祭！　賑わう校内で奇妙な連続盗難事件が発生する。犯人が盗んだものは碁石、タロットカード、水鉄砲――。事件を解決して古典部の知名度を上げようと盛り上がる仲間たちに後押しされて、折木奉太郎は謎解きを開始する。〈古典部〉シリーズ第三弾！

角川文庫

遠まわりする雛

米澤穂信

折木奉太郎は千反田えるの頼みで、地元の祭事「生き雛まつり」へ参加するが、事前連絡の手違いで、祭りの開催が危ぶまれる事態に。千反田の機転で祭事は無事に執り行われたが、その「手違い」が気になる千反田は、折木とともに真相を推理する――。〈古典部〉シリーズ第四弾！

角川文庫

ふたりの距離の概算

米澤穂信

春を迎え、古典部に新入生・大日向友子が仮入部することに。だが彼女は本入部直前、謎の言葉とともに、入部はしないと告げてきた。千反田えるとの会話が原因だということに納得ができない折木奉太郎は、マラソン大会を走りながら、新入生の心変わりを推理する――！〈古典部〉シリーズ第五弾！

角川文庫